Max Aub

Der Mann aus Stroh

Max Aub

Der Mann aus Stroh

Erzählungen

Aus dem Spanischen von
Hildegart Baumgart
Albrecht Buschmann
Susanne Felkau
Stefanie Gerhold
Gustav Siebenmann

GATZA
bei Eichborn

Die Deutsche Bibliothek – CIP-Einheitsaufnahme

Aub, Max:
Gesammelte Werke / Max Aub. –
Frankfurt am Main: Eichborn.
(Gatza bei Eichborn)

Der Mann aus Stroh: Erzählungen / aus dem Span. von
Hildegart Baumgart, Albrecht Buschmann, Susanne Felkau,
Stefanie Gerhold, Gustav Siebenmann – 1997
ISBN 3-8218-0648-6

Umschlaggestaltung: Stephanie Weischer unter Verwendung eines
Gemäldes von Chaim Soutine
(*Bildnis eines Mannes mit Filzhut* © VG Bild-Kunst, Bonn 1997)
Lektorat: Mathias Gatza
Redaktionelle Mitarbeit: Mercedes Figueras
Innengestaltung: Ulrike Bettermann/Carmen Linse
Satz: Fuldaer Verlagsanstalt GmbH, Fulda
Druck und Bindung: Wiener Verlag, Himberg
ISBN 3-8218-0648-6

Verlagsverzeichnis schickt gern:
Eichborn Verlag, Kaiserstraße 66, D-60329 Frankfurt am Main
http://www.eichborn.de

Inhalt

Der Zweig 7
Die Schuld des ersten Anglers 13
Der Mann aus Stroh 20
Der Klumpfuß 21
Willi Tell 46
Der Hunger 66
Das Pferdchen 70
Der Schiefe 84
Die Habgierigen 89
Der große Krieg 92
Der Halbbruder 101
Brand im Tal 104
Juan Luis Cisniega 134
Die wahre Geschichte der weißen Fische von Pátzcuaro 136
Das Schweigen 145
Wie Julian Calvo sich zum zweitenmal ruinierte 151
Der Aasgeier 160
Die Zensur 163
Begräbnis eines großen Verlegers 171
Das Alter 182
Ein Attentat 186
Das Rabenmanuskript 195
Nachwort 276
Quellen 278

Max Aub wurde 1903 in Paris geboren, als Sohn einer Französin und eines Deutschen. In den zwanziger Jahren ist er mit dem Vater als Handelsvertreter in Spanien unterwegs und findet hier seine Wahlsprache. Als Kulturattaché im Dienste der Republik wird Aub zu einer wichtigen Instanz für die spanischen und französischen Künstler und gibt z. B. Picasso den Auftrag für sein berühmtes Wandgemälde *Guernica*. Von 1939 bis 1942 in französischen und algerischen Konzentrationslagern interniert. Im mexikanischen Exil entsteht sein Hauptwerk *Die magischen Labyrinthe*. Er starb 1972 in Mexiko.

Der Zweig

Die Dinge weiß man oder auch nicht; es gibt keine Veranlassung, sie zu verstehen. Verstehen – wozu? Das Verstehen, sagte die heilige Theresa, ist ein Gut, das alle Güter in sich schließt. Wozu das alles? Freiwillig erzähle ich dir meine Geheimnisse: Nicht kleinlich sein im Verteilen – ich gebe, was ich habe, was ich weiß. Mit den Freunden brechen, wenn es nötig ist, mit den Kameraden sich entzweien. Es ist ein beschwerliches, ein lästiges Kreuz, doch wenn du existieren willst, zuweilen vonnöten. Ich gehe meinen Weg nur allein. Was tut's? Die Last auf sich nehmen und verstehen. Du wirst sagen: Alles ist ein Aneinanderreihen von Erkenntnissen, wenn es das, worum es sich handelt, zu erklären gilt.

Ich bin viele Wege gegangen, jetzt sind die anderen dran. Ich bin im Recht, oder nicht? Wecke ihren Verstand, und sie werden andere sein. Man muß nur wissen, ob es einem zusagt. Mit dir ist das etwas anderes. Immer ahmen wir jemanden nach. Wen ich jetzt? Dich, weil ich dich liebe. Dies ist weder eine theologische Vorlesung, noch trachte ich danach, die Ausdrücke meines Bereichs zu erweitern. In den Köpfen um mich her bleiben sie immer taube Nüsse. Es nützt nichts, lieber zu lernen als auszuruhen, und auch nichts, sich ständig mit Büchern zu befassen. Suche Wahrheiten mit dem Verstand, und sieh zu, wie sie dir schmecken. Sei emsig, prüfe von allen Seiten, und berichte mir dann. Glaube mir, besser legst du dich schlafen. Schau dir die Augen aus, beharrliche, ehrgeizig forschende. Geh daran, dich über die Sterne zu erheben: Ruckweise wirfst du dich über dich selbst hinaus.

Vielleicht glaubst du, daß der menschliche Geist das Silber aus dem Erdinnern zieht, wenn er gegen die Sonne aufbegehrt. Entsage der Wahrheit, hör mich an. Ich möchte dich darauf aufmerksam machen, daß ich des Umherirrens und Umkreisens müde werde, auch wenn du es nicht wirst. Du willst es wissen, oder nicht? Also gut, komme mir nachher nicht damit, daß du mir nicht glaubst. Ich bin es, der mich liest, der mir zuhört. Ich pflege keine doppelsinnigen Wörter zu verwenden, sie stumpfen ab. Wähle, aber rasch. Du schweigst? Das ist deine Sache. Ich halte Wache. Folge mir, wenn du kannst. Ich werde weder meine Beredsamkeit umsonst einsetzen noch mit Vergangenem Kräfte sammeln wie so viele deiner Freunde, die, wenn sie am Abgrund anlangen, in literarischen Taumel geraten oder sich wild gebärden, indem sie verneinen, was sie nicht kennen, und vor lauter Eifer auch in Zukunft nichts wissen werden.

Du wirst mich fragen, mit Grund – denn das ist ein weiterer –, warum ich in dem Geheimnis bin. Ich stieg in Wahrheit, wie erhofft, zu großer Gunst auf, ich war nahe daran, der Kombination ihres Geheimnisses auf die Spur zu kommen, aber etwas hielt mich an der Schwelle zurück, wie immer. (Du magst das nicht: die Schwelle überschreiten.) Ich spreche also weiter nach, was ich höre, und lebe weiter von Vermutungen. Aber das Gesehene kann mir niemand nehmen, und wenn es Wahrheit gibt, ist dies ihr Spiegel. Genug, mir fehlt der Atem für eine so lange Rede. Wenden wir also einen Kunstgriff an, und geben wir der Wahrheit Raum.

Die Begebenheit:

Ich brach einen Zweig

Den Zweig eines Strauches. Einen dunklen Zweig, etwa eine Elle lang, einen zarten Zweig, ich weiß nicht Art noch Gattung, deshalb kann ich dir den Namen nicht sagen. Wenn es dir etwas hilft, mach eine Liste, und ich werde dir sagen, daß es kein Lorbeer war, nicht Geißblatt noch Myrte, nicht Buchsbaum, Erdbeerstrauch, wilder Wein, kein Ginster, Heidekraut oder Zistus.

Er war größer, ohne ein Baum zu sein. Der zarte Zweig ließ sich nur schwer, nicht mit einem Ruck brechen, man mußte ihn abdrehen, er hatte Leben, er wollte nicht aufhören zu sein, was er war. Er schien dornenartige Stacheln zu haben, aber es waren nur weiche Auswüchse des Zweiges selbst. Kein Weißdorn, keine Hagebutte, kein Brombeerstrauch. Akazie ohne Splitter, Maulbeerbaum ohne Zacken, Rosenstrauch ohne Dornen. Keine seltene Pflanze – durch nichts zeichnete sie sich aus –, doch niemand kannte sie.

Sie duftete nach schwarzem Bohnenkraut. Du weißt nicht, was das ist? Ein aromatisches Gewächs aus der anderen Welt. Ein schöner Zweig, voll von Trieben.

Langsam setzte er sich in Bewegung. Du glaubst mir nicht. Er begann, sich aus sich selbst heraus zu bewegen, dazu gedrängt vielleicht durch seinen Duft, vielleicht durch die Erinnerung. (Ich will nicht einmal daran denken. Merkst du es? Wenn er nämlich dann, seinerseits . . .) Er fing an, sich zu bewegen. Wie bewegt sich ein Zweig, ein einzelner schwarzer Zweig, ohne Dornen oder Stacheln, schwarzes Mark, aus eigenem Antrieb?

Er warf sich nach vorn, kroch emsig dahin, war in ständiger Bewegung begriffen. Was läßt die Ewigkeit, die Ruhe, das Hin und Her, die Unbeweglichkeit oder die Unruhe entstehen? Du weißt es nicht. Jetzt hast du etwas erfahren, fordere nicht zuviel. Er bewegte, verwandelte sich. Oder umgekehrt. Er krümmte sich: von dem, was er gewesen war, in das, was er dann wurde. Alles ändert und wandelt sich, warte ab, wann es dich trifft. Alles ändert sich, außer dem Wind. Hab Vertrauen, und wenn es nur deshalb wäre: Der Wind wandelt sich nicht, sondern die Dinge. Die Schlange aus dem Zweig (aus der Wurzel kam sie). Ich sah es mit diesen meinen Augen, die darauf warten, dich anzuschauen.

Ich brach den Zweig, ließ ihn zu meinen Füßen liegen, und der Zweig begann sich, verwandelt, zu bewegen. Da er sehen mußte, hatte er Augen, da er enden mußte, einen Schwanz. Wie ich es sah, erzähle ich es dir, so wie es geschah, so sage ich es dir. War es ein schlechter Tausch? Ich war überrascht, ich bin es noch. Das sind keine alltäglichen Wandlungen; wenn sie es wären, wo machten wir halt? Es wird behauptet, daß kein Ball lange Zeit in ein und derselben Hand bleibt. Großer Trost für das Morgen.

Wenn ich darüber nachdenke, findet sich keine Rechtfertigung, doch als ich es sah – ich versichere es dir –, wirkte es natürlich, niemand fühlte sich hintergangen. Die Stacheln, oder was es sonst war, fielen ab wie Schuppen. Jetzt, da du es weißt, darfst du dich nicht wundern, daß ihnen Festigkeit und Beständigkeit fehlten. Wenn die Jahreszeiten sich wandeln, wie sollten sie nicht die verlassenen Häute zwischen dem Unkraut liegenlassen? Welche neuen Farben schafft die Mimesis auf diese Weise? Wer assimiliert sich an die Erscheinungsformen: Sind es die Pflanzen, oder sind es die Tiere? Verteidigen sie sich, indem sie täuschen, oder täuschen sie und verteidigen sich dadurch? Mimesis kommt von Mime. Immer ahmen wir jemanden nach. Wen ich? Dich, weil ich dich liebe.

Wie einfach ist jetzt die Folgerung, warum es kein Blatt, lebendig oder tot, keinen Zweig gibt, mit denen sie nicht zu verwechseln wären. Sie bemalen sich mit der Vollkommenheit des Natürlichen, es gibt niemanden, der sie erkennen oder wiedererkennen würde ... Wen ahmen sie nach, wenn nicht sich selbst, dem eigenen Beispiel folgend? Sie formen sich nach dem, was sie waren, es ist kein großer Unterschied zu dem, was sie sind. Mache die Probe: Brich einen gleichmäßigen Zweig und warte. Alles ist eine Frage der Geduld und der Übertragung des Dargestellten.

Jene – die andere – wartete auf die Gelegenheit. Man gab sie ihr, sie nutzte sie. Wenige Schlangen pflegen auf Bäume zu klettern, sie kriechen oder schlafen lieber, sie sind wenig nützliche Tiere. Nun gut, wenn das, was ich sah, wahr ist – warum zweifle ich? Heiliger Thomas, zuverlässiger Anwalt des Möglichen, beschütze mich. Wie immer erklärt der Ursprung alles. Vielleicht war sie kletternder Efeu, der sich emporwand, sobald ein Baum seine Wurzel traf. Wenn ich es wüßte, wenn ich Kenntnis davon hätte, läge der Fall anders; ich würde neue Probleme aufwerfen, die jetzt anzuschneiden ich nicht in der Stimmung bin.

Jesus Christus selbst – wie oft wurde er durch die Schlange dargestellt! Wer sagte, daß »jener, der durch das Holz siegte, seinerseits durch eben dieses Holz besiegt werden« würde? Verlangte gerade Jesus Christus nicht, sie sollten klug sein wie die Schlange? Schrieb nicht der heilige Ambrosius, daß das Ebenbild des Kreuzes »die eherne Schlange« sei? Und ist nicht alles klarer, wenn die Schlange ehemals Holz war?

Ich habe es soeben gesehen, ich muß es glauben. Ob du es mir gleichtust, weil ich es dir sage, steht noch offen. Aber du kennst mich gut genug – über Zeit und Raum –, um zu wissen, daß ich unfähig bin zu lügen.

Die Luft schwängert, die zweihäusigen Pflanzen beweisen es: Ich bin bereit, jegliche Erklärung anzunehmen. Ich schreibe dir dies vom Haus des Pfarrers von Tlacochahuaya, und mehr sage ich nicht, wie die Personen des Don Miguel Cervantes zu sagen pflegen. Du mußt wissen, daß die Jahrhunderte, die überall dieselben sind, hier durch den Blick gezählt werden können. Alles bleibt unter dem Schutz des Verstandes, denn die Vernunft und das damit Verknüpfte stehen auf einem anderen Blatt.

Einmal noch versichere ich dir: Ich brach einen Zweig, legte ihn auf den Boden, und er, zur Viper geworden, begann sich fortzubewegen. So war es, ich bin bereit, mich dafür totschleifen zu lassen – auch ich –, bevor ich mein Wort zurücknehme. Suche nicht mehr als vier Beine bei der Katze – sie hat nur diese. Ich sagte dir bereits, daß ich dich liebe, genügt es, daß ich es wiederhole? Ich schrieb noch etwas, und auch in diesem Land:

Das Herz verzagt
vor soviel ungestümem Wald.

P.S. Wenn man es recht überlegt, rührt dieses Ereignis in keiner Weise an die Erbsünde. Die Orthodoxie anzugreifen ist, in meinem Fall zumindest, immer ein Trost, der Trost, den mir nicht zu geben du dich bemühst.

Die Schuld des ersten Anglers

Mein Urgroßvater Guillermo jagte sich eine Gräte ins Zahnfleisch, genauer gesagt, zwischen den rechten Eckzahn und den ersten Schneidezahn; eine ganz unbedeutende Gräte, ein Forellengrätchen, dünn wie eins der ersten grauen Haare meine Urgroßmutter Maria, die sich etwas auf ihre feinen Haare einbildete. Der Einstich entzündete sich; es war nicht eigentlich Schmerz; taub, dunkel, beständig verzweigte er sich und glitt bis zur Ohrmuschel, wo die Beschwerden sich auflösten. Was er am meisten spürte: die rechte Seite der Nasenwand; eine leichte Belästigung, die aber ausreichte, Ärger, Zorn und Wut auszulösen, vielleicht gerade weil sie es nicht bis zu echtem Schmerz brachte. Er tobte innerlich, denn er mußte früh aufstehen, und zählte in Gedanken die Stunden, in denen der Stich ihm den Schlaf raubte. Das Beruhigungsmittel, das ihm seine Tante Virtudes verordnete, zeitigte keine andere Wirkung, als daß es ihm gerade erlaubte, zwei Stunden lang die Augen zu schließen. In seiner Schlaflosigkeit hätte er die ganze Welt verschlingen mögen, allerdings ohne zu kauen, denn einer seiner Schneidezähne schien auf eine unermeßliche Größe anzuwachsen. Aus Nervosität zündete er die Kerze an und stand auf; der Hund schlug an, als er ihn hörte, und die Gattin rührte sich:

– Was ist los?

– Nichts, nichts, schlaf weiter.

Hätte er sich mit jemandem schlagen können! Er ging ins Ankleidezimmer, sah in den Spiegel, legte die Schnurrbartbinde an, falls sie irgendwie nützlich sein sollte, und tröpfelte sich ein Mittel in die Nase – Rodrige hatte es ihm gegen Schnupfen verschrieben –, in vollem Bewußtsein, daß es ihm jetzt nicht helfen könnte. Er schlug mit der Faust gegen die Wand und verletzte sich die Knöchel. Wer hatte ihn dazu gebracht, sich an der Gräte zu stechen! Verdammte Forelle! Warum hatte er an diesem Tag Fisch gegessen? War es Freitag? Nicht einmal das. Hätte Manuela – oder Maria – sich nicht ein anderes Gericht einfallen lassen können? Und warum hatten sie ihm ausgerechnet dieses Stück serviert? Warum hatte er den Bissen so geteilt, daß er genau auf diese Stelle seines Kiefers traf? Warum mußte seine Zunge die Stellung einnehmen, die das Unglück möglich machte? Warum hatte überhaupt Manuela, die Köchin, diesen Fisch gekauft? Hätte sie nicht einen anderen aussuchen können? Wenn sie statt der Forelle einen Salm gekauft hätte, schließlich ist das fast die gleiche Familie; oder wenn einfach Joaquín, der Fischhändler, statt dieser Forelle eine andere genommen hätte; oder wenn Maria ihm statt dieses Stückes den Schwanz gegeben hätte ... Oder wenn der Angler – ein Angler mußte schließlich im Spiel sein – sie nicht geangelt hätte – warum mußte er diese angeln und nicht eine andere? Ach was, der Angler ...! Und der, der sie verteilt und der sie *en gros* verkauft! Wer hat sie ausgewählt? Wenn sich der Angler einen Meter weiter rechts oder links hinstellt, fischt er eine andere; hätte er sich zehn Meter weiter oben oder unten in den Fluß gestellt, so wäre diese elende Forelle niemals in die Nähe seines Angelhakens gekommen, der Angler hätte sie nicht an den Großhändler verkauft, dieser nicht an den Fischmann, und Joaquín hätte sie nicht ausgesucht, abgesehen davon, daß es vielleicht Manuela war; und sie hätte sie nicht gekocht, Maria hätte sie ihm nicht aufgelegt, und er selbst hätte sich nicht die Gräte zwischen den rechten Eckzahn und den ersten Schneidezahn gejagt, er, der sich etwas darauf zugute hielt, daß er niemals Zahnschmerzen hatte.

Es wäre nicht einmal nötig gewesen, daß der Angler sich von dem Platz, den er sich ausgesucht hatte, wegbewegte; es hätte schon genügt, wenn er den Angelhaken in die entgegengesetzte Richtung geworfen hätte oder, wenn möglich, weiter oder kürzer. Hätten sich die Eltern des Anglers niemals kennengelernt – die einfachste Sache von der Welt –, hätten sie nicht geheiratet, so hätte es niemals diesen Angler gegeben und damit weder die Möglichkeit, daß er diese verdammte Forelle erwischte, noch die, daß Joaquín sie triumphierend eingewickelt und Manuela gereicht hätte: »Ganz was Gutes!«, noch die, daß die Köchin sie so saftig zubereitete, noch die, daß er sich auf diese idiotische Weise an der Gräte gestochen hätte.

Warum mußte sich unter den Milliarden Eiern der Laichzeit ausgerechnet dieses eine entwickeln? Es gibt Forellen, die an Altersschwäche sterben, warum wurde diese geangelt? Hätte sie nicht still in ihrem Schlupfloch bleiben können? Warum mußte sie gefräßiger sein als andere und sich auf die Fliege stürzen, die als Köder ausgeworfen war? Falls sie wirklich mit der Angelschnur gefischt worden wäre – aber vielleicht war es eine vertrauensselige Forelle, die sich mit der Hand greifen ließ; aber warum war sie dann nicht geschickter gewesen und davongeglitten, wie es ihre Pflicht und Schuldigkeit gewesen wäre?

Nichts geschieht so, wie es vernünftigerweise geschehen sollte. Wer hatte den Einfall, Forellen für das Abendessen zu bestellen? Maria oder Manuela? Wahrscheinlich hatte Maria ein Fischgericht gewünscht, ohne zu sagen, welches. Oder hatte sie sich aufgerafft, Genaueres anzuordnen? Hatte sie Manuela gefallen, oder hatte der Fischhändler sie ihr vorgeschlagen? Welch eine Anhäufung von Umständen hatte sich ergeben, damit die Forelle auf der Fischplatte erschien! Welch erstaunliche Summe von Zufällen hatte dazu geführt, daß Manuela ausgerechnet diese Forelle aussuchte – wenn es nicht Joaquín war! Welcher Zufall hatte ihn dazu gebracht, die Portion, die er zum Munde führte, gerade so zu halten, daß das Grätchen sich in sein Zahnfleisch bohren konnte? Das »Es stand geschrieben« geisterte durch den Kopf meines Urgroßvaters, aber seine Aufgeklärtheit war sicher vor solchen Versuchungen. Gesetze abzulesen ist ein Unsinn, denn alles ist Zufall! Triumph des freien Willens: Alles ist Spiel, Zusammentreffen, Glück, Zufall oder Gelegenheit; unvorhergesehenes Ereignis, unerwartetes Geschehen; wir mögen die Augen so weit aufreißen, wie wir wollen, wir tappen doch im Dunkeln. Hätte er genau hingesehen und die Gräte vor dem Zubeißen entdeckt ... Das Schlimme geschieht immer, weil wir nicht achtgeben. Warum ist man, wie man ist? Absurd die Leute, die glauben, daß alles geschrieben steht! Wenn es so wäre, wozu dann noch leben? Nein, alles ist aleatorisch, unvorhersehbar, zufällig: Es hat keinen Zweck zu denken. Hätte er den vorhergehenden Bissen etwas eher hinuntergeschluckt, etwas später, etwas schneller oder langsamer, was sicher von den noch früheren Bissen abhing, von dem Augenblick, als die Suppe aufgegessen war, als Berta den Fisch hereinbrachte, von der Minute, in der sie sich an den Tisch setzten, und daher auch von der Zeit, die Julian verschwätzt hatte, bevor er sich verabschiedete. Also war Julian der Schuldige? Nein, höchstens Enrique, von dem sie gesprochen hatten und von seinen finanziellen Schwierigkeiten, in die ihn die Engstirnigkeit von Santiago Rebolledo gebracht hatte, dieser herzlose Börsenspieler.

Der Schmerz blieb hartnäckig, gegenwärtig, taub, gerade stark genug, um ihn am Schlafen zu hindern, er wand sich spiralförmig im Nasenloch, glitt am Zahnfleisch entlang und versuchte, sich ins Ohr einzuschmuggeln.

Konnte ich ahnen, daß ich mich an einer Gräte stechen würde? Und da es nun einmal geschehen ist, warum mußte sich die Wunde entzünden? Durch welchen Zufall waren gerade die Mikroben da, die sich auf die fachgerechte Herstellung von Eiter verstehen? Welches Hasardspiel begünstigte das Zusammentreffen der Umstände, die diesen traurigen Unfall herbeiführten?

Wieder im Bett, ließ mein Urgroßvater die Kerze brennen, kroch aber ganz unter die Decke, um zu erproben, ob die Wärme seines Atems, von den Laken zurückgehalten, ihm Erleichterung verschaffen könnte; umsonst.

Hätte der Angler seine Schnur einen Meter weiter flußaufwärts ausgeworfen, so wäre diese Forelle nicht gefangen worden. Er sah das Ufer, das klare Wasser, die wenigen Bäume, die Wiesen, die nahen Berge. Hätten die Eltern des Anglers sich nicht kennengelernt, so wäre der Angler nicht geboren worden, wäre von seinen Großvätern nur einer nicht auf die Welt gekommen ... Wenn die Mutterforelle in ein anderes Loch gelaicht hätte, wenn eine andere Forelle – und es gibt sehr gefräßige – den Laich verschlungen hätte ...

Meine Eltern lernten sich kennen – dachte mein Urgroßvater –, es wäre auch möglich, daß sie es nicht getan hätten, ihre Sekrete verschmolzen auf eine Weise, die auch eine andere hätte sein können. Ein großer Wurf! Ein großer Stich, der von der Forellengräte in mein unvorbereitetes Zahnfleisch. Was für eine Laune der Natur! Wir entstehen aus Zufall, aus Abenteuer, aus Gelegenheit. Der Mensch ist Strandgut der Gelegenheiten. (Mein Urgroßvater war nicht unwitzig.) Eine Laune, nicht des Unerwarteten, denn wir können nichts mit Sicherheit erwarten – nicht einmal den Schmerz: jetzt plötzlich könnte er aufhören, mich zu quälen –, sondern das Hin und Her alles Existierenden, das vom Zufall der Zufälle durcheinandergeschüttelt wird. Eine großartige Heldentat! Glücklich die vergangenen Zeiten, denn nur bei ihnen weiß man, woran man ist. Gestern hatte ich keine Schmerzen im Mund: Das ist sicher, exakt, unumstößlich. Man sollte ausschließlich in der Vergangenheit leben (mein Urgroßvater war Konservativer) und sich von dort nicht wegrühren. Alles übrige ist Possenspiel, fehlender Ernst, Meinung, Blindgehen, Anarchismus: eine Bombe bei jedem Atemzug. Daß ein ernsthafter Mann so vielen Zufällen, soviel Inkonsequenz ausgesetzt sein muß! Nein, außer wenn die Inkonsequenz eine Konsequenz der Konsequenz sein sollte, was ein wohlgeordneter menschlicher Kopf nicht fassen kann. Aber soweit man es beurteilen kann, gibt es keine Ordnung; wie gesagt: reiner Anarchismus. So weit ist es gekommen! Wie kann man an die Säulen der Gesellschaft glauben, wenn alles von dem Winkel abhängt, in dem eine Zunge ein Stück Fisch zwischen die Zähne schiebt? Zu welchem Zweck habe ich nur diesen Bissen gegessen? Ich hätte es auch sein lassen können. Hunger hatte ich nicht. Die Gefräßigkeit, eine Todsünde. Durch das Maul stirbt nicht der Fisch, sondern der Mensch. Leicht zu denken. Sicher ist eines: Meine Nasenwand schmerzt.

Der unbedeutende Schmerz, Stachel der Schlaflosigkeit, Gegenwart, reine Gegenwart ohne Vergangenheit, hier, mit der Hand greifbar, aber innen.

Die Großmutter des Anglers, ja, die Großmutter des Anglers, wenn sie statt des Großvaters, des Großvaters des Anglers ... Und weiter zurück, zurück, zurück. Mein Urgroßvater landete am Gestade und Gerippe Adams, des ersten Anglers. Ja: Der war der eigentlich Schuldige. Und gegenüber die große Klagemauer, an der man sich den Kopf einrennen konnte, das einzige Heilmittel, um den kleinen Schmerz im Zahnfleisch zu vergessen. Ihn besiegen, sich besiegen, vergessen. Er streckte die rechte Hand aus und streifte dabei das Batistnachthemd meiner Urgroßmutter Maria. Aber das ist schon die Geschichte der Geburt meines Großvaters Federico, des ersten Menschen, der schwimmend den Ärmelkanal durchquerte; weshalb gebeten wird, aus Rücksicht auf die Ehre des Familiennamens über diese Ereignisse zu schweigen.

Der Mann aus Stroh

Er hatte den Geschmack von Stroh im Mund. Von trockenem Stroh. Er zündete eine Zigarette an: Sie brannte wie eine Fackel. Nicht nur der Tabak, der ganze Mann.

Es blieb ein Haufen – ein kleiner – von Asche. Trotzdem: Die Flamme war riesig gewesen, wenn man bedenkt, daß er nicht größer als einen Meter sechzig gewesen war.

Lucia rief aus der Hütte: »Was war denn los?«

Vicente antwortete vom Hof her: »Ich weiß nicht.«

»Riechst du nichts?«

»Nein.« Vicente wußte nie Bescheid, er wollte über nichts Bescheid wissen.

Vom Meer her kam ein frischer Wind.

Er hieß Cristobal, nie betrank er sich. Vielleicht deshalb, ich weiß es nicht. Er war wirklich immer wie ein Stück Holz, blond noch dazu.

Zuweilen enden die Menschen auf höchst unerwartete Weise. Wenn nicht, wäre das Leben zu eintönig.

Der Klumpfuß

Si ce que je dis ne sert à vous éclaircir,
il servira au peuple.
Si ceux-là se taisent, les pierres parleront.
PASCAL

Von jener letzten Kehre aus sah man noch einmal das Meer. Der Hang zerbrach in graue und mattbraune Schutthalden und ebnete sich in der Ferne zu blauem und grünem Brachland, gelb durchfleckt. Nach oben zu erschienen die Hügel kahl, so als hätte man die Erdrinde schichtweise abgetragen. Weder Gräser noch Blumen. Nichts als die Rebstöcke, reihenweise versetzt, wie Kreuze eines Soldatenfriedhofes. Die Mauern, von Brombeergerank und Feigenkakteen überwuchert, zirkelten das Besitztum heraus und folgten geometrisch den Falten des Geländes.

Die Landstraße nach Motril wand sich den Hang hinab, und der Staub trat weit über die Böschung. Feldlattich, Geißblatt, Disteln und anderes Gewächs bekamen dadurch etwas Mondhaftes. Weiter weg wehrten sich die Binsen umsonst. Das lebendige Grün war versteinert, das Weiß verschmutzt. Doch was sie an Reiz einbüßte, gewann sie an Dauer: Diese Landschaft schien ewig. Der Staub reicherte die dünnsten Zweige an. Bei näherem Hinsehen wirkte er wie feiner Schnee, ein Schnee der Sonnenglut, oder vielmehr gräuliches Mehl, gemahlen durch unzählige Hufe und Räder, windverblasen. Die Autos lüfteten eine Schleife aus Staub. An deren Ausmaß konnte ein sachverständiger Hirte – solche gab es – die Pferdestärke und die Geschwindigkeit des Vehikels abschätzen.

Von jenem Aussichtspunkt aus konnte man immer eine Kolonne von Fuhrwerken beobachten, unterwegs nach Málaga, oder umgekehrt nach Almería. Im Gespann zwei, drei oder vier Tiere, meist Maulesel. Alle Fuhrwerke hatten ihre graue, straßenfarbene Deckplane übergezogen, und der Fuhrmann schlief, sofern nicht ein Bedürfnis ihn zum Absteigen drängte oder sich Gelegenheit bot, in Gesellschaft eine Zigarette zu drehen. Die Achsen kreischten, dann und wann erschütterte ein Stein den Wagen. Die Fuhrleute pflegen nicht sangesfreudig zu sein wie die Landleute. Hier war das Paradies der Zikaden, das heißt: die Stille selber. Geschwitzt wurde nicht. Die Poren waren vom Staub zugelehmt. Die grüngelbe Haut verfärbte sich grau, das schwarze Haar weiß. Die Luft ließ sich vor Hitze und Schwere mit den Fingern greifen. Wer nach Motril fährt, wittert das Meer; wer von dort herkommt, merkt nicht, wie er den Horizont verliert: Er hat am Himmel genug.

Bei jener Kehre, wenn man gegen Málaga schaut linker Hand, zweigt von der Landstraße ein Feldweg ab, gute zweihundert Meter lang, steil wie kein zweiter. Er endet bei der Tür einer kleinen Behausung, einer strohbedeckten Hütte, die für ein Hundeleben recht war. Dort wohnten die »Motrilera«, ihr Mann, der »Klumpfuß von Vera«, und beider Tochter, Rafaela Pérez Montalbán, einziger lebender Sproß nach zehn leichten Geburten. So leicht und rasch, daß vier davon einen silbergrauen Olivenbaum zum Schattendach hatten. Weitab von jeder Wohnstätte war kein Beistand zu erwarten. Wie jedesmal hatten sie sich im Datum geirrt. Der Mann arbeitete an einem abgelegenen Ort, und dorthin ging sie mit ihrem runden Bauch, ihm das Essen zu bringen, zu unmöglicher Mittagsstunde, über wenig gangbare Saatfelder. Stolpernd über Furchen und Steine kam sie daher, schweißbeschmutzt wegen der Wehen und wegen ihrer Anstrengung, nicht zu gebären, bevor sie zu Hause wäre. Der Bauer warf mit einer Verwünschung den Pflock weg, durchschnitt die Nabelschnur mit seiner Albacete-klinge. Er hatte sie zuvor im Wein gewaschen, den die Frau zum Mittagessen mitgebracht hatte. Das Blut strömte, doch nunmehr ohne Schmerzen, der Säugling wurde in den Rock gewickelt. Je nachdem, wo sie waren, lud der Mann sie auf den Rücken, oder ein Nachbar verhalf zu einer einfachen Tragbahre. Als er einmal besonders hinkte, ging die Frau zu Fuß zurück. »Alle sind sie gleich«, sagte er jeweils zum Nachbarn, »nie wissen sie genau, wann.« Einmal wurde sie krank und hatte zwanzig Tage lang Fieber. Sie kam von selber wieder auf, und das Kind blieb wie durch ein Wunder am Leben. Es war das letzte. In jenen schwierigen Tagen hatte die Mutter alles verschwommen gesehen, durch den Schleier von etwas Unbekanntem, das ihr schließlich auf die Brust tropfte; denn Wangen, über die es hätte kollern können, waren keine da.

Sie war von gelber Hautfarbe und stets schwarz gekleidet. Mit den Jahren hatte sich ihr Bauch mehr und mehr gewölbt, und nun hatte sie die Gewohnheit, die Hände in Gürtelhöhe aufzulegen, wie auf ein Sims. Beide waren sie schweigsam, und sie wußten über nichts Bescheid, was nicht mit Ackerbau zu tun hatte. Ackerbau für den Grundeigentümer natürlich. Man hielt sie für seltsam; nicht für absonderlich, aber für fremd. Sie stammten nicht aus der Gegend und waren dort geblieben, weitab vom Dorf, ohne Verkehrsanbindung. Sie lebten, und niemand scherte sich darum, wahrscheinlich nicht einmal sie selber.

Der Klumpfuß war klein, hager und noch wortkarger als

seine Frau. Er schien seiner Stimme etwas nachzutragen, denn der Klumpfuß von Vera war einst ein guter Sänger gewesen, ein »cantaor«. Er hatte zwar nie eine große Stimme gehabt, aber die Fandanguillos seiner Heimat trug er wild, tief und mit Anmut vor. Natürlich und gefühlvoll sang er jene bitteren Klagelieder der Bergleute von Almería. Denn zuallererst war er Kumpel gewesen in jenen Bergen aus rotem Gestein, die sich von Huercal nach Baza hinziehen. Der Staub, den er damals eingeatmet hatte, sollte ihm später, in Málaga, als er von ihr lebte, die Stimme verderben.

Der Klumpfuß von Vera hatte Zeiten des Ruhmes gekannt. Damals verging keine Nacht ohne ein Fest bis ins Morgengrauen. Lange hatte es nicht gedauert, die Stimme erstarb nach und nach. Die Kundschaft verlief sich, wurde weniger vornehm; aus den Banknoten wurden Münzen. Auf die Lustbarkeit in den Landgasthöfen und Kneipen folgten nun lange Wartezeiten im Nebenzimmer eines Bordells, im trägen Gespräch mit blinden Gitarristen. Aus dem Gelächter des nahen Freudenbetriebs hörte man nur den einen mechanischen Satz heraus: »Gib mir zehn Céntimos für den Gaszähler«, worauf das Sparbüchsengerassel der Münze im Automaten zu hören war. Die Frauen waren dunkelhäutig, traurig, schmutzig und ehrlich: »Was denkst du dir eigentlich, ich bin eine anständige Frau!« Die eine – man nannte sie »die Kleine« – wollte mit der Zeit gehen und galt daher als pervers. Sie kam fast nie herunter, wurde oben aufgehalten durch ihre Kundschaft von Chorherren und Ladenschwengeln. Im Morgengrauen sahen die Dinge auch nicht besser aus. Beim ersten Tageslicht gingen sie jeweils Kaffee trinken auf einem kleinen Platz, wo ein leiser Wind ging und es nach Jasmin duftete. Sie fielen um vor Schlaf. Die Blinden zogen im Gänsemarsch davon, den Stock in der Rechten, die Gitarre unter dem linken Arm. Niemand weiß, zu welchen Diensten der Klumpfuß sich erniedrigt haben mochte, als er in einer Juninacht zur

Zierde eines Festes nach Motril geschleppt und aus Narretei dortgelassen wurde.

Als er durch das unbekannte Dorf streifte, lief ihm Rafaela über den Weg. Und da er recht ansehnlich war, hat es nicht lange gedauert, bis das Mädchen ihn beachtete. So blieb er dort. »Was machst du?« fragte sie ihn. »Geschäfte«, gab er zur Antwort, und sie war's zufrieden. Er schlug sich weiterhin durchs Leben, wie es eben ging. Ein Bett hatte er ja nun.

Als er eines Nachts durchreisenden Leuten seine Dienste erwies, erkannte ihn ein Gutsherr aus seiner engeren Heimat, Don Manuel Hinojosa.

»Wo ist denn deine Stimme geblieben?«

»Damit ist's aus, Don Manuel.«

»Und was gedenkst du zu tun?«

Der Sänger zuckte mit den Achseln. Der Weingenuß stimmte Don Manuel stets freigebig. In einer Pause, während die Freunde »oben« waren, als der Klumpfuß ihm von seinem Mädchen sprach, sagte der Gutsherr, vom vielen Manzanillawein, den die Heuchler strömen ließen, in Schwung gebracht:

»Willst du eine Anstellung?«

Der gute Wein hatte die philanthropische Ader schwellen lassen. Noch am selben Morgen hatte er schlechtgelaunt einigen Bauern, denen er für seine Wahl Dank schuldete, die Verpachtung jener Hütte, jener Reben und Röhrichte kurzerhand abgeschlagen. Aber jetzt, plötzlich, mit der Wärme des Alkohols im Magen und einer unbestimmten Zuversicht im Kopf, machte es ihm Spaß, diesen unglücklichen Zeugen seiner Lust in einen seiner Landarbeiter zu verwandeln, aus reiner Laune.

»Du mußt bloß immer ein paar Flaschen Guita bereithalten, und eine Gitarre, falls wir dort vorbeikommen.«

»Und das Mädchen, gehört es zum Hause?« Der Klumpfuß war plötzlich ernst geworden.

»Aber nein doch, du weißt ja, daß ich nicht ...«

In der Tat begleitete dieser Mann nur seine Freunde, zahlte freigebig die üble Zeche; in seiner begüterten Lage konnte er es sich jedoch leisten, gewisse enge Berührungen zu meiden, die offensichtlich nicht mehr ganz im Bereich seiner Möglichkeiten lagen. Dieses überlegene Gebaren eines Zensors über die Freuden anderer, eines Schiedsrichters der Vergnügen, der Wein oder gar die Frauen bezahlte, sorgte stets für einen Schwarm von Schmeichlern, die zur größten Erniedrigung fähig waren. Deshalb hat er die Kreaturen um sich herum auch nie für Menschen gehalten.

»Sie ist ein anständiges Mädchen«, sagte der Klumpfuß mit einer gewissen Scham, worauf der Grundherr loslachte und noch immer gluckste und kollerte, als das Rudel seiner Preller herunterkam.

So zogen nach ihrer Hochzeit der Klumpfuß von Vera und die Kleine aus Motril dorthin. Die Arbeit war hart, besonders für ihn, der in wenigen Jahren vergessen hatte, was der Stiel eines Werkzeugs ist, der nie ein Ackergerät gekannt hatte. Der Lohn: sechs Reales, also anderthalb Peseten, am Tag. Er klagte nie, doch er erwachte stumm, und sein Gesicht wurde finster wie das ihre. Als getreues Weib sah sie ihm auch immer ähnlicher. Und es wurden, dort wo die steinigen Wege es eben wollten, neun Buben und ein Mädchen geboren. Der Kleinste starb fünfjährig, als ihn ein Auto überfuhr, das spurlos verschwand. Die Beerdigungen waren die unangenehmsten Verrichtungen all jener Jahre.

Dort drüben rechts lag Narja. Das Meer war so blau, daß es auf den Himmel überfärbte. Das da unten war der Fluß, der Río de la Miel. Die Küste war steil, aber ohne den Saum einer Brandung: Das Meer erstarb vor Ruhe. Die Felsen und die Klippen ließen sich bis auf den sauberen Grund sehen und gaben dem Wasser tausend Farben. Die Boote mit ihren zuckerbraunen Segeln pflügten sich ihren

Weg. Kleine Segler, kleine Fische, kleines Leben, Elend unter immerblauem Himmel. Entsetzliche Eintönigkeit, Wassermangel. Einzig die Geranien durchbrachen die Gleichförmigkeit und wuchsen willkürlich und wild. Auf dem Dreifuß der irdene Topf, und mit gebrochenem Rücken die Glut anfachen. Kohl, Gazpacho* und immer wieder Brot. Und so einen Tag und ein Jahr und das nächste. Das Zuckerrohr zittert in der Zugluft und pfeift. Schaut man hinauf, nach rechts, Olivenhaine und Espartogras. Staub. Weiter oben die Berge, zwischen Blau und Violett. Unten ist alles bräunlich, farbloses Grau, patiniertes Grün. Dort, gegenüber, ahnt man Málaga, Hauch eines vergessenen Lebens. Das Dasein stürzt herab wie Sonnenglanz und stumpft ab. Arbeiten, sich schinden, auf Steinen hocken, die ohne Schatten sind, und warten, unter dem nächsten Ölbaum oder auf der geeigneten Trockenmauer, bis das Mittagessen kommt, das gleiche wie gestern. Weder weiß sie mehr den Namen des Klumpfußes von Vera, noch er den ihren. Sie reden fast nie miteinander. Ihre Augen sind eingeschrumpft, es gibt für sie ja nichts mehr zu sehen. So leben sie in ihrer Nacht. Die Jungfrau de las Angustias, Schutzherrin Granadas, thront über allem in sanfter Liebe.

Der Klumpfuß wirft von Zeit zu Zeit einen Blick auf das Mädchen. Wie ist es groß geworden? Wie konnten diese achtzehn Jahre vergehen? Das Maß seiner Zeit sind die Rebstöcke, die Ölbäume und das Schilfrohr. Das menschliche Zeitmaß entgeht ihm und überrascht ihn. Ihre kleinen Brüste zappeln und sind wohl zart. Der Vater schneidet mit dem Messer ein Stück Brot ab und schaut blicklos gegen das Dorf hinunter. Wie sind diese achtzehn Jahre vergangen? Er gibt sich keine Antwort. Er blickt auf die Furche,

* Andalusisches Gericht: eine Art Suppe, die nicht gekocht wird. Sie wird zubereitet aus Öl, Brot, Tomaten, Pfefferschoten und kaltem Wasser. (Anm. d. Übers.)

die er eben gezogen hat. Wird ihn sein Herr wohl Tomaten pflanzen lassen? Er hatte schon einmal nein gesagt, doch diesmal möchte er darauf beharren, und wenn jener es wieder verwehrt, wird er sie dennoch pflanzen. Er kommt ja nie hier vorbei. Mit seinen schneeweißen Zähnen kaut er sein Essen. Ich kann keine Zinsen zahlen, wenn ich keine Tomaten pflanze und es dem Herrn egal ist, ob sein Grund und Boden welche hergibt. – Das ist recht für solche, die nicht viel Land haben und wollen, daß ein halber Hektar ihnen von allem etwas gibt. Das ist nicht mein Fall. – Krächzend flattern einige Krähen vorüber. – Ich werde mal nach Cerro Gordo gehen müssen...

Wegen eines gesprungenen Achsrings tauchte irgendein Juan Pérez dort oben auf, ein Kärrner aus Vélez-Málaga. Zwar stotterte er ein wenig und war ein Genießer, aber gerade sein Zungenschlag verlieh ihm eine gewisse Anmut. Er gewöhnte sich an, einige Stunden in ihrer Hütte zu rasten, alle zehn oder vierzehn Tage, auf der Durchreise. Er vergaffte sich in das Mädchen und das Mädchen sich in ihn. Die Dinge nahmen ihren Lauf. Den Eltern schien die Sache nicht schlecht – sie verständigten sich mit einem Kehllaut und einem Achselzucken. So wurde geheiratet. Die Kleine hatte ohnehin schon lange Lust zu wissen, wie das eigentlich sei. Das geschah etwa um Weihnachten 1935. Die Kleine zog mit ihrem Mann fort, um in Vélez-Málaga zu leben. Die Eltern blieben bei ihrer Straßenkehre und warteten auf das Sterben. Sie würden dereinst im Massengrab von Narja zu liegen kommen. Der Weg dorthin war weit; er war ihn schon lange nicht mehr gegangen. Doch für ein letztes Mal...

Von der Ausrufung der Republik hatten sie wortlos Kenntnis genommen. Die Ereignisse in Asturien hatten schon mehr zu reden gegeben, mit dem Schwiegersohn und mit Alfredo el Pescadilla, dem Fuhrmann, der ihnen unter seiner Deckplane das wenige mitbrachte, das sie brauchten. Man nannte ihn den Pescadilla, weil er manchmal, wenn der Zufall es ergab, Fisch für seine Kundschaft mitführte. In seinem Planwagen fand man alles: Wasserkrüge, Kerzen, Pfefferwurst, Zahnstocher, Pfannen, Lauskämme, Schreib- und Zierpapier, Seife und bunte Bänder, Safran, Schöpfeimer, Nähzeug und alles, was man ihm die Woche vorher aufgetragen hatte. Dem Klumpfuß war die ganze Sache mit der Republik gleichgültig. Er war nicht dafür. Die Dinge ließ man am besten so, wie sie waren. Wenn man sie so eingerichtet hatte, so war es gut getan, und da gab es nichts zu grübeln. Das war recht für Tagediebe. Er, der schon ein Stück Leben hinter sich hatte, wußte es. Ein jeder esse sein Brot und mische sich nicht in fremde Angelegenheiten. Wer ein Herrensohn war, wird es immer bleiben. Wir wissen ja, daß es Dummköpfe sind. Nach fünfundzwanzig Jahren hatte der Klumpfuß noch immer die gleiche Meinung von der Welt wie damals, als er im Gemenge der Freudenhäuser Málagas lebte. Er vermochte nicht, sich die Welt anders vorzustellen. Und im Grunde blieb ihm nur ein Groll gegen seine ersten Arbeitsgenossen, die Kumpel, die ihm ja schließlich die Stimme kaputtgemacht hatten mit ihrem roten, alles durchdringenden Staub. Die Mutter hörte von nichts, abgeschirmt wie sie war unter dem Schild ihrer Geburten, in ihren schwarzen Röcken.

Eines Morgens, etwa im August des Jahres '36, stiegen zwei Männer vom Dorf herauf. Sie kannten ihn kaum. Sie hatten Jagdflinten umgehängt.

»Salud.«*

»Hola.«

»Das Komitee hat dir dieses Land zugeteilt, von jener Hecke dort drüben bis an die Schlucht; jenseits der Schlucht soll Antonio el Madera es bebauen.

* »Salud« war das Grußwort der Republikaner. (Anm. d. Übers.)

Und du hast noch Glück gehabt: Einige waren dafür, dich auszuschließen. Du mußt beim Komitee vorsprechen.«

Und sie gingen wieder.

Der Klumpfuß zuckte mit den Achseln und lebte weiter, als wäre nichts vorgefallen. Da traf er eines Morgens den Cuchipato.

»Was machst du denn hier?«

»Dieses Land gehört mir.«

Der Klumpfuß sah ihn mit Verachtung an.

»Hat Don Manuel es dir etwa verkauft?«

Der Mann sagte: »Schön«, und machte kehrt. Man nannte ihn den Cuchipato, weil er ein wenig breitbeinig einherging.

Am nächsten Morgen wurde er abgeführt, zwischen zwei umgehängten Jagdflinten. Die Läufe glänzten in der Sonne. Sie stiegen ins Dorf hinab, zwei Kilometer auf guter Straße. Einer von beiden, der auf der rechten Seite, sagte: »Schön hält der Franzose seine Felder.« Die anderen stimmten wortlos zu. Es war zu heiß, um zu sprechen. Der Klumpfuß dachte sich weiter nichts bei der Sache, er lief und stellte fest, daß der Spaziergang seinen Gliedern wohltat. Und wenn sie mich umbringen, was tut's, lange lebe ich ohnehin nicht mehr. Aufstehen, sich ankleiden, essen, arbeiten und schlafen, das kenne ich jetzt zur Genüge. Da spielt es keine Rolle mehr, an welchem Tag Schluß ist. Ja, der Franzose hat seine Felder immer gut bestellt, aber das habe ich nun schon öfter gesehen, wozu denn noch einmal? Übrigens werden sie mich gar nicht umbringen. Es glitt ihm ein Steinchen in den Hanfschuh, er bog das Bein und klaubte es heraus. Die anderen blieben fünf Meter weiter unten stehen und warteten.

»Der Merengue dürfte schon etwas mehr Ordnung haben«, sagte der rechts.

Damit erreichten sie das Dorf. An einem kleinen Platz – sechs Akazien, von Zierbändern aus Backstein eingefaßt –

befand sich das Haus des Grafen. Ein Herrschaftshaus, das mit einem großen Tor und zwei Gitterfenstern prunkte und eine ganze Flanke des Platzes einnahm. Die Sonne warf einen Schattenkeil darauf. Im Flur, der mit dunklen Fliesen ausgelegt war, hatte sich das Komitee versammelt. Dort war es luftig und kühl. Der Wasserkrug am Boden sah aus wie eine kauernde Katze. Sie warteten, bis die Überraschung des Temperatursturzes vorüber war; was eben noch Schweiß gewesen, legte sich jetzt als eiskaltes Gitter über die Haut.

»Hola, Klumpfuß«, sagte einer, der am Tisch saß. »Setz dich.«

Der Mann gehorchte. Das Komitee bestand aus fünf Männern, die der Klumpfuß flüchtig kannte. Drei davon hatten nur ein Leibchen an, die anderen saßen im Hemd da.

»Es heißt, du wolltest das Land nicht, das dir zugeteilt worden ist?«

Der Angeklagte zuckte die Achseln: »Weshalb?«

Schweigen. Der Dickste sagte höhnisch: »Der hat Angst vor der Guardia Civil.«

Und ein anderer: »Der war sein Lebtag ein Außenseiter.«

Und der Klumpfuß sagte: »Das ist nicht wahr.«

Der in der Mitte griff ein: »Du bist ein Arbeiter, du hast jenen Boden gut bebaut, also ist es nur natürlich, daß er dir gehört, verstehst du?«

Der Klumpfuß brummte etwas.

Da griff der Dicke wieder ein: »Ich sag' dir gern nochmals ins Gesicht, Klumpfuß, was ich vor ein paar Tagen der Gewerkschaft gesagt habe: Du bist ein übler Kerl, und das einzig Richtige wäre, dich bald einmal unschädlich zu machen.«

»Ich hab' nie mit jemandem Scherereien gehabt.«

Und der Vorsitzende: »Gerade deshalb, weil du keine Scherereien willst, weil du dir alles gefallen läßt, aus Feigheit, deshalb ist die Welt so, wie sie ist. Wenn alle wären wie du, dann blieben die Herren für immer die Herren.« Und er fügte bei, sich besonders brüstend: »Eigentum ist Diebstahl.«

»Das weiß ich schon«, erklärte der Klumpfuß. »So dumm bin ich auch nicht.«

»Dein ehemaliger Gutsherr, Don« – er betonte den Titel absichtlich – »Manuel Hinojosa, steht auf der Seite der Aufständischen. Wir teilen seinen Grundbesitz auf, damit er zum Nutzen des Kollektivs bebaut werden kann.«

Der Klumpfuß kam schon längst nicht mehr mit, er war wie betrunken und spürte einen schweren Balken vor der Stirn.

»Und weil wir wollen, daß alle Arbeiter aus der Reform Nutzen ziehen, haben wir beschlossen, dir deine Parzelle zu geben, obwohl du nie etwas von uns hast wissen wollen. Du warst allerdings auch nie gegen uns, zugegeben.«

Es entstand eine Pause. Dann erhob sich der eine, offenbar der Vorsitzende.

»Nimmst du deinen Boden an oder nicht?«

Der Klumpfuß las einen Zahnstocher auf, der ihm vom Schoß zu Boden gefallen war. Er stand auf und sagte:

»Ich nehme an.«

Und der Vorsitzende: »Du kannst wieder gehen.«

Als er hinausgegangen war, verstrickten sie sich in eine Diskussion.

»Für den ist es nie zu spät«, schloß der Dicke.

Der Klumpfuß hinkte bergauf, die Hände auf dem Rücken, in einer Haltung, die ihm eigen, aber unter Bauern selten war. Vielleicht hatte auch dies zu seinem Ruf der Seltsamkeit beigetragen. Er blickte auf die Straße: Staub und Steine. Die Erde ist mein, sie geben sie mir. Er blieb einen Augenblick stehen. Sie geben sie mir, weil ich sie bebaut habe, ohne daß ich jemandem Rechenschaft darüber schulde. Klar, wäre ich nicht fünfundzwanzig Jahre lang dagewesen, der Boden wäre verludert. Was mir gehört, ist die Arbeit. Nicht der Boden – der Ertrag. Wieder stand er still. Aber wenn ich nicht den Boden bebaut hätte, hätte er mich entlassen und hätte einen anderen an meine Stelle gesetzt. Und dann müßte er natürlich diesem anderen zukommen. Er humpelte bergan, erleichtert. Wenn ich will, kann ich ihn brachliegen lassen. Er lachte vor sich hin. Ohne ihn zu kaufen, ohne ihn zu erben. Er dachte an seine Frau und wunderte sich, daß er es tat. Ich werde Tomaten pflanzen. Don Manuel war immer dagegen gewesen. Er meinte, die Reben könnten Schaden nehmen. Wie der störrisch war! Jawohl, Tomaten! Er stieß an einen Stein und schob ihn aus dem Weg. Es wurde frischer, der Wind kam in Stößen, schwer vom Meer und wirbelte den Staub auf. Es ist zu heiß für die Jahreszeit. Was ist heute für ein Tag? Ich weiß nicht, jedenfalls ist es ein wichtiger Tag. Von jetzt an bin ich Grundbesitzer. Das Wort stieß auf einen Widerstand in seiner Brust, störte ihn. Er wollte nicht daran denken, und dabei spürte er es unter der Schädeldecke wie jenen Kieselstein im Hanfschuh. Er würde wohl mehr zu tun haben. Ja, bestimmt. Das konnte er ohne weiteres. Morgen schon wollte er anfangen, nein, gleich heute nachmittag, sobald er daheim wäre. Und er ging rascher bergan. Sie hatten es ihm ja gesagt, oder nicht? Nein, davon haben sie nicht geredet. Oder hatte nicht Miguel gesagt, von nun an würde er für alle arbeiten? Er wußte es nicht mehr. Jenes Gespräch im Hausflur war nun ganz verwischt. Nur etwas stach hervor: Er hatte den Boden angenommen. Es war ihm klar, daß er für alle arbeitete, wenn er für sich arbeitete. Hatte er das irgendwo gehört? Er begriff das nicht so ganz, aber er spürte, daß der Gedanke gut war, und das beruhigte ihn.

Er hielt an und betrachtete die Landschaft. Das hatte er noch nie getan; nie wäre es ihm eingefallen, ein Stück Land zu betrachten, auf dem er nichts zu tun hatte. Jetzt entdeckte er die Erde. Er fand sie schön in ihrem unaufhörlichen Gebären. Dort drüben wurde sie eben von einigen Männern geschunden: Das ist ihre Pflege. Sollte er laufen, um früher oben zu sein? Er faßte sich. Nur keine Dummheiten, und es kam ihm ein Gedanke, den er noch nie gehabt hatte: Wäre ich doch zwanzig Jahre jünger ... Was kündete der Wind? Er bekam Lust zu rauchen, gab es aber auf, um keine Zeit zu verlieren. Unversehens lief er bereits auf dem Pfad, der zu seiner Hütte führte.

Die Frau sagte nichts, als sie ihn eintreten sah. Sie suchte seinen Blick, und er wich aus. Jetzt erst – so folgte nun eine Entdeckung der anderen – merkte er, daß er es nicht mehr gewöhnt war, mit ihr zu sprechen, und wie schwer es ihm fiel, ihr kurzerhand die Nachricht mitzuteilen. Er blieb mitten im Raum stehen.

Sie: »Was wollten sie?«

Er: »Nichts.«

Er war drauf und dran gewesen, zu antworten: Man gibt uns den Boden. Sie, die sich eben bücken wollte, verharrte reglos und wartete auf mehr. Doch der Klumpfuß schwieg, und sie richtete sich langsam wieder auf.

»Ach so«, sagte sie, und mehr wurde nicht gesprochen.

Er trat in den Türrahmen und starrte dort unbeweglich und lange ins Leere. In den Augenwinkeln bebten ihm Tränen, die nicht wußten wohin und im kühlen Luftzug des sterbenden Herbstes vertrockneten. Die Frau schleifte einen Stuhl herbei und setzte sich auf die Schwelle. Der Klumpfuß dachte an jene Männer, die er nie beachtet hatte: Anarchisten und Sozialisten, und die ihm nun den Boden gaben. Er empfand plötzlich eine große Zuneigung zu ihnen. Es entging ihm nicht, daß diese Dankbarkeit eigennützig war, dennoch empfand er sie als etwas Echtes. Nun bereute er die Witzeleien, die Geringschätzung. Hätte er das gewußt! Aber wer hätte sich so etwas vorgestellt? Niemand hatte mir das erklärt... Die Frau brach das Schweigen beider.

»Wenn die anderen kommen ...«

Der Mann gab keine Antwort. Die kommen doch nicht, und kämen sie auch, ihm nähme keiner mehr den Boden weg. Der war sein, er fühlte ihn von den Sohlen her in sich aufsteigen wie einen Saft. Er war ebenso sein wie die Hände, wie die Brust, mehr noch als seine Tochter.

»Die sollen kommen«, sagte er und setzte sich auf den Boden.

Als er die Hände über den Knien kreuzte, erinnerte er sich wieder, daß er beim Aufstieg hatte rauchen wollen und daß er es über seinen Gedanken vergessen hatte. In aller Ruhe griff er nach seinem Tabakschuber aus Ubriqueleder. Er war verbogen, abgewetzt. Vor zehn oder zwölf Jahren hatte er ihn beim fahrenden Händler gekauft. Gemächlich drehte er sich eine Zigarette, indem er zärtlich, mit Daumen und Zeigefinger spielend, das Kraut ins Papier rollte. Er befeuchtete es, wobei er den Kopf langsam von links nach rechts drehte, und klebte es zusammen. Dann steckte er das Ganze in den linken Mundwinkel, klaubte das Feuerzeug hervor, und die Flamme sprang auf Anhieb an. Er lehnte den Rücken an die Wand und atmete tief ein. Das Papier glomm auf, sengte den Tabak an, der Mund verschlang den Rauch: Es war der erste Zug, den er als Mensch tat, die erste Zigarette im Bewußtsein, daß er lebte. Leise, mit seiner verstaubten Stimme, sang er in sich hinein. Die Erde stimmte mit den tausend Geräuschen ein, die eine Nacht still machen.

Die Tage vergehen. Auf einem Terrassenacker, an einen Olivenbaum gelehnt, raucht der Klumpfuß dünne Zigaretten, krumm wie seine Finger. Er denkt an nichts. Die Sonne scheint durch die Feigenkakteen, die die Böschung hinaufwuchern. Die Rebstöcke, die ich vor drei Jahren dort oben gepflanzt habe, gedeihen schön. Die sind noch mehr mein eigen als alle andern; das steht fest, denn Don Manuel hat nie etwas davon erfahren. Er hat mich gar nicht empfangen, als ich es ihm vor zwei Jahren melden wollte.

Er bricht eine Rebenranke und führt sie zum Mund, kostet ihren bitteren Geschmack. Dann legt er die Hand an den Boden, befühlt ihn: Es ist eine harte Erde, schwer zu zerkrümeln, trocken – wie ich selber, fällt es ihm ein –, und gleich möchte er sie in fetten Brotackergrund verwandelt sehen, strotzend von Kornsaft, schwerbefrachtet. Er streichelt die Erde, zerbröckelt sie in der Hand, tätschelt sie wie die glänzende Kruppe eines Pferdes. Er spürt, wie der Ölbaum ihm den Rücken deckt, ihn schützt. Es überkommt ihn die Lust, weit über Feldwege und Fluren zu schlendern, doch der Wunsch allein genügt ihm schon. Im Schutze der Stützmauer wächst der Kreuzdornstrauch. Er streckt den Fuß danach aus und läßt die Ruten federn. Die Erde durchdringt ihn von allen Seiten: aus dem Gras, aus dem Baum, aus den Steinen; und er läßt die Flut an sich hochsteigen, ohne Widerstand, hellwach. Jetzt reicht sie mir an die Hüfte, jetzt ans Herz, wenn sie mir an den Kopf geht, so werde ich toll.

Wenn die Nacht einbricht, wird alles wie Samt. Der Klumpfuß humpelt heimwärts, die Hacke auf der Schulter. Er begegnet dem Cuchipato: »Hola.« »Hola.« Als er schon wieder zehn Meter weiter ist, dreht sich der Klumpfuß nach ihm um und ruft ihn an:

»Hör mal, wo kann ich ein Gewehr kriegen?«

»Frag das Komitee.«

So geht er dorthin.

»Was willst du?«

»Eine Waffe.«

»Wozu?«

»Für alle Fälle.«

»Wir haben nicht einmal für den Krieg genug.«

»Dann lassen wir's halt bleiben.«

Und er geht wieder heim.

Eines Morgens taucht die Tochter dort oben auf. Ihrem Bauch nach ist sie im achten Monat.

»Und dein Mann?«

»Bei Jaén, als Chauffeur, im Bataillon X ...«

»Und dir geht's gut?«

»Ja.«

»Das ist recht.«

Die Mutter ereifert sich: »Man sagt, sie kommen.«

Die Tochter: »Ja, Schwarze und Italiener.«

Der Vater: »Woher?«

»Über Antequera.«

Der Vater: »Das ist noch weit weg. Bis hierher kommen sie nicht.«

Die Mutter: »Weshalb denn nicht?«

Der Vater schaut sie an und bleibt stumm, fast hätte er gesagt: Weil dieser Boden mir gehört ...

Die Mutter und die Tochter sitzen den ganzen Tag auf der Straßenböschung und fragen jedes Lebewesen nach Neuigkeiten. Autos fahren hin und her. Bald merkt man, daß mehr von Málaga gegen Almería fahren als umgekehrt. Die Tage verstreichen ... »Ist dir nicht kühl?« fragt sie von Zeit zu Zeit. »Sei unbesorgt, Mutter.« Sie wissen nicht, worauf sie warten. Dort kommt ein Esel. Auf ihm reitet eine Frau mit einem Kind im Arm. Hinterher, eine Rute in der Hand, ein Landarbeiter mit einem schwarzen Filzhut, der fast grün ist vor Alter. Sie rufen sie an, als sie vorbeiziehen:

»Woher seid ihr?«

»Aus Estepona.«

»Kommen sie?«

»Es scheint so, und auch, daß sie alles niederbrennen.«

Schon sind sie vorüber. Der Klumpfuß ist ständig bei seinen jungen Reben unten. Die Straße bekommt ein ganz anderes Leben, sie wird zum Strom. Nach und nach ist sie in Fluß geraten: Zunächst waren es Gruppen, jetzt ist es ein

Umzug. Der Mensch gerät in den Sog des Menschen. Einen Verein kann man gleichgültig ziehen lassen, nicht aber eine Heerschar. Am nächsten Morgen stieg der Klumpfuß zur Landstraße hinauf. Dort blieb er lange stehen und betrachtete die vorbeiziehende Karawane. Sie kamen vereinzelt oder in Gruppen, um einen Karren oder ein Maultier geschart. Es sah tatsächlich einem Fluß ähnlich. Sie zogen vorüber, alle durcheinander, Männer Frauen, Kinder, so unterschiedlich in Alter und Anzug, daß es schon wieder einheitlich wirkte. Das Braun, das Grau, das Rot, das Grün erstarrten neben der Müdigkeit, dem Schrecken, dem Schlaf, der aus den Falten der Gesichter starrte. Da hatten selbst die Kinder Greisengesichter. Die Rufe, der Lärm, der Redeschwall und die Schimpfworte gingen unter im stummen Gebrüll eines alles fortschleifenden Riesentiers.

Der Klumpfuß war wie festgefahren und wußte nicht weiter, unfähig, irgendeinen Entschluß zu fassen. Er wünschte alles zum Teufel, denn nur der konnte so etwas angestellt haben. Die alten Männer trugen die Kleinkinder, die Frauen mit den Packen in der Hüfte gingen alle gebückt, die dunklen Gesichter von jungen Furchen durchzogen, die Augen vom Staub gerötet, mit zerzausten Haaren, angstbesessen. Umsonst versuchten einige Kinder, im Kieshaufen am Straßenrand zu spielen: Die überstandene und noch drohende Ermüdung machte allem ein Ende. Dann konnte das ohrenbetäubende Spektakel plötzlich verstummen, und es herrschte eine schreckliche Stille. Nicht einmal die Karren wagten mehr zu kreischen. Den Pferden hing der Kopf zu Boden, als wäre der Kummet jetzt aus Blei. Der Belag auf den kupfernen Ziernägeln der Scheuklappen zeigte, wie lange die Flucht bereits andauerte. An dieser letzten Steigung stemmten sich auch die Männer an die Planwagen. Die kleineren Karren konnten derweil oben ausruhen. Als die Frauen die Höhe erreichten, rückten sie ihre Last zurecht und blickten noch einmal zurück. Und dann setzte das Plärren der Säuglinge ein, die einander weckten. Eine Frau versuchte ihren Weg fortzusetzen, einen Ballen unter dem rechten Arm, ein Kind rittlings auf der Hüfte, in den linken Arm gelehnt. Hundert Meter weiter oben gab sie es auf und setzte sich auf ihr Bündel, legte die Hände in den schwarzen Schoß und ließ etwa hundert Meter dieser düsteren, von Angst und Lasten geschmiedeten Kette an sich vorbeirollen. Dann nahm sie den Weg wieder auf und schleppte das wimmernde Kind hinter sich her: »Ich kann nicht mehr. Ich kann nicht mehr.« Dann fuhr wieder irgendein Wagen vorbei. Zwei Lastautos krochen heulend bergan, im zweiten Gang, kuppelten an jener Stelle und fuhren im ersten weiter. Die Stille, die sich bei Stockungen ausbreitete, war gleichsam ein Abschied ans Meer. Auch sah man etwa den Verband eines Verwundeten, das Rot und Schwarz der F.A.I.-Mützen.* Was vordem Entsetzen war, glich nun dem Tod, und die Flüchtlingsschlange wurde rasch eine Pöbelmenge.

Der Klumpfuß stieg zu seiner Hütte hinab und sagte zu den Frauen: »Ihr müßt auch gehen.«

»Und du?«

»Ich bleibe hier.«

Kein Einwand. Mit einem kleinen Bündel beladen, stießen sie zur Herde. Etwas trieb sie vorwärts, gegen das es keinen Widerstand geben konnte. Sie flohen triebhaft, weil sie wußten, daß eine Katastrophe nahte, etwas Widernatürliches, eine Walze, die sie überrollen würde, ein Erdbeben, dem man entgehen mußte, sollte auch die Flucht selber das Leben kosten. – Mein Vater, der in Ronda lebte ... Ganz einfach erschossen haben sie ihn ... Die lassen keinen Stein auf dem anderen ... Kaum angekommen, ging das Plün-

* F.A.I. ist die Abkürzung für Federación anarquista ibérica. (Anm. d. Übers.)

dern los. Das wenige, das man zu hören bekam, waren Gerüchte. Kein Kommentar, höchstens ein zorniges »Gott strafe sie!« aus dem zahnlosen Mund einer Alten.

Die Autos pflügten sich hupend voran, und die Leute drückten sich voller Angst beiseite. Rennen konnten sie schon längst nicht mehr, und auf jedes Hupen antwortete ein Wutgeschrei. Andererseits hängten sich die Leute wie Trauben an die Autos, die so fast nicht mehr vom Fleck kamen. Irgendeiner versuchte vorzufahren, bis ein Schuß dem Tumult ein Ende setzte. Die Menge bedrängte das Fahrzeug. Ein Mann mit umgehängtem Gewehr stieg auf das Trittbrett, eine Pistole mit langem Lauf in der Faust, und schrie: »Kameraden ...« Der Wagen rollte ungebremst zurück und fuhr zwanzig Meter weiter unten sanft auf die Böschung auf. Der Mann stieß einen Fluch aus und ging zu Fuß weiter. Über dem Steuer lag der Fahrer, tot.

Nach der Kehre, als man das Meer nicht mehr sah, fühlte sich die Menge sicherer und mäßigte den Lauf. Gruppen lagerten am Straßenrand. Der Klumpfuß stand noch immer da und schaute sich den Vorbeimarsch dieser entsetzten Menschheit an. Als einige aus dem Dorf herankamen und den Klumpfuß dort verweilen sahen, fragten sie ihn: »Kommst du mit?«

»Nein.«

»Sie kommen aber.«

»Wenn ihr mir den Boden gegeben habt, so hatte das seinen Grund. Ich bleibe.«

Sie mißverstanden ihn, doch einer sagte: »Laßt ihn doch«, und sie zogen weiter.

Jetzt kamen weniger Leute. Der Klumpfuß beschloß, nach Hause zu gehen. Die Temperatur war herrlich. Von Stufe zu Stufe fielen die Äcker in die Tiefe, bis sich alles in der Schleierfarbe der Salzteiche verlor. In der Nähe seiner Hütte begegnete er drei Milizsoldaten.

»Hola, salud.«

Man hörte den Motor eines Flugzeugs. Es mußte sehr tief fliegen, doch man sah es nirgends. Bei diesem Gebrumm streckten etwa zwanzig Männer, die hinter den Mauerranken in Deckung gelegen hatten, den Kopf hervor. Da, plötzlich, sah man es gegen das Meer abtreiben, der rechte Motor brannte. Die alte Kiste hielt sich eine Weile im Gleitflug und stürzte dann ins Meer ab. Gleichzeitig stachen zwei Achterstaffeln hintereinander auf die Absturzstelle und nahmen den Besiegten unter Feuer. Dann schwenkten sie ab gegen Málaga. Aus der Ferne hörte man Schüsse.

»Wenn wir nur noch ein paar mehr wären ... Hier käme keiner durch.«

»Sie wollen eben nicht.«

»Erzähl keinen Blödsinn. Blázquez hat mir versichert, daß vorgestern Truppen von Jaén aufgebrochen sind und daß dreitausend Mann aus Lorca Guadix erreicht haben. Von Almería sind schon vorher welche abmarschiert.«

»Ich glaube nicht ...«

»Halt's Maul!«

Der letztere schien einen gewissen Einfluß auf die anderen zu haben. Er fragte den Klumpfuß: »Hast du Wasser?« Und in anderem Tonfall stellte er klar: »Für das Maschinengewehr.«

Der Klumpfuß bejahte und fügte hinzu, fast ohne zu merken, was er sagte: »Falls ihr noch ein Gewehr habt, ich bin ein recht guter Schütze.«

»Woher weißt du denn das?«

»Ich stand mal im Dienst des Königs.«

»Von welcher Partei bist du?«

»Von keiner.«

»Bei welcher Gewerkschaft?«

»Bei der C.N.T.«*

* Confederación Nacional del Trabajo, eine linkssozialistische Gewerkschaft. (Anm. d. Übers.)

»Seit wann?«

»Seit ein paar Monaten.«

Er sagte es ohne Verlegenheit. Unter den Milizsoldaten war einer vom Dorf, der ins Gespräch eingriff: »Das ist ein eigenwilliger Kerl, ein Zuträger des alten Gutsbesitzers. Dem gäbe ich keine Waffe, eher gäbe ich ihm eins damit. Unversehens schießt er uns noch in den Rücken. Dem ist nicht zu trauen.«

Der andere fragte weiter: »Wem gehört denn jetzt das Land?«

»Ihm.«

»Wo ist es?«

»Hier.«

»So gebt ihm ein Gewehr. Und du« – er wandte sich an den Klumpfuß – »leg dich hierher, neben mich.«

Er verteilte die Leute in den Terrassenfeldern über der Straße und brachte dann hundert Meter weiter oben das Maschinengewehr in Stellung. Einen schickte er mit einer Meldung zu einer anderen Gruppe, sie sollten ihm die rechte Flanke decken. »Und ihr da, in die Äcker, so dicht an den Boden, wie ihr nur könnt!« Er gab ihnen das Visier bekannt. Da der Klumpfuß nicht hinterherkam, stellte er selber es ihm ein.

Sie warteten.

Die Landstraße war menschenleer. Ein Lastwagen hatte sich überschlagen, keiner wußte, wie. Ein verlassener Karren lag gekippt, das eine Rad drehte sich leer im Wind. Rechts schlugen Granaten ein. Es roch nach Thymian. Der Klumpfuß war zusammengefahren und bemerkte ein Zittern in den mageren Waden, dessen er nicht Herr wurde. Dabei spürte er keinerlei Angst. In regelmäßigen Abständen schoß die Kanone. Der Klumpfuß begann zwischen den Einschlägen zu zählen, um herauszukriegen, wie rasch sie aufeinanderfolgten, verhaspelte sich aber. Er versuchte, sich tiefer in die Erde zu buddeln. Zum erstenmal sah er sie aus solcher Nähe und entdeckte dabei allerhand Erstaunliches in den Ritzen. Das Gras war ein Urwald, die nahen Klebnelken mit ihrem gegabelten Stengel schienen phantastische Ungeheuer. Der Olivenbaum, der ihm links Deckung gab, war ihm noch nie so groß vorgekommen. All dies empfand er überdeutlich. Er gab drei Schüsse ab, als sich in der Ferne etwas rührte, dann brach er sich eine Margeritenblüte ab. Er entdeckte eine neue Welt. Er dachte an den Frieden und fuhr liebkosend über die Erde. Er öffnete den Verschluß, nahm einen Lader und schob ihn ein, sicherer und rascher als zuvor. Sein Kamerad zur Linken schmunzelte ihm zu.

»Nun denn, alles gut?«

»Alles gut.«

Einige Kugeln pfiffen hoch vorüber und mähten ein paar Ölzweige ab. Ein Maschinengewehr begann von rechts zu tackern. Ein zweites setzte ein, viel weiter weg.

»Bei dieser Kehre«, sagte der nebenan, »kommen sie nicht durch.«

Weiter hinten, auf der Landstraße, ging die Völkerwanderung weiter. Rafaela und die Mutter waren in der schwarzen Menge untergegangen.

Das einzig Senkrechte in der Ebene waren die Telegrafenstangen. Plötzlich hob weiter hinten ein Geschrei an: »Sie kommen!« Die Leute stoben mit unerhörter Behendigkeit auseinander. Auf der Straße lagen nur mehr Geräte, Fuhrwerke, ein weinendes Kind. Eine feindliche Jagdstaffel brauste heran. Aus hundert Metern Höhe knatterten die Maschinengewehre los. Deutlich sah man die Besatzung. Vorbei und fort. Wenige Verletzte und viel Wehgeschrei, tote Tiere, die man in den Graben schleifte. Dann ging der Zug weiter, unter Schrecken. Eine Frau fiel plötzlich tot hin. Die Unversehrten hasteten voran und hörten auf kein Flehen. Die Autos entfachten jetzt wilden Haß. Rafaela war mühsam aufgestanden. Die Mutter blickte sie angstvoll an.

»Hast du Schmerzen?«

Die Tochter, ein Taschentuch im Mund, gab keine Antwort. Sie kommen wieder! Rafaela hatte solche Schmerzen, daß sie nicht auf das Geschrei achten konnte, das ein Alter aus der Nähe auf sie losließ: »Hinlegen! Hinlegen!«

An einen Telegrafenmast geklammert, breitbeinig, fühlte sie das Reißen im Leib.

»Leg dich hin, Kleines, leg dich hin!« stöhnte die Mutter am Boden. Und Rafaela, aufrecht, zerbiß in ihren Wehen das Taschentuch. Ihr schien, als spalte man sie mit Axthieben. Das Getöse der Flieger, fauchend und rasch, Maschinengewehrfeuer und Handgranaten, aus dreißig Metern Höhe. Für die oben mußte das ein Geschicklichkeitsspiel sein. Rafaela empfand nichts als die Wehen der Geburt. Die fünf Kugeln in den Rücken hat sie gar nicht gespürt. Sie merkte bloß, wie sie die Stange losließ und daß alles sanft und leicht wurde. Sie sagte »Jesús« und schlug hin, im Fallen schon tot.

Diesmal zogen die Flugzeuge ab. Es lagen Körper herum, die stöhnten, und andere, die waren ruhig und stumm. Weiter drüben rannte ein Mädchen querfeldein, von Sinnen. Ein Kilometer weiter vorn begann der schwarze Fluß wieder zu strömen. Ambulanzen schwammen gegen ihn an. Sie waren beidseitig beschriftet: Das schwedische Volk dem spanischen Volk. Die Mutter fand man tot, das Neugeborene plärrte. Man schnitt die Nabelschnur durch.

»Lebt es?«

»Es lebt.«

Einer mit einem Steckschuß im linken Fuß humpelte heran und sagte: »Ich hab' sie gekannt, es ist Rafaela. Rafaela Pérez Montalbán. Ich bin der Gemeindeschreiber. Sie wünschte sich ein Mädchen.«

Ein anderer: »Das ist es auch.«

Der Schreiber: »Und es sollte Esperanza heißen.«

Irgendeiner: »Warum denn nicht?«

Der Klumpfuß wuchs aus der Erde wie ein Stück Fels. Er fühlte seine Lenden, seinen Bauch und seine Schenkel in den Boden gebettet, und der linke Ellbogen grub sich in den roten Grund. Zwei braune Steinbrocken reichten ihm ans Kopfhaar und bildeten eine Schießscharte. Er hatte den Kolben gut in die Schulter gezogen, zielte behutsam. Der Schuß versetzte ihm einen Hieb in die Achsel, der Ruck ging durch den Körper in die Erde über. Jedesmal verspürte er eine große Dankbarkeit. Er fühlte sich sicher, beschirmt, unverletzlich. Jedem Schuß gab er ein Wort für sein Ziel mit: Der ist für dich! Steck den ein, vielleicht wirst du klüger. Der Abend brach ein. Die Salven der Maschinengewehre dauerten an. Der nebenan sagte:

»Bleib du da.«

Die Schüsse wurden seltener. Der Klumpfuß suchte nach einem Wort und fand es nicht. Was er verteidigte, war das Seine, sein Schweiß, die Jungreben, die er gesetzt hatte; und er verteidigte es in offenem Kampf, nach Mannesart. Doch das gesuchte Wort fand der Klumpfuß nicht. Er hatte es auch nie gekannt, und nie wäre ihm eingefallen, daß man es auf sich beziehen könnte: Er war glücklich.

Willi Tell

I

Mein Oberst Serafin Gomez stützt sich am 12. Juni 1915 um elf Uhr morgens auf die Theke in Severianos Kneipe. Er trinkt sein Viertel Agavenschnaps, der ihm noch nicht schmeckt.

»Und was ist das da?«

Ein Bild, das zwischen halbleeren Flaschen mit abgerissenen Etiketten hängt. Gewöhnlich ist da ein Spiegel. Wie ist dieses Bild nach Ojo del Rio gekommen, auf dem Wilhelm Tell im Begriff ist, mit seiner Armbrust einen Apfel vom Kopf seines Sohnes zu schießen? In der Mitte die Stange mit dem Hut des Gouverneurs; im Hintergrund wunderschöne Berge mit schneeigen Gipfeln und grünblauen Matten. Severiano zuckt die Achseln.

»Wer weiß ... Da ist es, und da bleibt es. Mein Onkel hat's aufgehängt, nehme ich an. Der Herr Pfarrer sagt, es ist die Geschichte von einem gewissen Wilhelm, ich weiß nicht wie noch, aus der Schweiz oder sonstwoher. Das war eine berühmte Sache in der Zeit der Barbaren. Der Rechtsanwalt wird's wissen.«

Rufino Colmenares hat etwas davon läuten hören.

»Ja, das war eine berühmte Angelegenheit. Der Gouverneur des Ortes befahl, seinen Hut auf eine Stange zu hängen.«

»Diese da eben.«

»Und er befahl, daß alle ihn grüßten und dabei zum Zeichen der Ehrerbietung den Kopf entblößten.«

»Als ob er heilig wäre.«

»Genau das, Herr Oberst.«

»Und das mit der Muskete?«

»Das ist keine Muskete, Herr Oberst.«

»Was ist es denn, Herr Rechtsanwalt?«

»Eine Armbrust.«

»Und ich sage Ihnen, es ist eine Muskete.«

»Schon gut, Herr Oberst. Da es sich um Waffen handelt, müssen Sie es ja wissen.«

Die Ironie bleibt dem Offizier nicht verborgen. »Ich weiß, Herr Advokat, ich weiß. Und wenn Sie darauf bestehen, beweise ich es Ihnen, obwohl ich gehört habe, daß Sie nicht wild darauf sind, sich mit mir auf etwas einzulassen.«

»Das ist nicht mein Beruf.«

»Klar, das ist Männersache.«

Niemand kann sich erklären, wie Rufino Colmenares die Sticheleien von Serafin Gomez erträgt. Die beiden sind Vertrauensleute von General Villa. Auch deshalb ist der Jurist dem Offizier ein Dorn im Auge.

»Eines Tages mache ich ihn kalt«, erzählt er herum. Aber er hat nicht den Mut dazu. Er macht seinem Ärger wahllos Luft, indem er Streit sucht, aber der Anwalt ist gewitzt. Auch er hat sich einen Eid geschworen. Der Oberst ist gar nicht so dumm, wie es den Anschein hat; aufgrund seiner militärischen Erfolge kennt er das Terrain, das er betritt, »im Himmel wie auf Erden«, wie er ironisch zu sagen pflegt. Was die Feindschaft betrifft, ist diese durchaus berechtigt. Sie verachten einander von Herzen, was Anlaß zu theatralischen Versöhnungsszenen gibt.

»Was passierte dann?«

»Dieser hervorragende Mann namens Wilhelm Tell weigerte sich, der Anordnung des Zwingherrn zu folgen. Er wurde, zusammen mit seinem Sohn, der ihn gerade begleitete, festgenommen.«

»So ist das nun mal. Befehle sind dazu da, um ausgeführt zu werden.«

»Aber der Zufall wollte es gerade hier, daß das Opfer die Freiheit seines Vaterlandes verteidigte.«

»Das ist ein neuer ›Gesichtspunkt‹.«

Der »Gesichtspunkt«, den der Oberst Gomez besonders betonte, indem er das S hörbar zischen ließ, war ein bevorzugtes Wort in der Konversation des Anwalts. Er gab auf, als er den Witz begriff. Der andere hielt die Beute fest wie ein im Kampf erobertes Banner.

»Nehmen Sie einen kleinen Schnaps, Herr Rechtsanwalt.«

»Sie wissen doch, daß es mir schadet, Herr Oberst.«

»Andere Sachen schaden Ihnen mehr, und Sie tun sie trotzdem. Trinken Sie ein Glas. Ich lade Sie ein. Schenk ihm ein, Severiano, einen Doppelten.«

»Sagen Sie nur nicht, daß das eine Beleidigung sein soll.«

»Ich sage es nicht, Herr Anwalt, aber ich denke es.«

»Das ist nicht recht von Ihnen.«

»Ich tue nichts, was falsch ist, Herr Anwalt. Trinken Sie nun einen oder nicht?«

Colmenares denkt, daß Magenbrennen immer noch besser ist als ein dicker Ärger, wo General Francisco Villa mehr als zehn Meilen entfernt ist. Er zieht vor, es dem Offizier übelzunehmen, und befühlt dabei die Innentasche seines Jacketts, um festzustellen, ob er das Schächtelchen mit Karbonat nicht in Rosauras Haus vergessen hat, wo er eine angenehme Nacht verbracht hatte.

»Auf Ihr Wohl, Herr Oberst, nicht auf das meine. Aber da Sie darauf bestehen ...«

»Reden Sie nicht so viel, und kommen Sie mit der Geschichte von dem Bild zu Ende, die macht mir Spaß.«

»Der Gouverneur, der seine eigenen Vorstellungen hatte, befahl, daß Wilhelm zur Strafe für seine Unbotmäßigkeit einen Apfel auf den Kopf seines Sohnes legen mußte. Ich vergaß zu sagen, daß jener Wilhelm Tell als guter Schütze bekannt war. Wenn er traf ...«

»Wie viele Schritte?«

»Das weiß ich wirklich nicht.«

Der Oberst sah das Bild an und schätzte ab. »Das werden gut dreißig Meter oder mehr gewesen sein.«

»Sie müssen es ja wissen.«

»Natürlich weiß ich's. Man braucht nur ein gutes Auge und eine gewisse Erfahrung. Schenk noch was ein, Severiano. Nein, für den Anwalt nicht, er hat einen schwachen Magen. Ist es nicht so, Herr Rechtsanwalt Colmenares?«

»Sie treffen immer ins Schwarze, Herr Oberst.«

»Und ob. Wissen Sie, das mit dem Apfel ist gar nicht schlecht. Und was war dann?«

»Der Mann weigerte sich. Aber der Sohn, der Vertrauen in die Treffsicherheit seines Papas hatte, bestand darauf...«

»Es gibt noch Söhne, die es verdienen, Söhne zu sein. Nicht wie manche, die ich kenne. Auch das finde ich gut. Und was passierte weiter?«

»Der Mann zielte sorgfältig.«

»Ich habe Sie gefragt, was weiter passierte, mein Lieber.«

»Er traf mitten in die Frucht.«

»Da sehen Sie, daß...«

»Dummerweise sah der Gouverneur, daß Wilhelm einen zweiten Pfeil im Anschlag hatte, und er fragte ihn, was er damit vorhabe. Wilhelm Tell, ein tollkühner Mann, antwortete, wenn er seinen Sohn zufällig durch falsches Zielen getötet hätte, hätte er ihm den zweiten Pfeil, verdammt noch mal, mitten in die Stirn, in die des Gouverneurs, gejagt.«

»Tadellos, Herr Anwalt, tadellos.«

»Das ist Ihre Ansicht und die der Geschichte, Herr Oberst, aber es war nicht die des Zwingherrn, der nicht zu seinem Wort stand und den Tell einlochte.«

»Sie werden schon wissen, was er da Seltsames gesagt hat, aber er bestand auf seinem Recht. Daran gibt es nichts zu rütteln. Autorität bleibt Autorität. Und was geschah dann?«

»Ehrlich gesagt, Herr Oberst, hier läßt mich mein Gedächtnis im Stich; ich erinnere mich nicht.«

»Dann finden Sie es bitte heraus. Und sobald wir nach Aguascalientes kommen, erzählen Sie es mir.«

Er war in den Anblick des verschmutzten Bildes versunken. Es war voll von schwarzen Fliegenklecksen, an vielen Stellen verkratzt. Der Rahmen war abgesprungen.

»Severiano, leere Gläser sind mir zuwider. Am besten gefällt mir das mit dem Hut. Eines Tages hänge ich in irgend so einem dreckigen, gottverdammten Dorf meinen Hut auf; mal sehen, ob dann auch so ein Willi Tell aufkreuzt. Ach Quatsch, das gibt's doch nur auf Bildern. Hier gibt es verflucht kein anderes Mannsbild außer mir und dem General Villa. Stimmt das etwa nicht, Herr Anwalt?«

»Wenn Sie es sagen ...«

»Halt, laß die Flasche hier. Du und ich, wir müssen uns ein bißchen miteinander unterhalten.«

Er muß mit Severiano über die Sache mit seinem Freund Rosalío sprechen. Er hat nicht erwartet, den Anwalt Colmenares so früh in der Kneipe zu treffen. Keiner kann ihm ausreden, daß es die Schuld des Advokaten ist, wenn er noch keinen Generalsadler auf der Mütze hat.

Jenes Gespräch neulich, länger als ein Tag ohne Alkohol, in Fresnillo, sie beide allein, der General und der kleine Pinscher, während sie vor dem Rathaus auf und ab gingen, und das Lachen des Chefs, als er ihn ansah!

»Nein, von Ihnen haben wir nicht gesprochen, Oberst Gomez.«

Wer soll das glauben? Umbringen sollte man diesen Wurm, der ihm Magenschmerzen verursacht. Er weiß nicht, warum, aber er merkt es, er fühlt es. Ein Schwanken in der Stimme? Er könnte es nicht sagen. Ein bestimmtes Wort? Er findet es nicht. Aber es ist wahr, daß der General ihm gegenüber ganz anders ist. Warum? Wegen der Sache in Santa Maria? Das kann nicht sein. Nein, es ist der Anwalt. Dieser Unglücksmensch mit Schnurrbart und steifem Kragen... Aber das läßt er sich auf gar keinen Fall bieten; im Guten nicht, im Bösen noch weniger. Was also tun? Wie kompliziert das Leben manchmal doch ist. Aber er wird es büßen müssen. Und jetzt zur Sache mit Ines. Es ist nicht so leicht, wie er meinte. Manchmal macht man sich Illusionen, weil man glaubt, man braucht nichts weiter als die Dinge zu sagen, und damit hat sich's. Ach was! Wie kompliziert das Leben manchmal doch ist, vor allem, wenn man etwas erklären muß, wofür es keine Erklärung gibt. Aber er hat es seinem Freund Rosalío versprochen, und Versprochenes muß man halten. Rosalío hat nicht recht. Und doch...

»Schenk noch einen ein, Severiano, und paß auf.«

II

Die Kneipe von Ojo del Rio ist genau wie alle anderen, sie unterscheidet sich nur dadurch, daß sie in Ojo del Rio liegt, einem Ort in Zacatecas, fast schon in Aguascalientes. Flaches, dürres Land. Viel Staub und reichlich Fliegen; nicht allzu viele, denn es ist ein kaltes Land. Der Name des Ortes ist ein Geheimnis, viele Meilen im Umkreis gibt es keinen Tropfen Wasser. Sie sagen, wenn das Stauwerk des Refugio fertig ist... Da ist der Ingenieur, hat gerade das Frühstück hinter sich. Aber kein Mensch weiß, wie der Schlamassel ausgeht. Und wenn es fertig ist, muß man erst sehen, womit es gefüllt wird. Inzwischen ist das Land nicht bewässert, und es regnet nicht.

Die Häuser und Hütten haben sich wie von ungefähr um das Gotteshaus gruppiert: eine von den vielen Kirchen, über die der Reisende staunt. Von woher wurden die Steine gebracht? Wer hat sie bearbeitet? Gewiß ist, daß sie da steht mit ihrem großen Schiff, ihren Altären, ihren Heiligen aus Zuckerzeug, außer einem Christus, beim Eingang rechts, schrecklich, knochig, blutend, mit einer Tunika aus violettem Samt, langem, offenem Haar, das seinen Glasaugen einen dramatischen Ausdruck verleiht; starr blicken sie auf die Indios, die stundenlang mit offenen Armen vor ihm auf den Knien liegen. Die Frauen mit ihren um den Kopf geschlungenen Tüchern ziehen die hübschen, rosigen Heiligen Antonius und Josef vor.

Severiano, Lopez mit Nachnamen, ist Spanier, aber nur noch ein wenig. Er kam schon als Kind herüber. Von allem hat er wenig: Statur, Lust zur Arbeit, zum Essen und Trinken, ganz zu schweigen von der Lust, etwas dazuzulernen oder sich zu rasieren: wahrhaftig reichlich unsauber. Er ist der Besitzer des Bazars von Aguascalientes, wo es alles gibt. Angrenzend an die Kneipe, die ihm auch gehört. Man mag ihn nicht ungern. Seit mehr als vierzig Jahren ist man an ihn gewöhnt. Er kam kurz nach der Sache bei Querétaro. Señor Tomas brachte ihn aus Cangas de Onis mit, sein Onkel, Asturianer, der durch einen Zufall in Ojo del Rio hängenblieb: Er war Maultiertreiber und brach sich dort in einer häßlichen, dunklen Nacht ein Bein. Danach hinkte er und machte einen kleinen Laden auf, ließ aus der Heimat – gute Idee, das! – seinen Neffen und dessen älteste Schwester kommen. El Renco, den Lahmen nannte man ihn, heiratete sie. Er hatte kein Glück, die Frau verschwand noch im gleichen Jahr. Man wußte nicht, wer sie mitgenommen hatte, und wenn man es wußte, sagte man es nicht. Im Jahre '06 starb Señor Tomas, Severiano blieb im

Laden und heiratete eine aus Jerez. Sie war keine Schönheit, aber fleißig und hatte üppige Formen wie nur irgendeine: Ines, Mädchen für alles, außer daß sie sich in der Kneipe sehen läßt.

III

Einige Meilen von Ojo del Rio befand sich eine große Hazienda, Loma Vieja, mit schönem Vieh und vielen Knechten. Man hatte wenig mit dem Dorf zu tun, denn für Don Manuel Gándara wurde alles aus Aguascalientes geliefert. Ein gewisser Don Andrés, Verwalter, führte die Oberaufsicht. Seit dem Ende des Jahres 1913 hat er nicht mehr vom Besitzer gesprochen, auch nicht von seinem Vertrauensmann, aber dafür viel von Serafin Gomez, vierzig Jahre alt, ordentliches Gewicht, beachtlicher Schnurrbart. Um diese Zeit damals standen die Tagelöhner in Loma Vieja, mit wenigen Ausnahmen, unter dem Befehl von General Villa hinter ihm. Es gab keine Klagen; er schoß nicht quer wie sein Freund Manuel Ramirez, der ins Gerede kam, als er nach Jalisco ging. Mit Serafin Gomez zusammen war sein Freund Rosalío Topete aus Ojo del Rio, aber man nannte ihn »den aus Puebla«. Serafin hatte eine Schwäche für ihn, wer weiß, warum. Er war ein mageres Männchen, blatternarbig, und mehr den Frauen als anderen Dingen zugetan. Er war viel herumgekommen, kannte die Hauptstadt Oaxaca und den Isthmus. Er trug immer einen Hut mit gekreuzten Kinnbändern und war sehr selbstsicher. Erstklassiger Hauptmann, kampferprobt, großer Reiter, leicht aufbrausend. Er hatte es auf Ines abgesehen. Im guten war aber nichts zu machen. Er schlich um sie herum, stellte ihr nach, doch sie zeigte ihm die kalte Schulter. Das reizte ihn, er versuchte es auf die wilde Tour. In jener Nacht hatte er auch keinen Erfolg, denn sie drohte im rechten

Augenblick, ihm das Gesicht mit einem Rasiermesser aufzuschlitzen, das sie heimlich bei sich trug, was bei der Leibesfülle und all den Röcken kein Problem war.

Rosalío hatte immer ein gutes Mundwerk, und von dem Spruch »rede nur, du aus Puebla, dabei überliste ich dich« kam der Spitzname. Er war zwei Jahre dort und machte tatsächlich mit seiner Zungenfertigkeit Geld, das er in wenigen Wochen mit einem leichten Mädchen und beim Alburespiel in Veracruz wieder durchbrachte. Man hielt ihn für einen wenig seriösen Menschen, bis er sich mit seinem Kumpanen Serafin Gomez und mit Domingo Gonzales zusammentat, der in Cananea gewesen war und dem nie jemand etwas erzählte, und auch er erzählte keinem etwas, er war schweigsamer als ein Stein. Als die Aufstände gegen General Huerta begannen, rückte der aus Puebla mit seiner Freundschaft zu den Serdans heraus. Das sollte nun einer wissen. Rosalío war nicht intelligent, aber schlau; er wußte immer, was gespielt wurde. Die Politik machte ihm Spaß, nur weil es dabei etwas zu befehlen gab und er tun konnte, was ihm gerade in den Sinn kam. Und jetzt dieses Weibsstück. Natürlich, er konnte Severiano umlegen, obwohl sie sich von Kind auf kannten. Sein Freund Serafin wäre nicht damit einverstanden... Beim Trinken sprachen sie endlos über alles, außer über das, was sie auf dem Herzen hatten.

An jenem Morgen beim ersten Licht und den Flüchen merkte Serafin, daß etwas geschehen war, nicht gerade zur Freude seines Kumpanen.

»Wie hast du geschlafen?«

»Das sieht man doch, mein Lieber.«

»Wenn du mir's nicht übelnimmst – könnte ich dir vielleicht behilflich sein?«

Er tat, als höre er nicht recht. »Wie meinst du?«

Domingo Gonzales, der Schweigsame, kam herein.

»Was war denn los?«

Der aus Puebla hatte sich zu früh gebrüstet.

»Ich habe gehört«, sagt Domingo Gonzales, »daß der Ingenieur Ihrer Ines ein ...« Eine plumpe, unmißverständliche Gebärde mit den Fäusten gegen den Leib.

»Welcher Ingenieur?«

»Der vom Stauwerk. Ich will ja keinem zu nahe treten.«

»Was sagen Sie da?«

»Das ist doch nur Gerede«, besänftigt Serafin.

Rosalío spuckt Gift und Galle. »Anscheinend hat sie nur was für Spanier übrig.«

»Severiano ist einer von den anständigen«, kommentiert sein Freund.

»Gibt es die denn?«

»Ich bin dir behilflich, Ehrenwort.«

Rosalío muß mal austreten. Domingo Gonzales kratzt sich an der Gurgel, ein deutliches Zeichen von Ärger. In der Kneipe spricht Serafin Gomez, nach der Geschichte des Schweizer Helden bereits in seinem Normalzustand, weil er das siebte Glas gekippt hat, mit Severiano.

»Wenn ich meinen Hut dort aufhängen würde, würdest du ihn grüßen?«

»Ich hab' schon Schlimmeres gemacht.«

»Vielleicht hänge ich lieber dich auf.«

»Damit dein Freund Rosalío einen Spaß hat? Hör zu, Serafin: Wir kennen uns, seit wir so klein waren. Die erste Flasche Tequila, die ich meinem Onkel geklaut habe, haben wir miteinander getrunken. Wir waren arm und sind es noch. Jetzt bist du Oberst und magst diesen Rosalío lieber, von dem ich nicht weiß, was du an ihm findest.«

»Nenne ihn ruhig Hauptmann. Und schenk mir nochmal ein.«

»Du wirst ja wissen, was er für dich getan hat.«

»Er ist mein Freund.«

»Na schön. Aber er soll Ines in Ruhe lassen.«

»Du bist nicht sehr verbindlich.« (Dieses Wort hatte er von Colmenares aufgeschnappt.)

Was ging ihn eigentlich Ines an! Soll er das doch selbst mit seinem Freund aushandeln. Aber er hatte ihm versprochen... Was hatte er ihm denn versprochen? Er merkte, daß man ihn ansah. Da drehte er sich langsam um.

IV

Norberto Lopez Caamaño hatte die Laufbahn eines Ingenieurs für Straßen, Kanäle und Häfen wegen familiärer Schwierigkeiten in Madrid nicht beendet. Er hatte sich in eine sehr reiche Kusine verliebt, die seine Gefühle trotz des elterlichen Einspruchs erwiderte, bis man sie schließlich in ein Kloster steckte und ihm, der damals noch ein Knabe war, das Leben schwermachte. Norberto ging nach Mexiko, wo er einen Onkel mit einem Kaufladen hatte. Über Nacht wurde aus ihm ein veritabler Ingenieur. Die Gesellschaft, die den Damm beim Stauwerk des Refugio baute, schickte ihn nach Ojo del Rio, dem nächstgelegenen Ort. Der Mann aus Galicien ließ sich von der Revolution nicht abschrecken; er dachte, irgend jemand müsse das Werk zu Ende führen, das übrige interessierte ihn nicht. Er aß gewöhnlich in der Kneipe, weil es bequem und billig war, und er konnte sich nicht helfen: Ines gefiel ihm, ohne daß je mehr daraus geworden wäre. Die Wendung des Gesprächs war ihm unangenehm, er blickte den Oberst starr an.

»Was sehen Sie mich so an?«

Seit längerem wußte Lopez Caamaño, daß einem Mexikaner nichts lästiger war, als wenn man ihn unverwandt ansah. Worte machten ihm weniger aus und Schriftliches gar nichts.

»Es ist nichts.«

»Warum schauen Sie dann nicht den Anwalt an?«

»Der Herr kann tun wie ihm beliebt«, bemerkte der Rechtsanwalt.

»Sie sind also der berühmte Ingenieur?«

»Von berühmt ist mir nichts bekannt.«

»Es würde mir sogar Spaß machen, eine hübsche Leiche aus Ihnen zu machen.«

»Für uns alle kommt einmal die Stunde. Trinken wir ein Gläschen?«

Der Offizier gefiel ihm.

»Damit man mir nichts nachsagen kann.« Er setzte sich.

»Spanier, schenk ein.«

»Was kann er dafür, daß er Spanier ist?«

»Die Kinder der Hure können auch nichts dafür, und trotzdem sind sie's.«

»Ich habe gehört, daß Sie für eine anständigere Welt kämpften.«

»Was kümmern Sie sich um diese Angelegenheit, Herr Ingenieur?«

»Ich mische mich nicht ein, ich sage nur so.«

»Am besten hält man den Mund. Prost. Wann gehen Sie zurück in Ihre Heimat?«

»Es gefällt mir so gut, daß ich hier begraben sein möchte.«

»Es gefällt Ihnen also?«

»Ja, sicher.«

Er war mit seinen Bohnen fertig, und der Junge, der ihn bediente, brachte ihm eine Orange.

»Wollen Sie?« Er begann sie zu schälen.

»Ja, Herr Ingenieur, gern.«

Er reichte sie ihm, der Oberst nahm sie, befühlte sie, indem er sie von einer Hand in die andere rollte, warf sie in die Luft und fing sie wieder auf.

»Haben Sie gehört, was der Anwalt von dem Bild erzählt hat?«

»Nein. Ich höre für gewöhnlich nicht, was mich nichts angeht.«

»Sie sind doch gebildet, da kennen Sie sicher die

Geschichte von dem Willi auf dem Bild da.« Er deutete mit dem Kopf in Richtung des Bildes.

»Mehr oder weniger. Eher weniger als mehr.«

»Sie gefallen mir, Herr Ingenieur.«

»Freut mich.«

»Das wissen Sie doch. Und ich kann ebenso gut zielen wie der mit der Armbrust.«

»Gratuliere.«

»Soll ich es Ihnen beweisen?«

»Wozu? Ich bezweifle es nicht.«

»Man weiß nie. Besser, ich zeige es Ihnen. Warum stellen Sie sich nicht in die Ecke dort, mit der Orange auf dem Kopf? Ich treffe sie von überall.«

»Schießen Sie sie doch aus der Luft, das ist schwieriger.«

»Aber nicht so aufregend. Oder wollen Sie mir vielleicht erzählen, daß Sie Angst haben?«

»Ehrlich gesagt, ja.«

»Sie können nur ein Spanier sein.«

Der Anwalt schaltete sich ein: »Herr Oberst ... Der Herr ist nicht von hier.«

»Was haben Sie dabei verloren, mein lieber Anwalt? Warum mischen Sie sich ein? Auch Sie getrauen sich nicht, oder?«

»Ich finde das sehr vernünftig, was der Herr sagt. Wenn Sie wollen, gehen wir doch auf die Straße ...«

»Mit Ihnen? Das fehlte noch!«

»Wir werfen die Orange hoch, Sie schießen darauf, so oft sie wollen.«

»Nein, Herr Anwalt. Hier soll genauso gespielt werden wie bei dem Willi Tell. Es soll nicht heißen, ein Mexikaner ist weniger als der Franzose oder was er sonst ist.«

»Aber ...«

»Sie haben eben keinen ausgeprägten Nationalstolz, Herr Rechtsanwalt.«

»Hören Sie mit solchem Blödsinn auf.« Rufino Colmenares bereute das sofort.

»Was sagten Sie?«

»Sie haben es ja gehört.« Es gab kein Entrinnen.

»Wiederholen Sie doch, Herr Anwalt. Ich weiß immer gern Bescheid.«

»Ich sagte, es sei unwichtig, man müsse die Dinge sehen, wie sie sind, wirklich.«

»Mir scheint, Herr Anwalt, Sie wollen kneifen.«

»Hören Sie, Herr Oberst, lassen wir's lieber. Schließlich sind Sie jetzt nicht so in Form, daß Sie genau zielen können, und ein Unglück ist immer bedauerlich.«

»Das heißt also, daß ich einen sitzen habe und daß mein Puls unregelmäßig ist? Das wollen Sie doch sagen, Herr Anwalt? Sie sind sehr klug, aber was mich angeht ... Sehen Sie diese Hand? Sie zittert nicht von einem Glas mehr oder weniger. Und auf zwanzig Schritte, das ist von hier bis dort drüben, durchschieße ich ein Pesetenstück. Oder glauben Sie mir nicht?«

Von der Theke und von einem Tisch aus verfolgten ein paar Männer aufmerksam das Gespräch. Der Oberst wandte sich ihnen zu:

»Und Sie, was zum Teufel haben Sie damit zu schaffen? Sie glauben, der Rechtsanwalt hätte genausoviel Angst wie der Ingenieur hier? Keine Rede. Sie werden es gleich sehen. Anwalt, stellen Sie sich in die Ecke dort, mit der Orange auf Ihrem schönen Schädel, den die Heilige Jungfrau und Ihre lieben Eltern Ihnen mitgegeben haben.«

»Sie haben doch gesagt, keine Rede, Herr Oberst.«

»Also jetzt machen Sie keinen Rückzieher.«

»Ich mache jetzt keinen und auch später keinen. Ich habe nichts gesagt und sage auch nichts.«

»Aber ich sage es. Und werden Sie ja nicht bockig, wenn Sie nicht wollen, daß ich Sie auf der Stelle abknalle. Es ist ja schön und gut, daß Sie bei meinem General gegen mich stänkern. Aber Hosen sind Hosen, und Sie werden jetzt der Sohn höchstpersönlich von diesem Willi Tell da sein. Damit wir dem Ingenieur zeigen können, wie wir hier sind. Setzen Sie sich die Orange als Mütze auf.«

Er zog seine Pistole mit Perlmuttgriff, die er in Zacatecas gewonnen hatte.

Der Ingenieur kam dazwischen, der Oberst schnitt ihm sofort das Wort ab. »Sie sind doch ein richtiger Mann, oder nicht? Zuerst der eine, dann der nächste, so wird's gemacht und nicht anders.«

Die übrigen waren hinausgegangen, nur Severiano blieb, ganz tief hinter der Theke beschäftigt, um nicht bemerkt zu werden.

»Haben Sie mich gehört oder nicht, lieber Anwalt? Wenn Sie gehört haben, dann halten Sie dort still, und wenn Sie nicht gehört haben, dann hören Sie mich jetzt.«

»Dieses Spielchen wird meinem General ganz und gar nicht gefallen.«

»Das glauben Sie, Herr Anwalt. Er wird sich halbtot lachen, wenn er erfährt, was für eine Angst Sie gehabt haben. Angst oder Panik, Herr Rechtsanwalt?«

Er ging jedenfalls nach hinten.

»Noch ein Glas, Herr Anwalt? Das vor dem letzten Stündlein? Machen Sie mit?«

»Mitmachen oder nicht – knallen Sie mich gleich hier ab, wenn Sie es wagen. Sie werden ja sehen, was draus wird.« Er bemerkte, daß er plötzlich an Boden gewann.

»Es war doch nur ein Witz, Herr Anwalt. Schau einer an, wie Sie aussehen.« Der Jurist war totenbleich.

»Offenbar kann man sich hier nicht mit seinen Freunden amüsieren.«

»Sie werden sich schon amüsieren.«

»Mit wem?«

»Mit wem Sie wollen«, sagte Colmenares, machte kehrt und wollte hinaus. Schwitzend, mit weichen Knien, trockener Kehle ging er auf die Tür zu. Er war nicht sicher, ob dieser Barbar auf halbem Wege nicht vielleicht doch hinterrücks auf ihn schießen würde... Draußen brannte die Sonne, er mußte sich gegen die Wand lehnen. Das wird er mir bezahlen, dachte er.

»Sie sind nicht aus dem Holz Ihres Freundes geschnitzt«, sagte der Oberst zum Ingenieur.

»Wir sind alle mehr oder weniger aus dem gleichen Holz. Noch ein Glas?«

»Her damit. Sie gehören nicht zu denen, die kneifen.«

»Je nachdem.«

»Sagen Sie das nicht.«

»Doch, so ist's. Ihr Wohl.«

»Sie gefallen mir, Herr Ingenieur.«

»Das haben Sie mir schon mal gesagt.«

»Ich wiederhole die Dinge gern.«

»Das merke ich.«

»Los, stellen Sie sich in die Ecke, verderben Sie einem Freund doch nicht den Spaß.«

»Lieber nicht.«

»Was heißt hier: lieber nicht? Los, und keine Widerrede, denn allmählich ...«

»Noch ein Glas.«

»Na schön. Aber wenn Sie glauben, daß Sie dadurch etwas gewinnen, irren Sie sich, mein Freund. Der Oberst Gomez verträgt allerhand. Jetzt trinken Sie mal fünf kleine Tequilas mit etwas dazu, oder Kognak, wenn Sie lieber wollen, denn schließlich kosten sie mich dasselbe. Severiano, fünf Kognaks für den Ingenieur und fünf Tequilas für deinen Oberst, auf das Wohl deiner Frau.«

Severiano brachte das Gewünschte wie der Blitz.

»Los, worauf warten Sie? Eins und noch eins und wieder eins, nacheinander, damit keiner was sagen kann, über Sie nicht und über mich nicht.«

Der Alkohol machte den Galicier plötzlich mutig.

»Ich bin auch kein Krüppel, Herr Oberst.«

»Das glaube ich Ihnen.«

»Ich stelle mich dorthin, aber danach tun Sie das gleiche an derselben Stelle, genau wie ich.«

»Wenn ich doch sage, Sie gefallen mir ... Ich irre mich selten. Abgemacht, und wer kneift ... Los, worauf warten Sie noch?«

An der Tür tauchten drei Männer auf.

»Nur herein, ihr Angeber, damit ihr seht, daß es noch Männer gibt, hier und überall.«

Der Galicier stellte sich dorthin, wo der Oberst ihn haben wollte.

»Glauben Sie nur nicht, daß ich meine Zeit mit Zielen vertrödle. Auf drei geht's los.«

Er traf ihn in die Stirn.

»Verdammt, wo er mir doch so gefiel. Steht nicht so stocksteif da, oder habt ihr noch nie eine verfluchte Leiche gesehen? Bringt ihn raus! Ein Spanier mehr oder weniger – wen um alles in der Welt interessiert das schon?«

V

Das war allerdings nicht die Meinung des Herrn Generals Francisco Villa, als das Gros der Kolonne Stunden später in Ojo del Rio eintraf. Colmenares hinterbrachte ihm die Geschichte mit der angenehmen Aussicht auf etwaige internationale Komplikationen, da er hinzufügte, daß der Spanier bei einer ausländischen Gesellschaft beschäftigt gewesen sei. Der General ließ Serafin Gomez ins Rathaus kommen.

»Was ist geschehen, Oberst Gomez?«

»Wissen Sie, Herr General, der Spanier wollte sich aufspielen, und da jagte ich ihm eine Kugel in den Kopf.«

»Das wird, wie man so sagt, internationale Komplikationen nach sich ziehen, Herr Oberst Gomez ...«

»Glauben Sie das nicht, das ist eine Erfindung des Rechtsanwalts Colmenares, der ...«

»Vorläufig präsentieren Sie sich als Gefangener in der Kaserne.«

Rosalío wohnte der Szene tiefbetrübt bei. Villa winkte ihn zu sich heran. »Sie legen ihn um, Hauptmann.«

»Wie, Herr General?«

»Sind Sie taub, Freundchen?«

Der Hauptmann dachte, der General habe ihn dazu bestimmt, um ihn auf die Probe zu stellen, aber es war ein Zufall. Er hatte die ganze Nacht vor sich, und er war sicher, sein Kamerad hatte den Ingenieur wegen der Sache mit Ines um die Ecke gebracht. Was sollte er nur machen?

VI

»Wie hast du geschlafen?«

»Verflucht schlecht, Kamerad. Kommst du ohne was? Hast du keine Flasche dabei? Was, zum Teufel, soll ich denn hier? Was war überhaupt los?«

»Erinnerst du dich denn nicht mehr, daß du den Ingenieur ins Jenseits befördert hast?«

»Der General ist furchtbar wütend, nicht wahr?«

»Schrecklich.« Es entstand eine Pause.

»Dem Rechtsanwalt Colmenares wird's Spaß gemacht haben. Wie siehst du die Sache?«

»Schlimm, Serafin; ganz übel.«

»Was würdest du tun?«

»Abhauen, je eher, desto besser.«

»Wenn ich nicht mit Severiano gesprochen hätte ... Obwohl in Wirklichkeit dieser Willi Tell schuld daran ist. Wer ist dort draußen?«

»Nette Leute. Los.«

»Ich geh' ja schon, mein Freund. Aber folg meinem Rat,

schließlich ist Ines keinen Centavo wert, laß lieber die Finger davon.«

Nach zwanzig Schritten jagte Rosalío ihm die sechs Schüsse in den Rücken. Serafin sah ihn noch im Tode an.

Der General war in der Kneipe, als Rosalío erschien, um ihm von dem ausgeführten Auftrag Meldung zu machen. Er wandte sich nach Colmenares um: »Nachher werden wir das sogenannte Kriegsgericht halten. Ganz wie Sie wollen, lieber Freund. Sie sehen schon, wie Sie das machen, so etwas wie mit dem armen Kerl soll uns nicht noch mal passieren. Und Sie führen das Protokoll. – Das ist das berühmte Bild? Man hat mir die Geschichte schon erzählt. Also das Land, das man Schweiz nennt? Nicht schlecht. Sie haben keine Kinder, Herr Rechtsanwalt?«

»Wer weiß ...«

Villa sieht ihn lächelnd an, streicht mit der Linken eine Schnurrbarthälfte entlang. Er lacht, alle lachen. Auf der Theke liegt vergessen die Orange.

»Er hat sie also nicht getroffen? Der Oberst Gomez muß einen Ordentlichen sitzen gehabt haben. Er konnte mit der Pistole umgehen. Los, mein Junge, stellen Sie sich mal in die Ecke, mit der Orange auf dem Kopf. Sie werden sehen, der General Villa schießt nicht daneben ...«

Er schoß nicht daneben, aber der Rechtsanwalt Colmenares hatte von da ab ein schwaches Herz, bis es eines Tages ganz aussetzte, was jedoch erst lange Zeit danach geschah.

Die Orange machte einen Satz, platzte auseinander. Rosalío zerquetschte sie vollends mit seinem staubweißen Stiefel. Der Saft auf dem Boden. Serafins Blut.

Als es Nacht war, kam er mit vier von den Seinen zurück. Die Kneipe war geschlossen; Severiano hatte Ines nach Fresnillo gebracht, wo sie eine Zeitlang bei ihrer Familie bleiben sollte. Sie brachen die Tür auf. Der aus Puebla entlud seine schlechte Laune und die Pistole seines Freundes, die er geerbt hatte, auf das berühmte Bild und zerfetzte es völlig. Dann ließen sie sich vollaufen, bis sie nicht mehr konnten. Ines blieb weiter in seinem Herzen, bis ihn kurz darauf, in Celaya, genau in dieses Herz ein Schuß traf. Der kam nicht von General Obregons Truppe; es heißt, jener Domingo Gonzales habe ihn abgegeben, der schweigsamer als ein Stein war und in Cananea gewesen war und dem niemand je etwas erzählte.

Der Hunger

La Capilla hätte ebensogut eine Ranch, eine Farm oder eine Kongregation sein können. Sechsundachtzig Einwohner, sechs Pferde, acht Schweine, einige hundert Hühner, siebzehn Hunde waren wahllos über die Ebene verteilt. Die kahlen Berge lagen weit, zehn Meilen entfernt. La Cruz, Las Cuevas, El Encino, La Galera, die nächsten Ranches, waren ungefähr das gleiche; sie lagen im Süden, Osten und Westen. Im Norden war die Sierra. Solange es Wasser gab, ließ es sich leben, aber seit Jahren regnete es nicht mehr, und man wußte nicht, warum. Im Lauf von fünf Jahren mußten alle Tiere dran glauben. Einige Familien zogen weg. Die Dächer stürzten ein, die dicken Lehmwände hielten länger. Es ist kaum zu fassen; in ihren Rissen wuchs dürres Gestrüpp.

Pascual Moreno gab nicht auf. Der Regen würde kommen, Tomasa Lopez, seine Frau, glaubte es auch. Pascualito und Tomas meinten noch gar nichts: fünf und sechs magere Jahre alt.

Jedesmal leerer werdende Brunnen gaben Trinkwasser. Wenn man es für andere Zwecke wollte, wurde es verweigert. Die Leute von El Vergel, die Romeros, die von El Encino, von Palo Quemado gingen weg. Die Morenos, Tecolotes, Conejos, Barraganes blieben, fest davon überzeugt, daß es so nicht weitergehen konnte. Sie sprachen wenig. Nur die Kinder streunten miteinander umher. Alle zwei Wochen ging Pascual nach La Galera, um zu sehen, was es zu holen gab. Etwas Maisteig brachte er mit (wenn er weniger trank... – an Bohnen, wenn es auch nicht viele waren, fehlte es nicht), Salz und ein paar Kräuter, die er unterwegs pflückte. Es kam die Zeit, wo es in La Cruz, in Las Cuevas, in La Galera auch nichts mehr gab. Die Welt rückte noch ferner.

Als Pascual mit der Nachricht zurückkam, die von La Galera seien weggezogen, gingen auch die von El Vergel. Der Hunger wurde immer drückender. Als die Kinder nicht mehr draußen spielten, entschloß Pascual Moreno sich, nach Mezquital de Oro zu gehen. Es waren dreißig Meilen, aber dort »gab es alles«. El Tecolote, der »Uhu«, ging mit ihm. Sie waren Kameraden, kamen gut miteinander aus. Mit den Conejos und den Barraganes war das etwas anderes. Außerdem hatten die keine Kinder mehr, sie waren weg oder gestorben. Die Conejos waren vier, die Barraganes drei, ausgemergelt, zwischen vierzig und fünfzig. Nur von der ältesten Barragana wußte kein Mensch, wie alt sie war. Sie ging immer krumm; neben der Tür sah sie aus wie einer der Haufen grauer angebrochener Lehmziegel.

El Tecolote traf in Mezquital de Oro einen Bekannten, der eine Schmiedewerkstatt hatte; bei dem blieb er. Er kaufte nur ein paar Kilo Maisteig, die er seinem Freund für die Familie mitgab mit der Bestellung, daß er käme, sobald die Gelegenheit da sei. Mit dem Geld, das er für die Ohrringe seiner Frau bekam – sie waren das einzige, das ihnen außer dem Land geblieben war –, kaufte Pascual Moreno Salz, Bohnen, Maisteig, getrocknetes Fleisch und Paprikaschoten. Er wollte sich wieder auf den Heimweg machen. Es mußte regnen, er ahnte es, er war ganz sicher. Das sagte er auch seinem Freund. El Tecolote, der nicht wählerisch im Ausdruck war, antwortete:

»Quatsch, Freundchen, ist ja doch alles im Eimer. Geht eins schief, geht alles schief. Ich warte es lieber hier ab, und Schluß damit.«

Pascual war hartnäckig. »Nein, Bruder, das klingt zwar ganz schön, aber so großartig ist es auch wieder nicht.«

»Aber hier arbeitest du als Angestellter. Das drüben gehört uns.«

»Damit ist's vorbei.«

Mit dem Gewicht, das Pascual trug, war der Fußmarsch keine große Sache. Er hatte ja auf seinem krummen Rücken Tomasas Freude, die runden Augen seiner Kinder. Sie würden essen, und dann käme die Stunde, in der sein Wunsch sich erfüllen sollte. Wo die Not am größten, ist Gottes Hilfe am nächsten.

Als der dritte Tag zu Ende ging, erreichte er die Anhöhe von La Capilla. Er stieg den sanften Hügel hinauf. Von hier aus unterschied er in der Ferne das Haus. Im letzten Licht: die Mauer. Dann die Nacht, aber sie brachte sechs Lichter. Er näherte sich den ehemaligen Schweineställen der Barraganes.

Ehe er sich's versah, fielen sie über ihn her. Waren es nur die Barraganes oder auch die Conejos? Er wußte es nicht. Als er sich wieder bewegen konnte, stand der Mond hoch (er blieb nie aus, ohne Wolken). Sie hatten ihm alles abgenommen. Mühsam stand er auf. Sollte er sich das Seine zurückholen? Er allein gegen vier oder fünf? Er sah ihre verschlossenen Gesichter, die abwehrende Haltung.

Pascual war nie ein Mann der Tat gewesen, er wartete immer, daß die Dinge an ihn herankamen. Was der eine Tag nicht brachte, würde der nächste bringen. So war er: zerfurcht, mit hängenden Flügeln. Eine Zeitlang nannten sie ihn, obwohl es nicht richtig ist, es zu sagen, El Tarugo, den Dummkopf. Das hatte keinen Grund; er fand eben, daß das, wogegen es kein Mittel gibt, nicht geheilt werden kann. Weil er nicht viel hatte, brauchte er wenig. Aber das hier ging zu weit. Was sollte er machen? Fürs erste nach Hause gehen. Er sah gotterbärmlich aus, aber mehr noch tat es ihm in der Seele weh. Die Ungerechtigkeit grämte ihn bitter. Was würde Tomasa sagen?

Sie sagte nichts. Der Älteste lag im Sterben. Vor lauter Hunger.

»Die Barraganes haben mir alles weggenommen.«

Damit hatte man ihnen alles genommen. Sie klagten nicht einmal mehr.

Sie warfen Heu, Holzstücke, Bettzeug, den Tisch, die Bank auf einen Haufen, verrammelten die Tür, und mit den Kerzen der heiligen Jungfrau von Guadalupe legten sie Feuer.

Weder die Barraganes noch die Conejos kamen. Die glühenden Kohlen, die Wände, das eingestürzte Dach wurden naß von dem großen Unwetter, das am folgenden Morgen losbrach. Da begrub man sie: wegen des Geruchs. Und wegen der Geier, die, Gott weiß woher, gekommen waren.

Das Pferdchen

I

Villanueva de la Serena, 17. September 1948

Mein lieber Javier,
mein Onkel Jesus starb durch den Schlag eines Pferdehufs. Es war sehr bedauerlich. Seit seiner Rückkehr von Mexiko hatte er eine Abneigung gegen Pferde. Als junger Mensch war er ihnen sehr zugetan, jetzt ging er um nichts in der Welt mehr in die Nähe des Stalls. Er kam als ein geschwächter Hypochonder zurück, hatte zu nichts mehr Lust, am wenigsten zum Sprechen, was uns überraschte, wenn man bedenkt, wie er gewesen war. Er war vollkommen trübsinnig, verbittert, etwas nagte an ihm, er klagte ständig und litt unter Schwächeanfällen.

Es war ein alberner Tod, wie es bei einem Unfall zu sein pflegt. Die Rubiales riß sich los – es war nachts – und galoppierte auf dem Gutshof umher. Ramon und Artemidoro liefen hinaus, um sie aufzuhalten. Mein Onkel, der schlecht schlief, rauchte eine Zigarette auf dem großen Hof. Er traf mit der Stute zusammen, oder besser gesagt: Sie rannte auf ihn zu. Niemand weiß, wie es war. Jedenfalls stieß sie ihm einen Huf in die Brust. Er lebte noch vier

Stunden und spuckte eine unglaubliche Menge Galle. Dabei faselte er unzusammenhängendes Zeug.

Nie konnten wir den wahren Grund für seine Rückkehr herausbekommen. Er war kein Freund von Heimlichkeiten, aber nun war er verschlossen, fand Ausflüchte. Ich weiß nicht, ob du dich seiner erinnerst: schwarzbraun, von oben bis unten behaart; alles war klein für ihn, selbst die Erde, auf der er ging. Ich bin nie einem Pfarrer begegnet, der so viel vom Altar verdeckte. Man sah nichts als ihn. Vielleicht kommt es daher, daß es immer eindrucksvoll ist, mitzuerleben, wie einer aus der Familie das Meßopfer feiert. Wenn mein Onkel Jesus oder Don Bonifacio die Messe las, waren das zwei ganz verschiedene Dinge, Gott möge mir verzeihen.

Er machte alles mit. Die Alten erinnern sich noch, wie er als Mittelläufer spielte. Er brachte es bis zum Mannschaftskapitän. Gegen die Mannschaft von Zamora gab es einmal ein tolles Spiel; schneidig, aber skrupellos. Ich hätte nicht sein Pfarrkind sein mögen. Wenn ich mir vorstelle, ich hätte bei ihm beichten müssen, bekomme ich Gänsehaut, obwohl ich, wie Du weißt, vor nichts Angst habe.

Wir erwarteten ihn erst Jahre später zurück. Er schrieb wenig und kurz. Seine Ankunft überraschte uns. Unentwegt bezeichnete er die Mexikaner als Lasttiere, Ketzer, Barbaren oder Lumpen. Er sagte, er würde um nichts in der Welt dorthin zurückgehen, er erwartete, nach Fernando Poo versetzt zu werden. »Bei den Negern«, sagte er, »weiß man wenigstens, woran man sich zu halten hat.« Wir vermuteten, daß seine schlechte Laune vor allem daher kam, daß man ihn in San Martin »Don Chucho« (in der spanischen Umgangssprache eine Bezeichnung für Hund) nannte. Ich verstehe, daß dies jeden ärgern würde – Don Chucho hier, Don Chucho da, und, was das Schlimmste ist, wenn man bedenkt, wie menschlich er war: Don Chuchito. Mein Onkel als Schoßhündchen. Ein Vollblutspanier, wie er es wohl immer gewesen ist.

Es wird erzählt, daß er als junger Mann alle besiegte, wenn es galt, mit der bloßen Faust Nägel in Bretter zu treiben. Und erst beim Wettessen! Man spricht noch heute von dem Tag, an dem er Serafin, den »Panzer«, bezwungen hat. Sie kamen sogar von Badajoz, um zuzusehen. Wie konnte er es nur im Seminar aushalten? Mit Brot, sagte er. Es war ihm gleich, was er aß, nur die Menge machte es. Er kam magerer zurück. »Die Fresserei und das mißgünstige Alter zerstören alles«, sagte er. Nicht daß er altersschwach gewesen wäre, aber man sah ihm an, daß der Bauch nicht mehr vom guten Essen kam, es war ein Hängebauch. Weißes Haar durch viel Verdruß. Er blieb nicht mehr mitten auf dem Spazierweg stehen, um überrascht den fernen Duft eines Gerichts oder eines Bratens zu wittern, ihn einzuschätzen. Ich weiß noch, wie er sich an den Tisch setzte, mit welcher Andacht er den Stuhl oder Sessel – je nachdem, wie respektierlich das Haus war – zurückschob, wie er sich zwischen seinen Sitz und den Tisch zwängte, wobei er sich achtlos auf sein umfangreiches Hinterteil plumpsen ließ, den Stuhl jedoch vorsichtig und mit Behagen heranzog, begierig Ausschau haltend, was der Tisch bot; wie er das leckere Aussehen der Vorspeisen kommentierte, wenn es welche gab (dieser Schinken sieht zum Anbeißen aus), oder den köstlichen Duft der kalten Gemüsesuppe, des Kaninchenbratens – was soll ich dir noch sagen? Alles wurde gewürzt mit Gewissensbissen und Erkenntnissen über die Schlemmerei, ohne daß er dabei einen Happen ausließ, so schwer sich das Gesagte mit dem Herunterschlingen vereinen ließ. War das eine Esserei! Bis einfach nichts mehr da war, bis er nicht mehr konnte. Er schlang buchstäblich alles hinunter, schluckte, ohne zu kauen. »Es sündigt nicht in Schlemmerei, wer niemals übersatt war«, sagte er, indem er Zuflucht zur Volksweisheit nahm. »Schlemmen«, erklärte er, »heißt weiteressen, wenn der Magen befriedigt ist. Bei mir gibt es das nicht. Ich esse nicht aus Schlemmerei, sondern weil ich Hunger habe.« Hatte er so sein Gewissen beruhigt, verschlang er weiter, was ihm in die Quere kam.

Er hatte uns geschrieben: »In Mexiko können die Leute nicht essen. Sie essen keine zwei Tortillas, und die nicht einmal mit Ei gemacht, und fünf Bohnen; sie ernähren sich von Mais.«

Er kam verändert zurück. Die meiste Zeit tat er den Mund nicht auf. Nichts schmeckte ihm. Er verbrachte den Tag, indem er auf alles und jedes schimpfte. Bis die Großmutter sich ärgerte und ihn anschrie, warum er nicht in sein Mexiko zurückginge, wo es ihm so gut ergangen sei. War das ein Donnerwetter! Trotz allem glaube ich, daß es ihn wieder dorthin zog. Er fand an nichts mehr Vergnügen, am wenigsten am Essen, so viel Paprika man ihm auch hineintat, und das will etwas heißen. Seinen Worten nach war die Schärfe dort von anderer Art. Dort pflanzt man süßen Pfeffer, der erst mit der Zeit scharf wird. Was mußte das für eine Erde sein! Der reinste Staub. Deshalb sind dort, wie Don Froilán fälschlicherweise sagte, alle Bolschewisten, und diese Abneigung gegen Pferde ...

Als ich seine Papiere durchsah, fand ich eine Abschrift des Briefes, den er an den Herrn Erzbischof von Guadalajara schrieb. Damit ist alles klar.

II

Brief des Pfarrers von San Martin de Campostela an Seine Exzellenz, den Hochwürdigsten Herrn Erzbischof von Guadalajara

Ew. Exzellenz,

Ew. Exzellenz werden viele und vielfältige Nachrichten über die Ereignisse in San Martin erhalten haben. Zweifellos verdanke ich mein Leben dem göttlichen Beistand und dem Schutz der Heiligsten Mutter von den Sieben Schmerzen, die mich, Gott sei Dank, bisher nicht verlassen hat. Damit Sie sich aber ein entsprechendes Bild von dem Vorgefallenen machen können, will ich, da ich nun dazu in der – wenn auch noch schlechten – Lage bin, Ew. Exzellenz zuverlässig Mitteilung machen zu können, dies tun, obwohl es durch zweite Hand sein wird, da ich mich noch nicht der meinigen bedienen kann, wie es mein Wunsch und meine Pflicht wäre.

Ich brauche Ew. Exzellenz, den Gott viele Jahre erhalten möge, nicht daran zu erinnern, daß ich schon vor acht Jahren nach Mexiko kam und daß ich nach einer Zeit im Seminar von Zamora nach San Martin de Campostela geschickt wurde, um den Herrn Pfarrer abzulösen. Auch brauche ich Ew. Exzellenz nicht ins Gedächtnis, das viel besser ist als meines, zurückzurufen, in welch trauriger Verfassung ich das Dorf und seine Umgebung bei meiner Ankunft vorfand. Alles ertrug ich mit der Geduld, die ich angesammelt hatte zum Wohle der christlichen Erziehung, um diese bei den vielen Indios und Mestizen zu fördern oder von Grund auf vorzunehmen, welche den größten Teil der mir anvertrauten Bevölkerung ausmachen.

Obwohl ich nicht als übermäßiger Pedant gelten möchte – um das zu sein, sind Kenntnisse nötig, an denen es mir mangelt –, will ich es wagen, nicht nur die Tatsachen zu berichten, sondern zu versuchen, eine Erklärung des Hergangs zu geben. Wie Ew. Exzellenz sehr wohl wissen, wurde San Martin de Campostela 1532 gegründet, und zwar in der Nähe des Gebietes, das man für das Land der Amazonen hielt; man zeichnete bereits Pferdefiguren, die etwas, sogar viel mit dem zu tun haben, was sich vierhundert Jahre später zutrug.

Die Eroberer kamen an die Mündung des Flusses Santiago. Ich bitte Ew. Exzellenz, Notiz davon zu nehmen, wie die Pferde all die Zeit über einen wichtigen Faktor in dem ganzen Eroberungsgebiet bilden, das damals fälschlich als

Reich des Neuen Galicien bezeichnet wurde; es war dicht von Indianern bevölkert. In dem heutigen Valle de Banderas standen sich mehr als zwanzigtausend gegenüber. Dann kam Nuño Beltrán de Guzmán, mein so sehr verleumdeter Landsmann (alle vergessen in diesem Fall das göttliche Wort des ersten Steines). Was ist Wahres an dem Opfer des taraskischen Königs Caltzonci, außer daß er an den Schwanz eines Pferdes gebunden und geschleift wurde? Immer das Pferd, Exzellenz. Es heißt, er sei danach lebendig verbrannt worden. Dieses »lebendig« ist ein Beispiel für die Unredlichkeit der Geschichtsschreiber den Spaniern gegenüber: Wenn er am Pferdeschwanz geschleift wurde, sagen Sie mir, Exzellenz, wie konnte man ihn noch lebendig verbrennen?

Santiagos gibt es viele hier, wegen der Pferde. San Martin weniger, aber aus dem gleichen Grund – der heilige Bischof von Tours möge mir verzeihen. San Martin gibt es in San Luis Potosí, in Puebla, in Jalisco, in Oaxaca, im Staat Mexiko, in Tlaxcala, in Guerrero, in Hidalgo, in Michoacán, in Querétaro, in Zacatecas, sogar in Coahuila. Fast so viele wie in Spanien. Aber hier ist es wegen des Pferdes.

Genauso geht es mit den Santiagos. Wenn ich Ihnen alle, die ich kenne, aufzähle, glauben Sie nur nicht, daß ich sie auswendig weiß. Señor Salvador Martinez Escárcega (aus der Familie der ersten Einwanderer) hat sie mir aufgeschrieben, und ich trage sie immer bei mir, um mich zu rechtfertigen, wenn der Fall eintritt, wie jetzt. Dieser Augenblick kommt mir wie gerufen – Ew. Exzellenz mögen diesen gewöhnlichen Ausdruck verzeihen –, um die Unmäßigkeit einmal anzuprangern. Santiago ist wohl der Schutzpatron Spaniens, aber die mexikanische Vorliebe für den Apostel hat, wenn man das Volk kennt, etwas Obskures. Mögen Ew. Exzellenz nicht glauben, daß ich albernes Zeug fasele; mein Bericht wird es beweisen. Fangen wir mit dem Wichtigen an. Lesen Sie aufmerksam. Ich füge nichts hinzu, ich bin an die Folterbank der Wahrheit gefesselt:

Santiago Amoltepec, Santiago Apoala, Santiago Apóstol, Santiago Coicayán, Santiago Astata, Santiago Atzitzihuacán, Santiago Cacaloxtepec, Santiago Camotlán, Santiago Comaltepec, Santiago Chazmba, Santiago Choapan, Santiago Ixcuitepex, Santiago Ixuintla, Santiago Ixayutla, Santiago Jamiltepec, Santiago Jocotepec, Santiago Juxtlahuaca, Santiago Lachiguirí, Santiago Lalopa, Santiago Loallaga, Santiago Laxopa, Santiago Llano Grande, Santiago Maravatío, Santiago Matatlán, Santiago Miahuatlán, Santiago Miltepex, Santiago Minas, Santiago Necaltepec, Santiago Nejapilla, Santiago Nundichi, Santiago Nuyoó, Santiago Papasquiaro, Santiago Pinotepa Nacional, Santiago del Río (der einzige christliche Name!), Santiago Suchiquiltongo, Santiago Tamazola, Santiago Tepextla, Santiago Tejupan, Santiago Temoaya, Santiago Tenango, Santiago Teotongo, Santiago Tetepec, Santiago Tetla, Santiago Texcalcingo, Santiago Texcaltitlán, Santiago Textitlán, Santiago Tilaltongo, Santiago Tillo, Santiago Tlazala, Santiago Tlazoyaltepec, Santiago Tulantepec, Santiago Tuxtla, Santiago Xanica, Santiago Wiacuí, Santiago Yitepec, Santiago Yaveo, Santiago Yolomecatl, Santiago Yosondúa, Santiago Yucuyani, Santiago Zacatepec, Santiago Zautla, Santiago Zoochila, Santiago Zoquiapan. Glauben Sie nicht, daß dies alle sind, sie liegen fast durchweg in Oaxaca. Es gibt noch mehr, viel mehr.

Santiago Rincon de Romos in Aguascalientes; Santiago San Pedro in Coahuila; Santiago Manzanillo in Colima; Santiago Altamirano in Chiapas; Santiago Santa Barbara in Chihuahua. In Guanajuato: Santiago Acámbaro, Santiago Jaral del Progreso; Santiago San Francisco del Rincon. In Guerrero nur zwei: Santiago Coajinicuilapa und Santiago Tequipac. In Hidalgo drei: Santiago Atotonilco el Grande, Santiago Lolotla und Santiago Mineral de la

Reforma. Nein, ich irre mich, es sind mehr: Santiago San Bartolo Tutotepec, Santiago Tazquillo, Santiago Tlahuiltepa, Santiago Xochiatipán. Noch beim Lesen gerät mein Blut in Wallung. Santiago Tecalitlán in Jalisco. Fünf im Staat Mexiko: Santiago Amatepec, Santiago Teoloyucan, Santiago Villa, von Allende, Santiago Villa Guerrero, Santiago Zacoalpan. In Michoacán Santiago Huaniqueo und Santiago Huetamo. Santiago Chiutetelco in Puebla. Santiago San Joaquín in Querétaro. Ach, und noch eins in Oaxaca: Santiago Asuncion Ixtlaltepec. Ew. Exzellenz mögen noch die von San Luis Potosí hinzufügen: Santiago Tamazunchale und Santiago Villa de Arriaga. Ich wurde müde, Ew. Exzellenz – ich bin noch gar nicht auf dem Damm –, und schicke Ihnen die Abschrift der vergessenen in alphabetischer Reihenfolge: Santiago Ures, Sonora; Santiago Atzalana, Veracruz; Santiago Pinos, Zacatecas; Santiago Acahualtepec, Ixtapalapa, Stadtgebiet von Mexiko; Santiago Acatlán Tepeaca und Santiago Acozac in Puebla; Santiago Acutzilapan im Staat Mexiko; Santiago Ahuixotla, Stadtgebiet von Mexiko; Santiago Alseseca, Puebla; Santiago Atlepetlac, Stadtgebiet von Mexiko; Santiago Bayacora, Durango; Santiago de los Caballeros, Sinaloa; Santiago Casandejé im Staat Mexiko; Santiago Clavellinas, Oaxaca; Santiago Coachochitlán im Staat Mexiko; Santiago Coltzingo, Puebla; Santiago de Comanito, Sinaloa; Santiago Cuaula, Tlaxcala; Santiago Cuautenco im Staat Mexiko; Santiago Cuautlalpan im Staat Mexiko; Santiago de Cuehdá, Guanajuato; Santiago Cuitlapaltepec im Staat Mexiko; Santiago Cuixtla, Oaxaca; Santiago Chilixtlahuaca, Santiago Auquililla, Oaxaca; Santiago Dominiguillo, Oaxaca; Santiago Etla, Oaxaca; Santiago Yayoltianguis, Oaxaca; Santiago de la Herradura, Zacatecas; Santiago Huajolotipac, Oaxaca; Santiago Ixtatepec, Oaxaca; Santiago Jacotepec, Oaxaca, Santiago Jicayán, Oaxaca; Santiago Lachivía, Oaxaca; Santiago Lapaguía,

Oaxaca; Santiago Malacatepec, Oaxaca; Santiago Mamlahuazuca im Staat Mexiko; Santiago el Menor, Santiago Textilán, Oaxaca; Santiago Mexquititlán, Querétaro; Santiago Michac, Tlaxcala; Santiago Miltepec im Staat Mexiko; Santiago Mitlatongo, Oaxaca; Santiago Mixtla, Veracruz; Santiago del Monte im Staat Mexiko; Santiago Naranjas, Santiago Juxtlahuaca, Oaxaca; Santiago Nuxaño, Oaxaca; Santiago Oxtempan im Staat Mexiko; Santiago Oxthoc im Staat Mexiko; Santiago Patlanalá, Oaxaca; Santiago de la Peña, Veracruz; Santiago Petlacala, Oaxaca; Santiago de Pinos, Jalisco; Santiago Quetalapa, Oaxaca; Santiago Quetzoltepec, Puebla; Santiago Quiavicuzas, Oaxaca; Santiago Quavigoló, Oaxaca; Santiago Quietepec, Oaxaca; Santiago del Rio, Santiago Salinas, Guerrero; Santiago Tejocotillos im Staat Mexiko; Santiago Temixco, Guerrero; Santiago Teotlaxco, Oaxaca; Santiago Tepalcpas, Santiago Tefalcall, Tebone im Staat Mexiko; Santiago Tepalcatlálpam, Stadtgebiet von Mexiko; Santiago Tepetiopac, Tlaxcala; Santiago Tepotitlán im Staat Mexiko; Santiago Tepitongo, Oaxaca; Santiago Tepopula im Staat Mexiko; Santiago Tegla, Puebla; Santiago Tezontlale, Hidalgo; Santiago Tilapa, Oaxaca; Santiago Tiño, Oaxaca; Santiago Tlacohcalco, Tlaxcala; Santiago Tlalpan, Tlaxcala; Santiago Tlalteloco, Jalisco; Santiago Tlapexco im Staat Mexiko; Santiago Tlamacazapa, Guerrero; Santiago Tlapacoya, Hidalgo; Santiago Tlapanaloya, Hidalgo; Santiago Tlatepusco, Oaxaca; Santiago Tlaxcomulco im Staat Mexiko; Santiago Tolman im Staat Mexiko; Santiago Totolmixpa, Jalisco; Santiago de la Union, Guerrero; Santiago Xihuitlán, Veracruz; Santiago Xochimilco, Tlaxacala; Santiago Xonacatlán, Puebla; Santiago Yagallo, Oaxaca; Santiago Yanhuitlpan im Staat Mexiko; Santiago Yeché im Staat Mexiko; Santiago Yosoticho, Oaxaca; Santiago Zotoluca, Tlaxcala; Santiago Zula im Staat Mexiko.

Ew. Exzellenz werden mir diese geographische Heerschau vergeben, die ganz im Gegensatz zu meinem bescheidenen Wissen steht. Doch ich halte sie zur Erklärung meiner Einstellung und zur Verteidigung meiner Handlungsweise für notwendig.

Sechzehn Santiagos fielen mir zu in diesem Umkreis! Das gab zu denken. Außerdem mögen Ew. Exzellenz folgendes bemerken: Der Name Santiago als Patronymikum ist nicht so häufig, wie diese vielfache Anrufung des Heiligen zu rechtfertigen scheint.

Der Grund, warum Sankt Martin ebenso wie Santiago verehrt werden, ist das Pferd, auf dem sie sitzen. Ew. Exzellenz mögen die mangelnde Erziehung zu Ehren der Wahrheit verzeihen, aber ist nicht ein Sprichwort im Umlauf: Er hält sich für Santiago, dabei reicht's nicht einmal für den Mist seines Pferdes?

Zuerst war es eine Vermutung, dann schmerzliche Gewißheit für mein christliches Gemüt. Ich brauchte mehr als zwei Jahre, um mir darüber klar zu werden. Schreiben Sie, Exzellenz, die Säumigkeit meinem zähen Verstand zu. Ew. Exzellenz kennen zur Genüge die sonderbaren Angewohnheiten – um es nicht anders zu nennen –, die in den düsteren Fanatikergemütern dieser Katechumenen fortleben. Man hat mich gewarnt vor dem Aberglauben, Feind aller wahren Religiosität, vor der gotteslästerlichen Verbindung von Heidentum und Götzendienst mit unserer heiligen Religion, vor der Vielgötterei, die mit dem Mystizismus Hand in Hand geht, vor der Mischung von Orthodoxie und Animismus, mit dem traurigen Ergebnis, das zu erwarten ist. Aber man muß sie sehen – Ew. Exzellenz haben sie gesehen –, wie sie mit gekreuzten Armen, unbeweglich, gleichmütig, wie versteinert, stundenlang vor dem Bild knien, das sie anbeten. Hier ist ihr Blick wirklich offen, doch sind sie nicht fähig, ein menschliches Wesen so anzusehen, aus Angst, es könnte ihren Augen schaden; so weit geht ihre Ignoranz. Wenn ich höre, daß man sie deswegen als Scheinheilige hinstellt, versuche ich den Gemeinplatz zu widerlegen und den Grund zu erklären: Sie sind nun einmal von der Hexerei infiziert. Das ist keine Scheinheiligkeit, kein Betrug, sondern Unwissenheit und Aberglaube. Sie sagen: »Wirf dem Heiligen Harz hin, auch wenn dir der Rauch bis zum Kinn steht.«

Das ist nicht sinnbildlich gemeint, sondern traurige Wirklichkeit. Neben jedem Altar, am Fuß jeder Heiligenfigur findet sich, wenn man nicht dahinter her ist, ein Öfchen mit glühendem Harz.

Die Liebe zum Pferd, die Achtung vor diesem Vierfüßler, seine Verehrung klingt aus vielen typisch mexikanischen Liedern:

Meine Frau und mein Pferd
starben beide zugleich,
meine Frau – Gott vergeb ihr,
um mein Pferd ist's mir leid.

Als ich herkam, fand ich die allgemeine Vorliebe für Sankt Martin, den Schutzpatron des Dorfes, ganz natürlich, obwohl der Andrang vor seinem Altar unverhältnismäßig stark war – aus begreiflichen Gründen nicht zu reden von dem Kult um Unsere Liebe Frau von Guadalupe.

Ich ging also daran, ihnen in meinen Predigten die höchst erbauliche Geschichte des glorreichen Heiligen zu erzählen, und hielt es außerdem für recht, ihrem primitiven Verstand erreichbar einige der Abenteuer aus seinem beispielhaften und vielseitigen Leben zu berichten: seine Begegnung mit den Banditen, seine Antwort auf die Frage des einen: »Hast du Angst?«, für die Denkart jener, denen das Leben so wenig wert ist, völlig einleuchtend. Sein außergewöhnlicher Tod, auf Asche gebettet, schien mir, müsse ihnen direkt zu Herzen gehen. Ich sah mit dem entsprechenden Ärger, daß sie kein Interesse an ihm hatten. Im Gegenteil, er war ihnen völlig gleichgültig.

Allmählich begriff ich, daß ihre Anteilnahme nicht Sankt Martin galt, mit Vergebung Ew. Exzellenz, sondern seinem Reittier. Ew. Exzellenz hören recht.

Meine barbarischen Pfarrkinder, wenn man sie so nennen darf, beten nicht den heiligen Mann an, sondern sein Pferd. So erkläre ich mir die beachtliche Zahl der vorhin angeführten Ortschaften, da in diesen Gebieten die Bewunderung für die Pferde der Eroberer und die ihnen gezeigte Verehrung wie vor vierhundert Jahren heute noch lebendig sind.

Da hörte ich auf einmal seltsame Geschichten: Das »Pferdchen«, wie sie sagten, lief übers Land, sobald es Nacht wurde. In der ganzen Gegend gab es nicht einen, der mir nicht versichert hätte, es galoppieren gehört zu haben. Seine kleinen Hufe, wie sie sagen. Sie behaupteten sogar, wenn man morgens früh zur Kirche gehe, bemerke man noch den Schmutz an seinen Hufen.

Ich machte es mir zur Aufgabe, gegen eine solche Ungeheuerlichkeit vorzugehen, ihnen zu zeigen, daß das, was sie für an den Hufeisen klebende Erde hielten, einfach abgesprungene Teilchen der Vergoldung waren. Sie beantworteten nichts, fühlten sich gar nicht betroffen; als redete man an eine Wand. »Seht ihr's denn nicht?« »Ja«, erwiderten sie, aber ich merkte nur zu deutlich, daß sie mir keinerlei Glauben schenkten, als ob ich ihnen ungereimtes Zeug erzählte. Sie waren überzeugt, daß Sankt Martins Pferd sie beschützte und über sie wachte. Als predigte ich nur zu meiner eigenen Erbauung.

Drei Jahre lang kämpfte ich mit allen Waffen, die Gott in meine unwürdigen Hände, meinen empörten Geist gelegt hat. Wie war es nur möglich, daß ihr Götzendienst solche Ausmaße annahm? Ich lasse gelten, daß sie in der Düsternis ihrer wirren Gehirne Steine oder Felsblöcke anbeten, aber ihre Tollheit so weit zu treiben, ein Tier anzubeten, das nur als Zubehör auf den Altären steht, ist das gleiche, wie wenn man etwa die Schlüssel des heiligen Petrus anbeten würde! Ein Götzenbild hat nichts mit unserer heiligen Religion zu tun, aber sich in ihrem Rahmen an etwas so Verachtenswertes wie Pferde zu halten und sie zum Gegenstand der Verehrung zu machen, ist Blasphemie, Entweihung, Gotteslästerung...

Ich tat mein Bestes, ich sprach offen mit ihnen, wie ich es tun zu müssen glaubte, was mein Amt mir nicht eben leicht machte. Niemals konnte ich mit ihnen ein Gespräch über diesen Unsinn führen. Schweigend und heuchlerisch nickten sie; es schien, als brächte mein Eifer sie dazu, hartnäckig auf dem Gegenteil zu bestehen. Da war es mit meiner Geduld zu Ende. Ich versichere Ew. Exzellenz, daß ich ertrug, was ich nur konnte, und das war viel. Wie grob diese Menschen doch sind!

Ich nahm es hin, aber ich gab nicht auf. Ich duldete es, doch es gab Augenblicke, in denen ich die Last dieser albernen Götzendienerei nicht mehr tragen konnte. Ich habe ein weites Gewissen, Ew. Exzellenz, vielleicht bin ich sogar allzu nachsichtig, aber Tag für Tag diese grobe Beleidigung unserer heiligen Religion mitzuerleben, war etwas, das bei aller Geduld die Kräfte eines Heiligen überstieg; und ich bin weit entfernt davon, einer zu sein. Ich schluckte meinen Unwillen herunter, wappnete mich mit Langmut, aber da der Kampf nun einmal aufgenommen worden war, durfte ich mich nicht einverstanden erklären, nicht nachgeben. Ich redete mir Vernunft ein, verbiß meinen Ärger, bis sie mir eines Tages mit der Geschichte kamen, das verdammte Pferdchen habe ein Wunder bewirkt: Durch einen Hufschlag habe es am Fuße eines ehemaligen Tempels eine Quelle zum Entspringen gebracht. Ihrer Behauptung nach waren die glänzenden Spuren des berühmten Tieres noch dort zu sehen. Ich versuchte ihnen die Unmöglichkeit eines solchen Ereignisses verständlich zu machen: Wenn es überhaupt ein Wunder sei, komme es von Sankt Martin und nicht von seinem Pferd. Es war zwecklos. Sie sahen mich gar nicht an, ich fühlte jeden Tag deutlicher ihren heftigen Widerstand. So konnte es keinesfalls weitergehen. Jedesmal kamen weniger zum Empfang der Sakramente.

Da griff ich, Gott möge mir vergeben, zur einzigen Lösung, die mir zu Gebote stand: Am 11. November, dem Fest unseres verehrten Schutzpatrons, hob ich diesen von seinem Reittier, und im Vorhof der Kirche verbrannte ich das berühmte »Pferdchen«.

Was dann folgte, werden andere Ihnen berichtet haben, ich könnte es nicht, denn mit dem ersten Steinwurf brachen sie mir das Genick. Wahrscheinlich schleiften sie mich danach über den Marktplatz, und wenn nicht der Polizeichef und ein paar Soldaten gewesen wären, wäre es mit mir aus gewesen.

Ich habe noch eine andere unglaubliche Unehrerbietigkeit vergessen: Der Küster – ein guter Mensch, den ich Ihnen empfehle – erzählte mir, daß sie jede Unaufmerksamkeit meinerseits ausnutzten, wann immer sie konnten, und wenn sie merkten, daß niemand ihnen zusah, dem verdammten »Pferdchen« Agavenschnaps zu trinken gaben...

Der überlegene Scharfblick Ew. Exzellenz möge beurteilen, und so fort...

Der Schiefe

I

Seine Geburt war schwierig gewesen. Er wuchs auf mit dem schiefen Gesicht, das er mitbekommen hatte. Heimtückisch, dabei nicht schweigsam, wer weiß, welche Probleme er dauernd wälzte. Keiner mochte ihn. Das schien ihm nichts auszumachen. Außerdem kamen ihm die Umstände entgegen: Die Revolution fiel mit seiner Pubertät zusammen, sein Vater wurde als Gefangener meines Generals Gonzalez standrechtlich erschossen, seine Mutter wurde von einem Hauptmann des Generals Villa mitgenommen. Er blieb in Aguascalientes hängen und wurde Eisenbahner. Er hieß Alfonso Muñoz. Ein Vor- und Zuname eben, nichts sonst. Hinter seinem Rücken nannte man ihn El Chueco, den Schiefen, was ganz natürlich war. Er war ziemlich klein, mager, farblos; außerdem sah er aus, als wäre er pockennarbig, ohne daß er die Pocken gehabt hatte. Nie richtig sauber, die Wäsche schmuddelig, schon wenn er sie anzog, ein unguter Anblick, schütteres, kraftloses Haar. Keiner mochte ihn, außer seinen Hunden, bis er Maria heiratete. Ihr machte es nichts aus, sie wollte nur eines: heiraten. Sie hatte wieder mit Raul gestritten, wie es immer passierte, wenn sie von der Hochzeit sprach. Da ging Raul nach Loredo.

Maria war keineswegs aufregend und dabei ziemlich dreckig und faul, aber sie hatte Freude am Ehejoch. Sie bekamen keine Kinder, ohne daß sich herausgestellt hätte, durch wessen Schuld. Nachts Maria, tagsüber die Hunde, neben der Arbeit, die ihn nicht umwarf. Er hatte vier Tiere: Canelo, Blanco, Chova und Gon. Alle wurden sie überfahren. Sie hausten zwischen der Landstraße und den Schienen in einem ausgedienten Waggon. Bei den ersten Autos, die vorüberfuhren, mußten sie so viel bellen, daß sie schließlich Purzelbäume schlugen und hinüber waren. Chova hinkte noch eine Zeitlang durchs Leben, aber eines Tages machte der Zug ihr den Garaus, und dabei kannte sie die Züge. Vier Hunde in zehn oder zwölf Jahren, das ist nicht viel.

Alfonso kam über den Bahnwärter nicht hinaus und betrank sich nur alle vierzehn Tage, auch schlug er Maria anfangs bloß ein paarmal, und das nicht einmal fest. Sie brauchte länger, als vorauszusehen war, um an der Züchtigung den Herrn des Hauses zu erkennen, aber als sie den Kniff heraus hatte, drehte sie den Spieß um. Damit war wenigstens Frieden; denn so ist der Mensch: Wenn ich dich nicht anrühre, rühr du mich auch nicht an.

Die Jahre taten ihnen keinen Schaden. Ihr nicht, weil sie eine dunkle Mestizin, ihm nicht, weil er mager war. Und als Raul zufällig einmal bei ihnen vorbeikam, als es mit dem Schlamassel allmählich vorbei war, gefiel ihm Maria tatsächlich immer noch. El Chueco, der nicht dumm war, roch den Braten und hatte keine Lust, sich abzurackern, damit ein anderer die Kastanien aus dem Feuer holen konnte. Klein, aber nicht faul, ging er zum Abteilungsleiter und bat um Versetzung, und wenn es nach Irapuato gewesen wäre.

Maria schlief mit Raul, wo sie konnte, was nicht überall da und so oft der Fall war, wie sie es gewollt hätte. Sie hätte es gern ihrem Mann mitgeteilt. »Wir haben's eingebrockt, jetzt müssen wir's auslöffeln«, meinte sie.

Raul war anderer Ansicht, ihm war es wohl in dem gemachten Bett. Warum ändern, was Gott so gefügt hatte?

II

Als der Richter den Fall mit der Leiche übernahm, ging er gerade die Handschriftenrollen des Toten Meeres durch, tiefschürfende Gedanken darüber wälzend, wer von den Herren wohl recht hatte: War es Dupont-Sommer oder Segal, Elliger oder Michel. Antonio Martinez Escobedo neigte zu der Ansicht, daß die Seleukiden und nicht die Römer im Kommentar von Habacuc beschrieben waren. Der heftige, von jeder Profitsucht freie Wunsch, der Text möge der älteste überhaupt vorhandene sein, brachte ihn darauf. Der Herr Richter las alle Leitfäden des Fondo de Cultura Economica, was es auch immer sein mochte. Ein Gelehrter, fürwahr.

Der Leichnam, der da lag, war kein schöner Anblick, der Kopf war durch einen von zwei Dieselmaschinen gezogenen Güterzug zerfetzt worden. Man schloß auf einen Unfall, wenn man überdies berücksichtigte, daß sich in den Eingeweiden des Opfers übermäßig viel Alkohol fand. Erst nach dem Begräbnis der Unbekannten begann man zu munkeln, es handle sich um Maria, die man lange nicht mehr zu Gesicht bekommen hatte. Alfonso war schwermütig und sagte kein Wort. Als Gerüchte aufkamen, fingen die Ermittlungen an. Vor der Obrigkeit tat der Mann den Mund nicht auf. Er antwortete höchstens einsilbig:

»Ich weiß doch nicht.«

»Ich weiß nicht, Señor.«

»Ich weiß doch nicht.«

»Sie ist weg.«

Die vermoderte Leiche wurde untersucht. Zwei Nachbarinnen erkannten die Frau mehr an ihren Kleidern als an sonst etwas. Alfonso schwieg weiter. Eugenio Montes, der Polizeichef, wollte ihn zur Aussage zwingen. Er schlug ihn bis zum Überdruß.

»Ich weiß doch nicht.«

»Und wenn du's nicht weißt, wo ist denn deine Frau?«

»Ach, wer weiß.«

Der Richter erreichte, daß eine Gefängnisstrafe verhängt wurde. Es dauerte sechs Monate, bis der Fall verhandelt wurde. In dem Staat gab es die Todesstrafe. Da Alfonso nicht beliebt war, hechelten die Frauen die Angelegenheit immer wieder durch. Die Behörden, mit Problemen politischer Natur beschäftigt – sinarchistische Gruppen verfolgten hartnäckig ihren Kurs –, beschleunigten den Prozeß, um die Leute abzulenken. Sie schafften es. Das Urteil wurde verkündet, die anwesenden Journalisten aus der Hauptstadt bedachten die Schatten in den schwermütigen Blicken des Mörders mit schmückenden Attributen wie: heimtückisch, wild, fürchterlich, erschreckend, entsetzlich, häßlich und so weiter. Es wurde Recht gesprochen und die Todesstrafe verhängt.

Die gebührende Zeit verstrich, es wurde von der Hinrichtung, der Erschießungswand, von diesem und jenem gesprochen. Natürlich blieb noch die Berufung vor dem Herrn Präsidenten der Republik.

Die war nicht nötig. Tage vorher erschien Maria, die es nicht zulassen konnte, daß man ihren Ehemann trotz all seinen Schweinereien zum Tode beförderte. Sie lebte mit ihrem Liebhaber in der Hauptstadt, in den Baracken bei der Brücke von Nonoalco. Sie hatte es durch die Zeitung erfahren. Niemand kümmerte sich um die Identität der Toten. Alfonso wurde freigelassen.

Am nächsten Tag brachte er Maria mit achtzehn Faustschlägen um. Er gab ohne Umschweife zu, daß die Dinge sich wie erwartet abgespielt hatten, auch daß er der Leiche, die er neben den Schienen fand, einen Rock der Ungetreuen angezogen hatte.

»Um herauszukriegen, wo sie ist... Wo hätte ich sie denn suchen sollen?«

Wer ausharrt, dem gelingt's, und deshalb änderte man seinen Spitznamen und nannte ihn den Hartnäckigen. Mit Rücksicht auf die Umstände wurde er nur zu zwölf Jahren verurteilt. Nach acht kam er heraus.

»Da sehen Sie ihn, er sitzt an der Ecke dort mit seinem Hund; den ruft er El Chueco.«

Die Habgierigen

Genovevo Fernandez Luque war seit fünfzehn Jahren Kassierer bei der Allgemeinen Industrie-A.G. Er war in Leon, Guanajuato, geboren und als Kind mit seinem Vater in die Hauptstadt gekommen.

Er heiratete, wurde Witwer, kassierte Rechnungen. Sein Beruf gefiel ihm; die Straßen und das viele Laufen. Er hatte eine gewisse Freiheit und cin gutes Gehalt. Eines Tages, als er im Büro mit dem Hauptkassierer sprach, fiel er in Ohnmacht. Man brachte ihn in ein Sanatorium und behielt ihn, weil es unbedingt notwendig war, drei Tage dort. Offen gesagt, er wurde nicht sehr liebevoll gepflegt. Außerdem waren die Nonnen keine Menschen nach seinem Geschmack. Genovevo Fernandez war eben fünfzig geworden.

Als er am folgenden Tag wieder ins Büro ging, ließ ihn der Geschäftsführer rufen, um ihm einen untergeordneten Posten in der Kasse anzubieten. Wenn auch nur ein leichtes Herzleiden festgestellt wurde, zog der Bericht des Arztes doch die Möglichkeit neuer Attacken mit Bewußtlosigkeit in Betracht, und das Haus konnte nicht das Risiko eingehen, daß sein Kassierer auf der Straße mit der gefüllten Geldtasche umkippte. Genovevo nahm dies als persönliche Beleidigung, hütete sich jedoch sehr, seinen Ärger durchblicken zu lassen. Während eine vertrauenswürdige Person als Ersatz für ihn gesucht wurde, nahm er weiterhin die Eintreibung des Geldes für die Firma vor.

Zwei Tage später kam er mit drei Freunden im »Amor de Pancho« zusammen, eine Kneipe, die er ab und zu aufsuchte. El Chacho, Damian Ruiz und Ruben Gordillo, der Kahlkopf, waren Bekannte von ihm, mit denen er manchen Samstag ein paar Gläser trank und einen kleinen Imbiß in Beatricitas Haus zu sich nahm, bevor er ins Kino ging; ein ausschweifendes Vergnügen, das sein einziger Luxus war.

Er machte ihnen den Vorschlag, ihn zu überfallen an einem Tag, den er ihnen bekanntgab. Die Sache barg keinerlei Risiko: Er würde falsche Angaben über Anzahl und Aussehen der Räuber machen. Sie würden das Geld gerecht verteilen: eine Hälfte für ihn, die andere Hälfte für sie. Sie waren sich einig.

Am angegebenen Tag, einem Samstag, trafen sie sich in einer abgelegenen Straße hinter einer Fabrik, wo er achtzigtausend Pesos kassiert hatte. Das Dumme sei nur, sagte er, daß man ihm Zehntausend-Peso-Scheine ausgezahlt habe, noch dazu neue, die sicher numeriert seien. Trotzdem, es blieb keine Wahl. Bestimmt würde Genovevo in der kommenden Woche abgelöst werden. Das beste wäre, das Geld eine Zeitlang zu verstecken und es dann nach ein paar Monaten zu wechseln, vielleicht im Ausland. Schließlich kostete eine Reise nach San Antonio nicht die Welt.

Sie knebelten Genovevo wie verabredet und fesselten ihm die Hände, nachdem er ihnen die Aktentasche übergeben hatte. Sie legten ihn vorsichtig auf den Boden, und als er erst einmal dalag, stieß der Kahlkopf ihm ein Messer in die Brust.

»Weil du habgierig bist«, sagte er.

Sie gingen seelenruhig von dannen. Genovevo war sofort tot und hatte keine Zeit mehr, sich über die offensichtliche Undankbarkeit zu beklagen.

Die drei Freunde beschlossen, dem Rat des Verstorbenen zu folgen. Sie gingen in die Desierto de los Leones, drangen in den Wald vor, und während Damian Ausschau hielt, ob nicht vielleicht doch jemand kam, schaufelten die beiden anderen eine Grube mittleren Ausmaßes. Sie hatten seit dem Abend vorher nichts mehr gegessen vor lauter Aufregung über das Abenteuer. Sie bekamen Hunger und Durst. Da schlug Damian ihnen vor, eine Weile auszuruhen, während er zu den Verkaufsbuden in der Nähe ging, um gefüllte Tortillas und Bier zu holen. Solange sie da unter den hohen Tannen saßen und frische Luft schöpften, würde niemand etwas argwöhnen. El Chacho und der Kahlkopf waren einverstanden und fingen an, sich zu unterhalten und Zigaretten zu rauchen. Als Damian den Hügel hinunterging, kamen sie überein, daß die Rechnung am besten aufginge, wenn sie Damian in die Grube beförderten und die Scheine fifty-fifty unter sich aufteilten. Der Freund kam mit seinen Tortillas und dem schönen kühlen Bier zurück. Er hatte seinen Teil schon unten zu sich genommen. Als sie aßen, sagten sie, er solle weitergraben, sie würden ein wachsames Auge haben. Arglos begann der gute Damian mit der Arbeit. Für Chacho war es von hinten ein leichtes, ihm die Waffe in die Rippen zu stoßen. Damian fiel in das Loch und sah sie dabei verwundert an, aber er hatte noch genug Kraft, um vor sich hinzumurmeln, daß es ihnen nichts helfen würde, er habe das Bier vergiftet, und sie würden wie Hunde verrecken. »Mich haut keiner übers Ohr«, sagte er.

Die Scheine vermoderten. Die Männer nicht, denn in jener Gegend gibt es Scharen von Hunden.

Der große Krieg

I

Und siehe, die Stunde ist gekommen, um die Wahrheit mit den Waffen des Gegners wiederherzustellen.

Wir sind die wahren feurigen Schlangen, die Jehova sandte, damit sie das Volk bissen, wofür es hinlänglichen Beweis gibt in seinem Buch.

Damals waren wir stellvertretend die Besiegten. Denn Jehova sprach zu Moses: »Mache dir eine feurige Schlange und richte sie als Banner auf, und es wird sein, daß jeder leben wird, der gebissen wird und sie schaut.«

Wir wurden damals durch unser eigenes Abbild besiegt, zum Zeitvertreib dessen, der alles vermag, und Feuer in der Hand dessen mit den tausend Namen. Doch hier prägten wir es: Basis und Gleichnis der Pyramide.

Und Moses machte eine eherne Schlange und richtete sie als Banner auf; und es war so, daß, wenn eine Schlange jemanden biß, er die eherne Schlange schaute und lebte. Doch hier nicht.

Später einmal sagte der heilige Ambrosius: »Weil das Ebenbild des Kreuzes die eherne Schlange ist ... die das Urbild des Leibes Christi war, dergestalt, daß jeder, der es schaute, nicht sterben würde.« Aber hier sind wir die

Verkörperung unserer selbst, Basis und Gleichnis der Pyramide.

Die Söhne Israels brachen auf und schlugen ihr Lager in Obeoth auf. Doch wen kümmerte, was aus uns wurde?

Viele von uns blieben in Ägypten, Tausende vom Roten Meer im Lande Edom, am Berg Horeb.

Aber die meisten machten sich auf den Weg, folgten dem großen Gürtel der Welt, über Meere und Wüsten. Und einige blieben für immer im Ozean und andere für immer in Indien – Ursprung Buddhas –, und andere, die meisten, kamen bis hierher.

Sagt, wo der Schlangenkult lebt: dort, wo es sie gibt, in ihrem Reich. In Ägypten und Mexiko. In Indien. Denn wir sind Basis und Gleichnis der Pyramide. Wo es Pyramiden gibt, gibt es Schlangen.

Wir sind die allumfassende Verkörperung, die des Christus, die der Sonne; in Ägypten, in Mesopotamien, hier, im Mittelpunkt unseres Reiches.

Niemand ist älter als wir, im Kopfschmuck der Isis, in der Mitte des Osiris – Symbol des Allmächtigen.

Wir sind die Erde und das Wasser, da wir allein wissen, wie sie sind – Erde und Wasser –, wenn wir sie mit unserem kalten Leib berühren.

Wir sind die Ewigkeit und ihre Verkörperung, der Ausgangspunkt selbst des Geistes dieser vergänglichen Erde, die nicht wüßte von sich, wäre es nicht durch uns.

Wir sind Gutes und Böses, Sonne und Intelligenz. Wer wagt es heute noch, uns als Reptilien oder Drachen zu bezeichnen?

Wir sind die Äskulapnatter, gelb, grau oder schwarz, Tochter des steinigen Erdreichs und des Dickichts.

Wir sind die Natter mit den vier grauen Streifen, blutrot und blauer Bauch und die Ränder der Schuppen gelb.

Wir sind Leopardennatter, hellbraunes Mahagoni, mit kleinen schwarzen halbmondförmigen Punkten.

Wir sind die Vipernatter, dunkelgrau und gelb, der anderen Welt.

Wir sind die rasende schwarze Erdnatter, bläulicher Bauch, aschfarben mit hellem Hals, aus dem Norden Amerikas.

Wir sind die hochgeachteten Korallenottern, rote, gelbe und schwarze Ringe, und die grüne schlanke Baumnatter, die man in Siam Sonnenstrahlen nennt, auf unseren eigentlichen Ursprung verweisend.

Wir sind die Vipern, kupferrot, rostrot, schwärzlichbraun, die gehörnte andalusische Sandviper und die valencianische Abweichung davon, die italienische und griechische Rosenviper, Töchter Kleinasiens.

Wir sind die europäischen Vipern mit breitem Kopf, aschdunkler Färbung mit dreieckigen schwarzen Flecken.

Wir sind die Aspisviper, strohgelb und dunkelbraun.

Wir sind die göttliche Boa, die Boa constrictor, rotgrau, ovale gelbe Flecken; die Anakonda, die Eunectes, die Ringelboa, die Gartenboa, die Vipernähnliche, die ozelotgefleckte.

Wir sind die Pythonschlangen, der Tigerpython, der in Natal beheimatete, grüngrau mit grauen Streifen und graugelblichem Bauch, in Guinea und Dahomey heiliggehalten. Der aus Neu-Holland, mit seitlichen Nasenlöchern, schwarzem Kopf und gelben Rauten auf dunklem Blau, mit sehr hellem Bauch.

Wir sind die schwarz und gelb gezeichnete fliegende Boa.

Wir sind die so häßlich »Brillenschlange« Genannten, gelb mit aschgrauem Schimmer, die Dusita-Negu der Hindus, mit der die Leute mit dem bösen Blick, die Jahrmarktspieler und Gaukler sich so gern abgeben, Inder, die glauben, ihre Listen zu durchschauen.

Wir sind die Schlange und die Natter und der Python und die Boa, die Klapperschlange und der Löwe, die Klapperschlange und der Bastard, der Nauyaque und die mexikanische Klapperschlange, die giftige und die ungiftige Schlange aus Venezuela, die Kobra und die afrikanische Natter, die Steilklippennatter und die Savannenbewohnerin, die Riesenwasserschlange und die Anbeterin, der Cuayma und die Baumschlange, die Giftnatter und die Aspisviper, die Kreuzotter und die Totoba, die Seresta und der Cenco, die Hornviper und die Giftnatter Mittelamerikas, die Wasserschlange und die Viper mit der x-förmigen Zeichnung, die Korallenotter und das Heilkraut gegen Schlangenbiß, die Sandviper und die Riesenschlange aus Venezuela und Columbien, die hypnotisierende Aspisviper und die sehr giftige Sandviper Mitteleuropas, die Zwergviper und die Sandnatter.

Und die Seeschlange von Isaias in der Bibel, und die von Job Beschriebene. Die Palast-Zahnzieherin. Die von den Menschen Geträumte.

Wir sind die Haubenschlange, grünlich-braun, grüngelb, und die Großnasige, mit weißlichen Streifen auf schönstem Grasgrün.

Hier sind wir: die Tepecolcóatl, die Cuech, die Tlehua, die Chiaucóatl, die Schweinsnasenschlange, die Gestreifte, die Zischende, der Sincuate, die Masacuata, die man auch die Hindin nennt; der Hebebaum, das Lianendickicht und die Flurreinigerin, der Axolotl, die riesige Mazacóatl und die glänzende Perlenschlange, die Gebirgsviper, die Talbewohnerin und die Flachnasige, die Bebänderte und all die Klapperschlangen, nicht schlechter als die erste, und all die Schwarznattern und die Wasserschlangen und jene, die weder das eine noch das andere sind.

Die Pichocuate und die Cencóatl, die Benda-cuba und die Benda-dusko, die Llamacoa, die Molchähnliche und die Steinhand, die Allfarbige und die mit metallischen Reflexen.

Es ist nicht mehr die Stunde Apolls und nicht die des Herkules!

Auch nicht die Stunde für jene absurde Unterscheidung, die die Menschen bei uns machen, wonach wir – für sie – giftig sind oder nicht. Machen sie diese etwa bei sich selbst? Es stünde ihnen besser an.

Die Apostel und Missionare wiederholten nicht das einzige Wort, das die Neue Welt zu ihrem Glauben bekehrt hätte: »Seid klug wie die Schlange.«

Denn die Menschen hier sind schweigsam und klug wie wir, von denen sie gelernt haben. Aber die übrigen ... Nicht mehr die Stunde ist es des Apoll, nicht die des Herkules!

Dies ist unser Land. Und sie bauen, erhöhen, verschieben, graben, zerstören, zerbrechen, als wäre es das ihre.

Wir sühnen vielleicht für unseren Stolz und unseren Gleichmut; unsere Lethargie, um derentwillen die Eingeborenen an uns glaubten und die Eroberer uns haßten. Sie bewunderten die Pferde, denn das rettete sie vor unserer ewigen Erinnerung. Die Unsicherheit, in der sie lebten, ihrem Wesen tief verwurzelt, schwand. Sie dünkten sich erhaben. Doch die Spanier waren nicht unsere Feinde: Sie zerstörten, verstreuten die Steine, in deren Schatten wir leben konnten.

Wir sind auf der Welt, um auszuharren. Aber alles hat seine Grenze. Niemals haben wir angegriffen; doch sie bauen auf und ruinieren dabei alles. Uns bleibt keine Wahl mehr. Es gilt, Einhalt zu gebieten. Eine Lektion zu erteilen. Gut ist die Demut, nicht die Demütigung. Wo immer es hier einen Stein gab, gab es eine Schlange. Wo immer es hier einen Stein gab, gab es die Furcht vor dem Tod. Je mehr Schlangen es hier gab, desto weniger galt das Leben. Eine gewaltige Lektion.

Die Erde genügte uns, wie Gott sie schuf. Steiniges Land, Felsenhänge, Dickicht mit ein paar lichten Stellen darin, um sich der Sonne – unseres Vaters – zu erfreuen, Unkraut und Ruinen. Die Erde so wie sie ist. Wir stets eins mit uns selbst.

Wer kann uns beschreiben? Unter Millionen und Abermillionen gibt es nicht zwei gleiche. Wer zählte unsere weißen, grauen, aschfarbenen, grünen, gelben, braunen, blauen, schwarzen, roten Schattierungen auf? Basis und Gleichnis der Pyramide.

Es kamen die Spanier und zerstörten, doch in den Ruinen läßt sich leben. Aber es kamen die anderen mit Zement und Teer, Eisen und Ziegeln und zermalmten mitleidlos, was unser ist.

Wir sind in der Überzahl, wir erhalten die Erde, wir sind ihr Innerstes, das, was von der Welt bleibt, genau so wie sie wurde; das Leben der Steine, Basis und Gleichnis der Pyramide.

II

Die Offensive wurde für den 10. Mai anberaumt, als die Witterung am günstigsten war. Das Heer gliederte sich in drei Abteilungen, von denen die erste sechsunddreißig Millionen, die zweite zweiundvierzig Millionen und die dritte sechsundzwanzig Millionen Schlangen aller Art zählten. Sie hatten viel darüber diskutiert, ob sie sich nach ihren Spezies formieren oder vermischt angreifen sollten. Aus Verpflegungsgründen beschlossen sie letzteres.

Die Anführer der verschiedenen Spezies feuerten sie an, indem sie die Hoffnungen übertrieben, die Gefahren verminderten, die dem Krieg förderlichen Mittel anwandten. Man impfte ihnen ein, daß von diesem Tag und den Schlachten eine Epoche der Freiheit oder der ewigen Knechtschaft abhinge. Jedes Wort traf sie tief, alle schworen, nicht zurückzuweichen, zu siegen oder zu sterben.

Sie kannten das Gebiet, wie keiner es je kannte. Die Wüsten, die abfallenden Berge waren ihnen vertraut. Das Heer verteilte sich von der Sierra de los Presidios bis Ojinaga. Der rechte Flügel drang vom Rio Conchos her, mit einem Stützpunkt in der Ebene von Chilicote, mit Richtung auf Alpone in Texas ein. Die Mitte brach von Los Lamentos auf. Der linke Flügel überflutete El Paso. Sie ließen die Montes Apaches und die Sierra de Guadalupe in der Mitte liegen und erreichten innerhalb von drei Tagen den Rio Pecos, stürzten sich über den Llano Estacado, verheerten Ende Mai Dallas. Von der Mississippi-Ebene her überfielen sie am 6. Juni Houston und Galveston. Die Nordamerikaner beschlossen, sich im New Orleans gegenüberliegenden Delta zu verteidigen. Doch das große Heer machte mit dem linken Flügel eine Wendung und überquerte am 18. Juni bei Shevreport den Rio Rojo.

Eine Panik brach aus. Die Staaten Colorado, Oklahoma, Missouri, Arkansas und Luisiana wurden evakuiert. Die Schlangen überschwemmten am 30. Juni Tulsa, am 7. Juli Springfield, am 22. des gleichen Monats San Luis, und indem sie am 6. August Bloomingdon überrollten, erreichten sie am 2. September die Ufer des Michigan-Sees und teilten so das Land in zwei Hälften.

Und wieder wuchs das Gras.

Die Invasion

Am Anfang war die Stille. Niemand in der Ebene. Rechts ein paar niedrige Anhöhen. Man sah nichts, das nicht alltäglich gewesen wäre. Alles war wie immer, doch niemand atmete wie gewöhnlich. Ein Übermaß an Furcht hemmte uns. Das Heer, leichte Beute der Angst, hatte keinen anderen Gedanken als Flucht. Die höheren Offiziere brachten nicht die Kraft auf, die Panik zu unterdrücken; sie ließen all ihre militärischen Funktionen im Stich. Das einzige, was ihnen einfiel, war, Melder zu schicken, um Verstärkung zur Rettung ihrer Fahnen und der traurigen Reste einer durch die Furcht geschlagenen Armee anzufordern. Sie versprachen auszuharren, sich bis zum äußersten zu verteidigen. Sie logen, und sie wußten es. Die Feigheit bemächtigte sich ihrer. Es waren sinnlose Versammlungen.

Der Horizont geriet in Bewegung. Schrecklich infernalische Stimmen wurden laut: »Wir sind eingeschlossen!« Alle setzten sich flüchtend ab, so gut sie eben konnten.

Ich gehöre zu den wenigen, die von einer bestimmten Anhöhe aus das feindliche Heer vorrücken sahen. Es ist ein unvergleichlicher Eindruck, wenn man beobachtet, wie die Erde sich gleichsam bewegt und davonzieht. Die Haare stehen einem zu Berge, die Beine sind wie versteinert. Alles wird passiv. Das Gefühl des Risikos, der bevorstehenden unaufhaltsamen Gefahr, die Bedrohung, sich rettungslos besiegt zu sehen, das Wasser am Hals zu spüren, während man wie gelähmt ist, vermag mehr als alles. Denn der Tod ist ihnen nicht genug. Sie sind mehr. All unsere Maschinen sind nutzlos: Sie sind mehr. Es mußte ein furchtbares Blutbad werden, aber sie ziehen vorbei, ziehen vorwärts: Sie sind mehr.

Die Panik wand sich in der Luft wie eine riesige Schlange. Sie schob alles vor sich her. Angst, nicht vor dem Unbekannten, sondern vor dem Sichtbaren, Greifbaren. Wäre es nur eine phantastische Büffelherde gewesen. Aber diese unaufhaltsam vordringende kalte Menschlichkeit! Man kann nicht verhindern, daß die Haare sich sträuben.

Ich habe sie gesehen. Sie fluten vorwärts wie ein Meer, bedecken alles, dicht am Boden. Nichts hält sie auf, nicht einmal das Wasser: Geschmeidig durchschwimmen sie die Flüsse, als ob das nichts wäre.

Verzagt alle, nutzlos, schreckensstarr, zerbrochen. Scham, Furchtsamkeit, Feigheit, Schauder verquicken sich zu unlösbarem Ineinander. Wohin sich flüchten? Wem würde nicht der Mut sinken angesichts ihres ununterbrochenen Vordringens? Sie haben keine Versorgungsprobleme: Wenn sie Hunger haben, verschlingen sie sich halb und ziehen weiter. Sie sind der Teufel selbst.

Sie rücken vor, sind grenzenlos, kommen voran, erneuern ständig die Vorhut. Nie tritt eine Verzögerung ein, ihre Bewegung ist ein gleichförmiges Vorwärts. Millionen von Köpfen, Augen, Zungen, gewinnen sie an Boden, immer sich selbst gleich. So weit das Auge reicht, ist alles von ihren wogenden, klebrigen Leibern bedeckt.

Sie entheiligen die Erde, vergiften die besten Werke, bringen die Welt in Aufruhr, zerbrechen, ruinieren Staaten, machen Erhabenstes dem Erdboden gleich, zerstören, vertilgen, richten zugrunde, setzen ein Ende. Und rücken vor. Vernichtungswerkzeuge, verkehren sie ins Nichts, stiften Verwirrung, besiegen jegliches Heer. Demütigen.

Selbst mit abgehauenen Köpfen vermögen sie zu töten.

Gott stehe uns bei!

Der Halbbruder

Ich weiß nicht, bis wieviel Uhr sie weinte. Ich weiß nur, daß sie aufhörte zu weinen. Es war ein dünner Schrei wie von einer Ratte, der mich in Atem hielt. Als sie still war, paßte ich genau auf, um noch mehr zu hören. Ich glaube, ich hörte sie noch zwei- oder dreimal, aber ich bin nicht sicher. Ich glaube mich zu erinnern. Ich weiß nicht. Zwei- oder dreimal. Vorher, als sie dauernd weinte, war sie zwischendurch zwei- oder dreimal still oder auch öfter, aber es war nur kurz, sicher, damit sie besser atmen konnte. Jetzt nicht. Jetzt hörte sie auf zu weinen, und danach stöhnte sie vielleicht zwei- oder dreimal. Ich erinnere mich nicht mehr genau. Dann war nichts weiter. Ich wartete, bis es Tag wurde.

Von dort oben sieht das ganze Land gleich aus, nur im Valle del Chilquite nicht; das ist etwas anderes mit dem neuen Staubecken, aber dort darf niemand hin, es gehört anderen. Was uns anging, ist immer dasselbe: pures Gestrüpp und Mauern aus grauem Stein. Sie merkten nicht einmal, daß ich die Nacht draußen verbracht hatte. Ich mochte damals sieben oder acht Jahre alt gewesen sein.

Sie hieß Dámasa und war eine aus dem Herrenhaus. Klein, dicklich, stumpfnasig, häßlich, dumm. Ich fand sie jedenfalls dumm, weil sie mir nicht die geringste Beachtung schenkte. Ich will damit sagen, daß sie von meiner Existenz keine Notiz nahm, und so was ärgert einen doch, meinen Sie nicht? Nie sah sie mich auch nur an. Eigentlich ging es mir mit vielen so. Nur mein Vater sah mich an, um mir eine zu langen, aber wenigstens sah er mich an dabei. Mit meiner Mutter war das anders. Sie hatte mich ins Herz geschlossen. Meine Geschwister sehe ich manchmal, manchmal auch nicht. Wenn sie mich ansehen, bedeutet das gewöhnlich nichts Gutes. Da sind noch Pedro und Valentin und José und Rafael und El Terciano, der so gut ist, daß er mir alles schenkt, und dabei beachte ich ihn gar nicht. Und das Ferkel. Es sieht mich auch nicht an, aber es läuft hinter mir her. Das übrige ist mir egal.

Dámasas Bauch wurde allmählich dick wie bei den anderen zu der üblichen Zeit. Sie behauptete, es sei vom Chupamirtos. Meine Mutter glaubte ihr, denn sie sagte, Dámasa sei ein braves Mädchen. Chupamirtos ist mein Vater und der Vater von vielen. Er lebt bei uns und denen von meinen Brüdern, die dableiben. Manchmal, wenn die Mutter stirbt, bringt mein Vater den Jungen ins Haus und sagt zu meiner Mutter: Er heißt Fidencio. Oder: Lupe. Oder: Crisanto.

Sie werden größer. Dann bleiben sie oder sie gehen. Wir kommen ganz gut miteinander aus. Manchmal wissen wir nicht mehr, ob wir überhaupt Brüder sind oder nur Halbbrüder, denn man muß die dazuzählen, die meine Mutter jedes Jahr zur Welt bringt. Wenn es Mädchen sind, versteckt sie sie und schickt sie nach Tulancingo zu ihren Eltern, denn mein Vater mag keine Frauen im Haus. Er hat nur Männer; wenn's keine Männer sind, sind's nicht seine. Bei meiner Mutter drückt er ein Auge zu. Er fragt: Geht's schon wieder besser? War's schon soweit? Und was war's? – Es ist gestorben. Oder: Vicente, Crecencio, Norberto.

Mein Vater ist Landarbeiter. Manchmal, wenn es wegen des Wassers keine Arbeit gibt, geht er ein paar Monate weg. Aber er kommt immer zurück.

Hallo. Wie viele hast du jetzt? Oder: Wie viele sind es?

Mein Vater wird von allen geachtet, denn er nimmt keinen Tag frei außer am Fest des Schutzpatrons. Dann kommt er eine Woche lang nicht mehr auf die Füße, und seine Augen leuchten wie bei keinem anderen. An diesem Tag fehlt er nie, wo immer er auch stecken mag. Er kniet drei Stunden vor dem Heiligen, mit gekreuzten Armen, ohne auch nur mit der Wimper zu zucken, und sieht ihn unverwandt an. Mir wird ganz schwindlig, wenn ich meinen Vater dabei ansehe. Danach fängt er an zu trinken und verprügelt uns alle.

Dámasa bekam einen dicken Bauch wie alle anderen.

Du weißt ja: Wenn's ein Junge ist, ist er von mir, wenn nicht, dann nicht.

Da kam Dámasa und weinte meiner Mama etwas vor: Sie wissen, daß ich mit keinem sonst zusammengewesen bin.

Du kennst den Nepomuceno doch. – Aus Respekt nannte sie ihn immer beim Vornamen.

Es war ein Mädchen, und Dámasa hatte niemanden, bei dem sie es lassen konnte. Sie merkten nicht einmal, daß ich die ganze Nacht draußen gewesen war. Ich setzte mich und aß meine Bohnen, als wäre nichts gewesen. Dann legte ich mich unter den Feigenbaum schlafen.

Brand im Tal

Für José Luis Martínez

I

Unten im Tal brannte die Hütte. Durch die Lichtungen des Eichenwaldes sah er sie. Er wußte nicht, ob der Pfad direkt dorthin führte oder zur Hazienda von Don Rodrigo Álvarez. Er durfte keine Zeit verlieren; aber er kannte diese Gegend fast gar nicht, und die Nacht brach herein. Die Flammen zeigten ihm sein Ziel und daß er zu spät und nicht zu einem Freudenfest kam. Wichtig war, daß das Pferd nicht stolperte; nicht gerade, weil es ein Wundertier gewesen wäre, aber er hatte kein anderes.

Ein schütteres Maisfeld öffnete sich im Unterholz. Unten die Brandstelle: eine Angelegenheit von einer halben Meile. Er hörte am Hufschlag auf dem harten Boden, daß Rafael und José ihm folgten. Wie lange konnte es dauern, bis die andern zu ihnen stießen? Chucho würde sein Möglichstes tun. Aber auf jeden Fall würden sie wieder einmal zu spät kommen. Über allem lag der tote Schimmer des Mondes und der Sterne.

Am Tage war das Tal bräunlich, hell und dunkel, durchkreuzt, zerstochen von Stachelsträuchern und trockenen Bäumen oder von anderen, ausdauernden Pflanzen, die fast die Farbe des Bodens hatten. Dunkles, olivgetöntes Grün leuchtete aus der Ferne, dazwischen schwarze Stämme. Die Erde fiel sanft ab bis an die Stelle, wo die Ebene zu beginnen schien, aber er wußte, daß dort überall unerwartete Spalten klafften. Weit in der Ferne kreuzte das Tal breites gelbliches Gelände; ein brachliegendes Feld, wo vor Monaten ein Eingeborener gejagt hatte. Monotonie des Unbebauten, ein Tal wie das andere. Alles blieb sich gleich, bis zu den Bergen, von denen man nicht einmal genau die Namen wußte, weil sich die Bauern darüber nicht einigen konnten. Für die Maultiertreiber hießen sie wieder anders.

Je weiter man an den Hängen aufsteigt, um so mehr Gipfel tauchen auf. Ihre Umrisse am Horizont unterscheiden sich je nach der Entfernung durch die Farbe; am sanftesten getönt sind die fernsten, grau, violett, blau – Farben der Dämmerung; manchmal rosa. Die Ebene rechts hatten sie schließlich nach den Eingeborenen benannt, obwohl sie sonst die Einsame Ebene hieß. Dahinter erhoben sich drei Bergspitzen, von denen, die aus der Stadt kamen, die drei Kreuze genannt, von denen aus der anderen Richtung: die drei Kalvarienberge. Der Paß, dem er folgte und über den sich der Weg nach San Luis schlängelte, hieß bei einigen der Paß von San Miguel; bei andern der Hohlweg von San Francisco. Zwei Meilen weiter stieß man auf die schön gekalkten Mauern eines Ranchos gleichen Namens, Stolz des Exgouverneurs, der während des Krieges so viel von sich reden machte.

Nach links begann eine Kette unbedeutender Hügel, die auf einige große, unregelmäßige Gipfel zulief.

– Die Sierra Madre, sagten sie.

– Bis hier?

– Das sagt mein Herr.

– Und die Spitze da?

– Gott mag's wissen. Die Leute sagen, daß dahinter Durango liegt. Das sagen sie... Da hinten ist niemand durchgekommen. Es ist sehr häßlich da. Vor zwei Jahren sind ein paar hingegangen und nicht wiedergekommen. Ihre Sachen blieben hier. Don Matías hat sie noch.

Wahrscheinlich haben in dieser Gegend nie viele Menschen gelebt. Nicht daß der Boden schlecht gewesen wäre, eher gut, wenigstens nicht schlechter als anderswo. Aber es war ein tauber Boden, ohne Anziehungskraft. Ich weiß schon: Es genügt, irgendwo geboren zu sein. Aber dort ist nie viel geboren worden. Hitze im Sommer, Kälte im Winter. Wenig Regen, endlose Trockenzeit. Die Leute hochgewachsen, von guter Farbe.

– Hier hat es niemals Indios gegeben.

Die Mestizen pflegten hierauf boshaft zu antworten, daß eher keine Spuren von ihnen geblieben seien. Wer sich am meisten in diese Idee verbiß, war der Apotheker, ein großer Anhänger des Herrn Juárez. Aber es ist möglich, daß tatsächlich niemals welche dagewesen waren, oder nur wenige, und daß die Mestizen von anderswo eingewandert sind. Kirchen gab es ziemlich viele, dagegen keine einzige Pyramide. Don Sebastián gelang es nicht, ihn zu überzeugen. Die Antwort von Don Cleofás war berühmt:

– Wer hat denn Ihre Kirchen gebaut? Doch nur die Indios, Don Sebas! Oder vielleicht nicht?

Don Cleofás war Freimaurer und stand in schlechtem Ansehen. Schlechter allerdings war sein Sehen, er schielte, daß es eine Pracht war. Die Pupille rutschte ihm in die Tränendrüse, die rechte.

Es gab wenig Vergnügungen, wenn man die Chona nicht rechnete, aber die war ein so gewohnter Anblick, daß man sich nicht einmal mehr dafür interessierte, wer sie besuchen ging. Eher schon dafür, wer ausfiel:

– Was kann nur mit Don Venus los sein, daß er heute nicht zur Chona gegangen ist?

– Das stimmt, heut' ist Freitag, und er ist dran.
– An ihr dran, an ihr dran.

Don Guadelupe Muñoz macht »den Witz«. Alle lachen. Don Venus ist der andere Atheist von San Jerónimo. Weder der Arzt noch der Tierarzt sind welche, aber der Apotheker. Don Venus lebt davon, und von einigen Ländereien, die er mit mehr Unmäßigkeit verwaltet als der Klerus, dem sie früher gehörten.

An klaren Herbsttagen sieht man in der Ferne weitere Gipfel, von denen niemand redet; sie schweigen vor dem Unbekannten. Nach links steigt das Tal langsam an und greift hinten um die Stadt herum, die gegen Norden durch die Felsen des Pericoberges vor den kältesten Winden geschützt ist. Im Sommer, wenn es von Süden weht, wirbelt der Wind durch die Straßen und dreht alles, was ihm erreichbar ist, zu Wolken hoch: Staub, gelbliches Papier, Stroh. Im Winter, bei Nordwind, ist es das gleiche. Der Staub ist schiefrig, stechend, bräunlich, manchmal rot. Die Wirbel gleiten den Hang hinab, bis in die Mitte des Tales; dort lösen sie sich auf in einen Nebel, den man beißen kann. Ekelhaft. Mit dem Südwind kommen die Krankheiten. Als er einmal wochenlang ununterbrochen blies, im Jahre 1863, brachte er die Pest. Es starben hundertundsiebzig Personen in weniger Zeit, als man brauchte, um sie zu begraben. Wenn sie sich auch daran erinnern, so sprechen sie doch nicht davon, als ob es eine Schande wäre. Im Gegenteil:

– San Jerónimo ist ein sehr gesunder Ort.

Auch hinter dem Pericoberg folgt ein Gipfel auf den andern. Von oben auf dem Paß wirkt San Jerónimo wie der Mittelpunkt der Welt. Die Stadt liegt in der Mitte der Bergketten, ein Stein, der in eine große Pfütze gefallen ist – die konzentrischen Kreise, die sich um ihn gebildet haben, sind Fels geworden. Auch die Nebelwolken wiederholen sich; manchmal, selten, aus Wasser; meistens aus Erde, immer von Luftströmen getrieben, denn es ist eine windige Gegend.

II

Das Detachement wird von Don Blas Ortega befehligt. Das Quartier ist groß, die Truppe pärlich. San Jerónimo hat seit 1820 an Bedeutung verloren. Die Minen sind erschöpft, oder wenigstens sagten das die Spanier. Die Große Grube, die bekannteste Ader, der Stolz der ganzen Gegend, steht voll Wasser; niemand hat dort ernsthaft wieder zu arbeiten angefangen; vielleicht könnte man es, aber dazu brauchte man Mittel, die nicht zur Hand sind. Oder, wer weiß: Vielleicht stimmt es, vielleicht sind sie erschöpft. Alles geht einmal zu Ende.

Don Blas ist seit vielen Jahren Oberst und macht sich keine Illusionen. Er ist kein Freund von Don Porfirio und denkt auch nicht daran, etwas zu tun, das seine Beziehungen zu dem Präsidenten verbessern könnte. Er kämpfte mit Doblado gegen die Franzosen und war in hoffnungslosen Tagen, Anfang 1865, mit dem General Díaz zusammen. Sie kannten sich gut, und beide waren befreundet mit Bernardo García, der damals Major war und in der Nähe von Coayuca lebte, südlich von Puebla. Die drei sagten sich Dinge, die hier nicht gerade wiederholt werden müssen, die aber von der Art sind, die man nicht vergißt. Außerdem hat Blas Ortega keinen Ehrgeiz mehr. Den verlor er ziemlich bald, zusammen mit seiner Frau, die in Saltillo begraben liegt. Typhus. Seiner Tochter wegen würde er manchmal gern nach Mexiko gehen. Aber im Grunde ist es ihm gleich. In Huasteca hatte er Familie. Das stimmt so, wie es dasteht: hatte. Außerdem wird sich Julita mit Ricardo verheiraten, der ein guter Kerl ist und Zukunft hat. Die Verlobung kam von selbst, ganz natürlich. Julia ist hübsch, wenn auch nicht allzu hübsch, mäßig und bescheiden, sie versteht ein Haus zu führen, sie wird ihren Mann niemals blamieren. Sie zieht sich außerordentlich elegant an: mit nichts. Sie näht und stickt vorzüglich, sie weiß zu lächeln, auch wenn sie nicht versteht, wovon geredet wird. Sie hat ihre Tücken – wer hat die nicht? Dumm ist sie auch nicht, obwohl man sie natürlich nicht mit ihrer Mutter vergleichen kann – Gott hab sie selig. Die war wirklich etwas ganz Besonderes.

Blas Ortega hat nie verstanden, wie sie dazu kam, ihn zu heiraten: die Tochter eines spanischen Friseurs aus Santander. Der Zauber der Uniform? Vielleicht. Don Blas ist – und war es auch damals, natürlich – ein amerikanisches Gewächs, von dunkler Hautfarbe, wenn man es vornehm ausdrücken will. Jetzt ist er dem Cognac zugetan, ohne jemals sein Maß zu überschreiten: ein Fläschchen pro Nachmittag. Danach schläft er, schlecht und mit großem Aufwand: Man kann es deutlich hören, bis weit in den Morgen hinein. Ricardo kümmert sich um alles – und alles ist wenig: allerdings nicht gerade jetzt, wegen des »Schwarzen« und seiner verdammten Viehdiebe.

Nachmittags, wenn schon die Zeit seiner Gläschen gekommen ist, setzt sich Don Blas zum Plaudern mit Don Guadelupe, Don Cleofás und dem Herrn Pfarrer zusammen. Der Herr Pfarrer, Don Ladislao Cervera, ist ein Mann des geraden Denkens, mit einer einzigen Überzeugung – die sitzt allerdings sehr fest:

– Das einzige, worauf es ankommt, ist, daß die Regierung bleibt, mag sie sein, wie sie will. Veränderung ist das Allerschlimmste. Denn dann kommt die Freigeisterei hoch. Wenn eine Regierung, wie schlecht sie auch immer sein mag, lange bleibt, ist sie gut.

– Wie die Kirche, bemerkt der Freimaurer. Dieser Don Ladislao!

– Ach Kinder! (Der Kerl kam aus der Provinz León, in Spanien, und dreißig Jahre hatten nichts gegen seinen Akzent vermocht.) Wenn Ruhe ist, beruhigen sich die Sitten; es gibt nichts Besseres, als jeden Tag dasselbe zu tun. Das ist das Gesetz und schlechthin gut. Wie soll ein Mann gut sein, der heute den General González an der Macht sieht, morgen den General López und übermorgen den General Núñez? Das hat keinen Sinn. In der Ehe ist es genauso: Gut ist, daß jeder jeden Morgen aufwacht und immer dasselbe Gesicht neben sich sieht. Die Böswilligen sagen, daß der Genuß in der Veränderung liegt. Das muß der Genuß des Teufels sein. Das Altgewohnte ist das Altgewohnte.

– Glauben Sie, daß unser General Díaz es ein Weilchen machen wird? fragt Don Cleofás mit der Absicht, den Oberst zu ärgern.

– Ich spreche nicht von General Díaz, den Gott behüten möge. Wenn die Leute sehen, daß die Oberen, gar nicht zu reden von den Gesetzen, jede Woche wechseln, dann bilden sie sich ein, daß es keine festen Grundlagen gibt, und widmen sich dem, was ihnen gefällt. Auf diese Weise verliert man seine Seele.

– Ruhe und gute Ernährung.

– Sehen Sie, Don Cleofás, lassen Sie die Ernährung ruhig beiseite, die hat nichts mit der Ruhe zu tun. Von andern Dingen verstehe ich vielleicht nichts, aber was dies angeht... (Was war »dies«?) Wichtig ist, daß nichts Neues kommt. Stimmt das nicht, Herr Oberst?

Dreißig Jahre lang hat er nicht das Bedürfnis gehabt, San Jerónimo zu verlassen. Don Blas kippte sein fünftes oder sechstes Glas Cognac. Er stimmte zu:

– Natürlich.

Damit war alles gesagt. Don Ladislao war abgerissen und ziemlich schmutzig und in allen Dingen trocken, außer im Reden; er hackte mit Vorliebe auf bestimmten Themen herum.

– Auch ich habe eine Seele zu retten. Geht es mir hier gut? Ja, weil es ruhig ist.

Sie liebten ihn nicht, aber sie respektierten ihn. Außerdem war er ein Parteigänger des Herrn Juárez, aus Haß gegen die Franzosen. Er war zäh und liebte die Jagd, um die es hier nicht gerade gut bestellt war; daher machte der Geistliche riesige Fußmärsche, meistens umsonst; er hatte einen Hund, der ihm aus Altersschwäche starb; danach wollte er keinen anderen.

– Er trauert um ihn.

Um nichts zu verändern, wechselte er Hemden und Soutanen nur, wenn es nicht mehr anders ging, das heißt, wenn die Schamhaftigkeit es nicht mehr ertragen konnte, daß gewisse Dinge durchschimmerten.

Stand es um die Beziehungen des Obersten zu Don Porfirio schlecht und kümmerlich, so war mit dem Alkohol und seiner Tochter alles eitel Seligkeit. Julia war, da ihr nichts anderes übrigblieb, sehr ordentlich: Dinge, die nicht an ihrem Platz waren, brachten sie aus dem Gleichgewicht. Was ihr gefiel, war nicht die Ordnung selbst, sondern alles zur Ordnung hinzuführen. Sie stand sehr früh auf, früher als das Dienstmädchen, um selbst mit Hand an die häuslichen Arbeiten zu legen.

– Aber Kind . . .

– Papa: Es macht mir Spaß.

– Das ist ja das Schlechte.

Schlichte, demütige Tätigkeiten befriedigten sie, sie half bei allem, weil es ihr Freude machte.

– Als ob du zum Dienen geboren wärest! Leidest du nicht darunter? Laß die doch saubermachen, dafür sind sie da.

Manchmal trafen sich die Honoratioren – Junggesellen und Witwer – im Hause des Obersten; Don Ladislao redete weiter von seiner einzigen Idee:

– Nichts führt weiter vom Seelenheil fort als das sogenannte Vermögen. Es hat schon seinen Grund, daß man Fortuna mit einem Rad darstellt: wankelmütig und veränderlich. Es gibt nichts Schlimmeres.

– Spielen Sie nie in der Lotterie?

Der Mann flammte auf wie trockenes Holz.

– Heutzutage haben die Menschen keine Überzeugungen mehr: Sie spielen hoch, um auszuprobieren, ob es mit dem oder jenem gut geht; als ob der Mensch etwas anderes nötig hätte als Gott. Es gibt nur einen Polarstern, Julita. Vergiß das nicht. Oder verändert der Polarstern vielleicht seine Stellung? Auf Sicherheit gehen, meine Herren, auf Sicherheit. Wieviel Lust sie alle haben, ihre Zeit zu verlieren! Oder gibt es etwas, das sich der ewigen Seligkeit gleichsetzen läßt?

– Sie und mich hat man wohl vergessen, sagte der Oberst.

– Im Gegenteil, mein lieber Don Blas, im Gegenteil. Der Herr zeichnet uns aus, unverständlicherweise zwar, aber er zeichnet uns aus.

Sein Spitzname war Calaca, weil er so dünn war. Er ging straßauf, straßab – denn San Jerónimo ist weit davon entfernt, eben zu sein – mit auf dem Rücken gekreuzten Händen, brummte vor sich hin und machte mit seinen langen Beinen nur kurze Schritte, um seine fast durchgescheuerte Soutane nicht noch mehr abzunutzen.

– Der Wechsel, der Wechsel: Da haben wir den Feind. Man darf nicht wechseln. Wer sich verändert, verdammt sich. Oder kommt die Sonne nicht immer zu ihrer Zeit?

– Und von böse nach gut?

– Wenn es das gäbe, wüßte man davon, Don Cleofás, dann wüßte man davon.

– Hat sich denn niemand bekehrt? Der heilige Paulus...

– Der heilige Paulus, Apotheker, war der heilige Paulus. Oder vielleicht nicht? Oder halten Sie sich etwa für den heiligen Paulus? Oder glauben Sie an die Möglichkeit, ein heiliger Paulus sein zu können?

Ihm kam die Galle hoch:

– Sie ärgern mich.

Er ging auf der steilen Straße, die zur Plaza de Armas

und zur Pfarrkirche führte, als wäre er ein Schatten. Die Hunde, zimtfarben oder schwarz, schnüffelten im Zickzack und nutzten dabei die Lücken des Windes aus.

– Guten Abend, Don Ladislao.

– Guten Abend, Juliana.

Das Ticktack der Mädchen von Don Ramiro Gálvez, die schon die Maisfladen zurechtklatschten.

– Ich werde zu spät kommen.

III

Ricardo war in Zacetecas geboren, in einer Hütte in den Ausläufern der Sierra Paloma. Dann brachten sie ihn in eine andere, in der Nähe von San Andrés del Teul, fast in Jalisco. Er wußte zwar genau, wer sein Vater war, erreichte aber nie Sicherheit in bezug auf die Identität seiner Mutter, denn in seiner Erinnerung folgten drei oder vier Frauen aufeinander.

Sein Erzeuger stammte aus dem Hochland, er war ein schöner Mann, ein großer Kartenspieler und der beste Freund seiner Freunde, den man sich denken kann. Bis er eines Morgens wie ein Dummkopf an einem Feigenbaum hing. Und weil er tatsächlich einer war, hatte er auch dieses Ende genommen: Er ließ sich zum erstenmal mit ein paar Bergarbeitern von Felix Zuloaga ein, die ihn in politische Geschichten verwickeln wollten, vor denen er bisher immer geflohen war wie vor dem Teufel. Dieser hatte hier offenbar seine Hand im Spiel, denn von Worten gingen sie zu Größerem über. Sie waren zu dritt; zwei erschossen ihn von hinten. Um die Spuren zu verwischen, hängten sie ihn auf: Sie hatten größeres Vertrauen in den Himmel als in die Erde und waren, was das Spurenverwischen angeht, größere Anhänger der Raubvögel als der Ratten und Wildkatzen.

– Mit dir wird es das gleiche Ende nehmen. Die Leute sind böse, ohne Grund. Besonders die Kinder.

Ricardo wurde mit einem zarten Herzen geboren; in diesem Alter empfängt man leicht Eindrücke, die das ganze Leben über wirksam bleiben; Sätze wie dieser verletzen tief. Warum sagten sie das? An einem anderen Tag – er hatte feine Ohren – hörte er von fern, wie einige Erwachsene sich über den Toten lustig machten. Von da ab nahm er sich vor, alle äußeren Zeichen seiner Sensibilität, die er als eine unehrenhafte Schwäche ansah, zu verbergen.

Leutnant der Landtruppen wurde er durch einen Zufall: Er fiel Don Narciso Ocampo angenehm auf. Gegenüber der Kathedrale von Zacatecas spielten ein paar Jungen Murmeln, sie wollten den Schwächsten hereinlegen, und Ricardo nahm seine Partei. Don Narciso kam auf dem Weg in sein Büro vorbei, sah und hörte die Auseinandersetzung.

– Man darf Schwächlinge nicht ausnutzen.

Er fing eine Unterhaltung an. Ricardo lebte ohne feste Unterkunft, er schlief im Stall des Gasthauses und half den Maultiertreibern. Es fehlte dort auch nicht an Abfällen vom Tisch der Gäste.

Don Narciso war Rechtsanwalt und ein wohlhabender Mann; er nahm den Jungen auf – Ricardo war damals zehn Jahre alt – und schickte ihn auf eins seiner Bauerngüter, damit er seine Schweinchen hüten sollte, einen Bogenschuß vom Kloster Guadelupe entfernt. Einer der Patres fand Gefallen an dem Jungen und lehrte ihn Lesen und Schreiben. Der Lizenziat starb, ohne daß es jemandem besonders leid getan hätte. Ricardo hütete sich sehr, seine Gefühle durchschimmern zu lassen, er war schweigsam geworden. Er wurde Soldat. Er kämpfte gegen die Franzosen, wenn man das so nennen kann; in Wirklichkeit erlebte er nur Nebensächliches mit. Er folgte ihnen von weitem im September und Oktober, von Mazatlán nach Durango, von Jalisco nach Zacatecas und Sanluis Potosí. Nicht einmal an den Kämpfen von Guanajuato nahm er teil, als Mejía Widerstand bot. Er hörte von dem Ausgang der Kämpfe bei

Querétaro, inzwischen schon Leutnant. Dann schickten sie ihn nach Tepic, wo er sich verliebte und, ebenfalls von fern, die Hochzeit seiner Braut mit einem reichen Grundbesitzer mit ansehen mußte. Er hatte Lust, ihn umzubringen, und hätte auch Gelegenheit dazu gehabt, aber er hielt sich zurück, weil ihm noch rechtzeitig klar wurde, daß Rosa Labastida nicht der Mittelpunkt der Welt war. Er bat um Versetzung, man schickte ihn nach San Jerónimo. Er brauchte ein Jahr, bis er sich mit Julia verlobte.

Er war groß, gut gebaut, von hellbrauner Hautfarbe; die Nase ein bißchen zu groß für klassische Schönheitsregeln, ein dichter Schnurrbart, ein vorspringendes Kinn, widerspenstiges Haar. Breite, eckige Schultern, schmale Hüften, was von der Uniform immer schön herausgebracht wird. Er war ein guter Reiter, wenn auch kein außerordentlicher, und hatte einen Fehler: Alkohol tat seinem Magen nicht gut, was seinem Ruf schadete. Ein korrekter Offizier, der nicht geneigt war, Disziplinvergehen leichtzunehmen; seine kleinen, sehr dunklen Augen bemerkten schnell das Fehlen eines Knopfes und jede Art von Unordnung. Abgesehen von den Dienstvorschriften hatte er wenig gelesen. Durch seine Zurückhaltung hatte er kaum Freunde. Jungfräuliches, unbekanntes Land. Er wußte selbst nicht, wozu er fähig war.

Unten im Tal brannte die Hütte, und er würde zu spät kommen. Es würde dasselbe geschehen wie immer: Der Oberst würde sich die Riesenfreude machen, ihn anzuschreien und mit erhobenen Fäusten zu beschimpfen.

– Sie sind zu nichts gut. Ich in Ihrem Alter...

Wenn man Don Blas glauben konnte, versagte er niemals, als er jung war. Was aber stimmte: daß diese Bande von Viehdieben eine ernstzunehmende Sache war; obendrein mit politischen Ambitionen – Feinde der Regierung. Es war drei Monate her, seit sie ihr Arbeitsgebiet in diese Gegend verlegt hatten, und noch nie hatte man sie in Griffweite gehabt. Vor acht Tagen hatte man einen kleinen Kriegsrat mit den Honoratioren von San Jerónimo gehalten. Sie hatten entschieden, mit dieser Plage, auf welche Art auch immer, ein Ende zu machen. Dies war leicht gesagt. Das Land war riesengroß.

Das Pferd stolperte, er hielt es an. Sie waren schon in der Ebene. Man konnte jetzt im Mondlicht deutlich sehen, daß das Feuer fast alles verzehrt hatte: die Flammen wurden schon bläulich, dazwischen noch manchmal ein Federbusch von Funken. Er hörte das Klappern galoppierender Reiter: drei oder vier, vielleicht fünf Pferde zu seiner Rechten. Er schlug eine Volte und rief seine Untergebenen:

– Ihnen nach!

Sie hatten einen großen Vorsprung. Er schoß auf gut Glück, in der traurigen Gewißheit, nicht zu treffen: ein donnernder Schlußstrich seines Protestes, seiner Wut. Seine Begleiter schossen auch.

– Ich glaube, ich habe einen erwischt, sagte José.

– Welche Farbe hatten seine Augen? fragte Chucho, der Sinn für Humor hatte.

Nachdem sie sie eine Meile weit verfolgt hatten, beschloß er, zu den Ruinen der Hütte zurückzukehren. Jetzt kam das Lästigste: die Reste identifizieren. Denn die Horde pflegte, um keine Spuren zu hinterlassen, mit allen Schluß zu machen. Der Mond hatte sich versteckt, die Dunkelheit hatte keinen Feind mehr außer der letzten Glut des Brandes. Sie ritten dorthin, im Trab, soweit es ging, aber der Weg war sehr schlecht.

IV

Eher als ein Rancho waren es zwei notdürftige Hütten mit einer Mittelwand. Die Decken waren eingefallen. Ein schrecklicher Geruch, zwei Tote, deren Extremitäten im

Feuer brieten, ein Schwein mit durchgeschnittener Kehle. Rafael und José saßen ab, während die anderen die Umgebung inspizierten. Ein Hund heulte, der Mond erschien eilig zwischen zwei dicken Wolken. Irgend etwas bewegte sich.

– Wer da?

Er ging näher hin: eine zusammengekrümmte Frau.

– Sind Sie verletzt?

Er unterschied halbwegs ein dunkles Gesicht mit feindseligen Augen. Er wiederholte die Frage, ohne Antwort. Als er sich hinunterbeugte, warf sich die Frau nach hinten.

– Haben Sie keine Angst. Sind Sie verletzt? Können Sie gehen?

Er richtete sie auf und rief:

– José!

Der Gerufene kam angerannt.

– Hilf mir.

– In Ordnung.

Das linke Bein der Frau war blutig, soweit man sehen konnte, vom Knie aus abwärts. Sie mochte vielleicht zwanzig Jahre alt sein.

– Lassen Sie mich in Ruhe.

Sie kümmerten sich nicht darum, richteten sie auf. Es waren die einzigen Worte, die sie sprach, bis sie im Haus des Obersten ankamen (wo sollte er sie lassen, wenn nicht dort?). Julia sperrte die Augen weit auf, als sie sie sah. Aber sie rückte sofort einen Lehnstuhl heran und rief das Mädchen. Die Frau, schwarze Augen, schwarze Haare, sagte kein Wort. Ricardo nahm Julia beiseite:

– Sie haben ihre Eltern umgebracht und das Vieh mitgenommen.

– Was machen wir mit ihr?

– Mal sehen, was dein Papa sagt. Vielleicht kann sie uns eine Beschreibung von einem der Banditen geben. Paß auf sie auf. Ich komme gleich zurück.

Auf der Straße, nah beim Portal, stieß Chon seine Unanständigkeiten hervor. Er war die Schande des Dorfes. Wenn er seine Gläser gekippt hatte, streifte er überall umher, ließ die Hosen herunter, machte obszöne Bewegungen und sang, so laut er konnte:

– Chin pon pon; chin pon pon ...

Mühsam zog er die Hosen wieder hoch. Auf der Hälfte der Straße ließ er sie wieder herunter und schrie aus vollem Halse:

– Chin, pon, pon.

Doña Aurelia bekreuzigte sich.

– Ich weiß nicht, wie die Regierung ...

– Die Regierung? antwortete der Gefragte. Die Regierung, Tochter Ihrer Frau Mama ...

Doña Aurelia bekreuzigte sich.

– Was für Zeiten, mein Gott!

– Die Ihren, gnädige Frau ...

Chon, einen halben Block weiter oben, brüllte wieder:

– Chin, pon, pon.

– Heilige Jungfrau von Guadelupe! Erlöse uns von dem Übel! Was kann man von einem Land wie diesem erwarten?

Doña Aurelia Guzmán war aus Morelia. Das war eine andere Sache.

Eine alte Frau kam herein.

– Sie wünschen?

– Nichts, Lupita, nichts. Nur dieser Betrunkene, der mich durcheinanderbringt.

Schwerhörig und halb lahm:

– Wie sollen wir die Feigen machen?

Chon erreichte die Kneipe von Celes.

– Hola, alter Spanier.

– Ich lade dich ein, weil du mir gefällst und weil heut' der Namenstag von meiner Alten ist.

– Hola, Don Dickbauch. Wir heben einen.

– Wir heben einen, Chon.
– Habt ihr schon Don Camilito gesehen?
– Was erzählt dieser Schwächling?
– Daß wiedergewählt wird, wer immer ja sagt.
– Hier wird nicht mal der Erzengel Gabriel wiedergewählt, wenn man von Don Porfirio absieht.
– Und der hat deine Meinung nicht nötig.
– Hören Sie auf, mich zu ärgern.
– Wir trinken also das vorletzte Gläschen auf die Gesundheit von Don Camilito. Das hat mir der leibhaftige Cástulo Villagrán gesagt. Chin, pon, pon.

Die Sonne schien, wie immer ging ein Wind, überfüttert mit Staub.

– Wißt ihr schon, daß sie sich die vom Rancho da unten vorgenommen haben? Sie haben niemanden übriggelassen, der davon erzählen könnte.

Chon spitzte die Ohren.

– Da irrst du dich: Eins von den Weibern ist davongekommen. Leutnant Ortega hat sie in das Haus des Obersten gebracht. Soll ein hübsches Ding sein.
– Die haben kein Glück gehabt, sind doch eben erst angekommen. Wie lange sind sie wohl dagewesen? Zwei Monate vielleicht.
– Die Bande von diesem »Schwarzen« ist ziemlich groß.
– So lange, wie's dauert.
– Aber inzwischen wollen wir unsere Politur noch ein bißchen auffrischen...
– Ein Bier, Don Dickbauch?
– So schnell hast du den Tequila satt?
– Keine Müdigkeit vorschützen: immer abwechselnd, alter Spanier.

Chon macht sich an den Tisch heran, an dem Pepe Ruiz und Nacho López über den Mietpreis der Kneipe verhandeln. Sie bilden sich etwas auf ihre Feinheiten ein.

– Und Sie, wovon reden Sie gerade?

– Bestimmt von etwas, was Sie nichts angeht.

Chon wurmt die Beleidigung, er kratzt sich die rechte Schläfe, er spürt einen Schmerz am Magenausgang. Wenn er könnte . . .

– Ah, Leute . . .

– Geh schlafen.

– Aber natürlich, Bruder . . . Es ist noch Zeit genug.

Er ging auf die Straße, so gut er konnte. Sowie er das Pflaster unter den Füßen fühlt, stimmt er seinen Kehrreim an:

– Chin, pon, pon.

– Chin, pon, pon.

Und läßt die Hosen herunter. Nicht einmal die Kinder kümmern sich mehr um ihn. Seit zwanzig Jahren immer die gleiche Nummer . . . Eine alte Leier. Er erreicht den Rand des Dorfes und setzt sich unter einen Feigenbaum.

– Eine Frau, brummelt er. Eine Frau . . . Am Ende verpfeift sie uns.

Chon war aus seinem Dorf fortgegangen, denn die Señora Rosario, der die Geduld vergangen war, weil er nie zahlte, hatte ihm eine Ratte in den Kuchen gebacken. Er bekam davon einen epileptischen Anfall.

– Was ist passiert?

– Dem Bettler ist ein bißchen schwindlig geworden.

Chucho, Gabriel Bonilla und Lupe beobachteten mißmutig den Auflauf unter dem Lorbeerbaum vor dem Rathaus.

Rosa die Kirche; das Rathaus himmelblau; das Haus von Don Mauricio zartgelb. Überall abgeblätterte Stellen, weißlich, schmutzig. Lepra.

Der Apotheker wollte ihm zwei Pesos für die medizinische Versorgung abnehmen.

– Da kann ich mich lieber gleich umbringen.

Unter einem der Portale schreit ein Junge etwas Unanständiges und kommt dann herausgerannt. Seine Mama verfolgt ihn fluchend bis zur Mitte des Bürgersteigs.

– Wie empfindlich! sagt Chucho und meint Chon.

Das schwärzliche Grün hebt sich glänzend vom Pfauenblau des Himmels ab. Die Raubvögel krönen den Nachmittag, ohne Ende.

Trockene Erde, viel Staub, die Straßen gepflastert mit irgendwelchen Blöcken. Hüte aus Palmstroh, daneben die weißen Gewänder der Indiofrauen.

Der Platz vor dem Rathaus war verlassen und vertrocknet. Aufgereihte Fliesen begrenzen die Blumenbeete. Aber es sind weder Blumen noch Sträucher da. Nur in einer Ecke ein paar rosa Oleanderbüsche. In der Mitte ein Brunnen ohne einen Tropfen Wasser, ausgezeichnet durch die Büste der heiligen Anna von Don Antonio López. Gegenüber von Don Mauricios Haus steht der Musikpavillon, und zwar nicht in der Mitte: Das ist die Besonderheit des Platzes San Nicolás Temochtitla.

In dem ungeheuren Königslorbeer zwitschern die Vögel, zu Hunderten; sie fliegen hinein, schlüpfen wieder heraus und nageln sich auf seine Zweige wie Nadeln in einer lebendigen Nadelbüchse.

Unten ist die Gruppe, die um den Bettler herumsteht.

In dieser Nacht marschierte die Truppe des Generals Sóstenes Gutiérrez in den Ort ein und machte sich unter anderem den Spaß, die Büste der heiligen Anna zu füsilieren. Chon hatte mit ihnen ein lustiges Leben.

V

– Sie kamen zu spät, Leutnant.

– Jawohl, Herr Oberst.

– Stehen Sie nicht da wie eine Säule, erzählen Sie! Warum sind Sie zu spät gekommen? Immer kommen wir zu spät. Ist das ein Fluch? Warum kommen wir zu spät? Gibt es einen Grund dafür? Was haben Sie vorzubringen? Das Vieh haben sie wohl mitgenommen. Wieviel?

– Ich weiß nicht, Herr Oberst.

Auf der Straße singt Chon seinen Kehrreim.

– Sie sollen dieses Schwein zum Schweigen bringen. Warum kommen wir immer zu spät? Wieso wissen Sie es nicht? Beschützt Gott etwa die Bösen? Antworten Sie, Leutnant Robles!

Er fiel fast um, so betrunken war er: Zu Ehren der Ereignisse hatte er die zweite Flasche angebrochen. Sein einziger Stolz war sein Bart, ein riesiger Schnurrbart, den er durch vieles Ziehen herangezüchtet hatte und im Alkohol der kosmetischen Präparate konservierte – abgesehen von dem, den er ausatmete.

– Nachher kommen die Beschwerden. Was soll ich damit machen? Sie natürlich nichts. Sie kommen zu spät, wenn schon diese ehrbaren Räuber und Mörder keine Puppe mit Kopf mehr übriggelassen haben. Und für mich bleiben nachher die Beschwerden.

Er log. Niemand beschwerte sich. San Jerónimo war für die anderen von der Karte gestrichen.

Im Licht der Öllampe bildete der Staub auf den Unregelmäßigkeiten und Rissen in den Wänden schreckliche Landkarten. Die Stille lastete.

– Wollen Sie mir nicht sagen, wie es war, oder haben Sie vielleicht Ihren Rapport schon geliefert?

– Noch nicht, Herr Oberst. Adelino Ramírez, der von La Quebrada, hörte die Schüsse und benachrichtigte Don Rogaciano. Der kam sofort. Da Sie nicht da waren ...

– Wen haben Sie mitgenommen?

– Alle.

– Schlecht. Wenn es nun eine Falschmeldung gewesen wäre? Sie vergessen Ihre Anweisungen, Leutnant Robles. Merken Sie das nicht? Man muß sich um alles selbst kümmern. Ich kann mich keinen Moment wegrühren! Aber was kann man schon von einem Land erwarten, wo jeder x-beliebige Präsident werden kann wie dieser Porfirio? Kinder, uns wird es nie besser gehen! Trinken Sie einen Schluck, Leutnant. Das ist ein Befehl. Ich befehle es Ihnen. Und nicht ein Wort an Julita! Nicht ein Wort. Sie ist sehr empfindlich. Sehr empfindlich ... Aber sie hat schon ihre Eigenheiten, das werden Sie sehen, wie ihre Mama, die im Himmel ist. Ich habe ihr nicht das Leben gegeben, das sie verdient hätte. Ich hab' es ihr nicht gegeben, nein, durch die Schuld von Porfirio, den die Erde verschlingen möge. Ja, der ist schon ein Kerl, aber ich bin mehr. Wenn er erwartet, daß ich bei ihm erscheine, strammstehe und sage: Hier stehe ich zu deiner Verfügung, Präsident –, dann irrt er sich gewaltig, aber schon sehr gewaltig. Ich zur Verfügung von so einem? Trinken Sie dies Glas. Das ist ein Befehl, Leutnant.

Der Oberst ließ seinen Kopf auf die Fäuste sinken. Ricardo wartete. Er wußte, daß Don Blas sich nach einer halben Minute wieder aufrichten würde, als ob nichts geschehen sei.

– Kinder! Tut es Ihnen nicht leid, Leutnant Robles? Geben Sie mir Ihren Bericht. Und vergessen Sie mir nichts. Wie viele Tiere sie mitgenommen haben, wie viele Tote, etcetera, etcetera ... Und wie lange noch, Leutnant Robles, wie lange? Es hängt mir schon zum Hals heraus ... Oder kann man wirklich nichts tun? Sehen Sie mich nicht so an. Ihr jungen Leute glaubt immer, daß alles so einfach ist. Wenn ich eines Tages diesen verdammten »Schwarzen« erwische ... Reden Sie, Leutnant, ich höre Ihnen zu.

– Für diese nächtlichen Angriffe müssen sie sehr gut das Gelände kennen.

– Das ist alles, was Ihnen einfällt? Und als sie die vom Kreuztal fertiggemacht haben, was da? Und diesmal – wer war es? Wer ist drangekommen? Wie viele?

– Sie haben sie gekannt, Herr Oberst. Sie brachten einen Brief vom Pfarrer von San Bartolo, der, glaube ich, ein Halbbruder des heute Ermordeten ist. Sie haben dort Familie.

– Wir werden sie benachrichtigen müssen.

– Das Mädchen ist davongekommen. Ich habe sie im Haus untergebracht.

– In welchem Haus?

– In Ihrem, Herr Oberst.

– Wie sind Sie denn darauf gekommen?

– Ich dachte...

– Und was sagt sie?

– Bis jetzt sagt sie noch nichts. Sie ist verwundet, eine tiefe Kratzwunde über das ganze Bein, außerdem hat sie sich einen Fuß verstaucht. Ziemlich häßliche Sache. Don Sebastián ist schon bei ihr gewesen.

– Mit diesem Quacksalber werde ich auch noch eines Tages abrechnen.

Der Oberst konnte Don Sebastián nicht ausstehen, weil der es nicht fertigbrachte, ihm ein Ekzem auszukurieren, das ihm die Innenseite der Schenkel zerfraß.

Von der Plaza de Armas kam dieser Gesang:

Wo er herkommt, weiß ein jeder,
Aber wo er stirbt, noch nicht.
Was sagst du dazu, mein Seelchen?
Chin, pon, pon; chin, pon, pon.

VI

Er traf sie zum erstenmal allein im Flur. Sie saß mit dem Rücken zu ihm und hörte ihn nicht kommen. Sie erschrak, als er plötzlich bei ihr war, und drehte sich um. Ihre Augen waren größer geworden.

– Wie geht es Ihnen?

– Besser.

Sie sagte nicht »danke«, wie es zu erwarten gewesen wäre.

– Was haben Sie vor?
– Ich weiß nicht.
– Wollen Sie nicht nach San Bartolo, zu Ihrer Familie?
– Ja.
Dann fügte sie hinzu:
– Wer weiß.

Sie war ein Feuer, ein schwarzes Feuer, eingesperrt, zusammengehockt, bereit überzuspringen, anzugreifen. Er wollte sie fragen, ob sie verheiratet sei, ob sie Kinder hätte oder gehabt hätte. Was sie war. Wer sie war. Er konnte nicht, seine Worte hatten keinen Zusammenhang.

– Sie sollten ausgehen.
– Wozu?
– Um... Sie sind doch schon gesund, fast gesund zumindest.
– Sie wollen, daß ich fortgehe, nicht?
– In keiner Weise, Fräulein.
– Ich bin kein Fräulein.
Das war sie nicht, es stimmte.
– Und Ihre Braut?
– Ich habe sie noch nicht gesehen. Sie wird drin sein.
– Lassen Sie sie nicht warten.

Julia fand sich mit der Anwesenheit der Kranken zunächst gutwillig ab. Das änderte sich aber, sie empfanden keine Sympathie füreinander. Julia war unter den Assistenten ihres Vaters aufgewachsen. Seit langem konnte sie nichts mehr erschrecken. Dennoch brachte die Anwesenheit dieser Frau sie aus dem Gleichgewicht. Sie war vom Kopf bis zu den Zehenspitzen in Ricardo verliebt und ahnte, daß ihr Verlobter dieser Frau gefiel.

– Papa, wann geht sie weg?
– Ich habe schon an ihren Onkel geschrieben. Er hat mich wissen lassen, daß eine Halbschwester von ihm am Montag kommt, um sie zu holen.
– Gott sei Dank.

Das Gerücht machte die Runde. Chon brachte Stunden damit zu, das Haus zu umstreichen...

– Was tust du hier?

– Sie soll so appetitlich sein.

– Und du, was geht dich das an?

– Ich habe auch Augen im Kopf, Brüderchen. Oder nicht? Wollen Sie vielleicht einem Apostel das Credo beibringen?

Chon war alt, kahlköpfig und arbeitsscheu.

Am Montag kam die Postkutsche aus San Luis mit drei Stunden Verspätung an. In der Herberge waren sie unruhig. José Villanueva, der das alte Vehikel seit vielen Jahren fuhr, war grün im Gesicht, als er endlich kam. Er brachte die Leiche von Doña Lucía Pérez, der Tante Refugios, so hieß die Überlebende. Der »Schwarze« und drei seiner Leute hatten sich ihnen in den Weg gestellt; sie hatten alle aussteigen lassen und ihnen weggenommen, was sie mit sich führten, die Alte erdolchten sie. Warum? Sie hatte keinen Widerstand geleistet.

Chon strich umher und wollte den Körper der Verstorbenen berühren. Sie ließen es nicht zu.

Refugio weinte nicht, einige sagten sogar, sie hätte fast gelächelt. Sie sprach kein Wort, was nichts Neues an ihr war. Die Beerdigung war sehr prunkvoll, mit allen Honoratioren, voran Don Blas in seiner – zu engen – Galauniform.

Nachts, als er durch das Gäßchen mit den vergitterten Fenstern kam, auf das die Nebenräume vom Haus des Obersten hinausgingen, erkannte Ricardo die Umrisse Refugios.

– Guten Abend, Refugio.

Da sie von einem so schweren Unglück getroffen worden war, wagte er es, ihren Vornamen auszusprechen.

– Ich konnte Ihnen nicht eher mein Beileid aussprechen. Ich hatte außerhalb einen Auftrag zu erledigen. Ich kann Ihren Schmerz nachfühlen.

Die Stimme des Mädchens klang schärfer als sonst:

– Danke.

In die entstandene Stille drang Hundegebell und Hahnengeschrei.

– Gute Nacht, Refugio.

– Gute Nacht, Leutnant.

Sie wußten nicht weiter. Im Hause versicherte der Pfarrer:

– Da sehen Sie es: Etwas Neues ist gekommen, und natürlich etwas Schlechtes. So geht es immer. War das nötig?

– Was wollen Sie denn, Pater – hätten sie das Mädchen auch noch umbringen sollen?

– Gott behüte. Ich gebe niemandem die Schuld, ich spreche nur theoretisch. Aber Sie sehen ja, kaum passiert etwas Neues, schon gerät der ganze Haushalt durcheinander. Wenn schon jemand von außerhalb kommen muß, dann soll er wenigstens zur Familie gehören. Und selbst dann...

Hätte jemand das Gäßchen überwacht, so würde er gesehen haben, daß Chon, der vom Wein zurückkam, wie ein Hund an Refugios Fenster schlich.

Zur Überraschung einiger Leute begann Ricardo die Kneipe zu frequentieren.

– Was ist los mit dem Leutnant, mein Töchterchen?

– Was soll mit ihm los sein?

– Ich weiß nicht.

Von ihren Gefühlen pflegten sie nicht viel zu reden. Die Gespräche der Verlobten waren nie besonders ausführlich gewesen. Sie stand in Flammen, wenn sie sich nur an seiner Seite fühlte. Mit der Hochzeit wollten sie warten, bis er Hauptmann geworden war; es würde nicht mehr lange dauern.

– Ich gehöre ganz dir. Liebst du mich?

– Das ist keine Frage von Worten.

Ricardo machte ungeheure Ritte, um Spuren der Bande zu entdecken.

– Ich werde sie umbringen.

– Es scheint, Leutnant, daß Ihr Interesse an der Sache zugenommen hat, seit wir das arme Opfer im Hause haben.

– Das ist möglich, Herr Oberst. Wird denn Ihnen nicht ganz heiß in ihrer Nähe?

– In meinem Alter wird einem nicht mehr heiß, das Blut flammt nicht mehr auf, höchstens eine Zigarre, und ich bin Nichtraucher.

Es kamen geheime Nachrichten: Der »Schwarze« wollte eine Gruppe von Ranchos im Norden angreifen. Ricardo nahm die notwendigen Soldaten mit und legte sich auf die Lauer. Nach zehn Stunden meldete ein Bote des Obersten, daß die Bande sich einen anderen Rancho vorgenommen hatte, zehn Meilen entfernt. Drei Männer hatten sie aufgehängt auf dem Heuboden zurückgelassen.

– Wann geht sie fort?

– Sie wollen sie nicht mehr holen.

– Warum schickst du sie nicht hin?

– Sprich du mit ihr.

– Das ist nicht meine Sache.

Nach acht Tagen kamen wieder Falschmeldungen. Aber diesmal schickte der Oberst seine Truppe genau in die entgegengesetzte Richtung. Die Banditen, als ob sie das gewußt hätten, erschienen nicht. Der Leutnant wurde befördert. Der Pfarrer wunderte sich, daß die Fremde nicht in die Kirche ging.

– Ich mag dieses Haus nicht verlassen.

– Aber in die Messe mußt du schon gehen. Und ab und zu beichten.

– In den nächsten Tagen.

– Hauptmann, wann heiraten Sie?

– In den nächsten Tagen.

Zwei Meilen von San Jerónimo entfernt ist die reichste

Hazienda der Gegend; sie gehört Don Jesús Cabrera, der seit Jahren nicht mehr dortgewesen ist. Die Hazienda wird versorgt und bewacht von Agapito Ramos, der drei Frauen und vierzehn Kinder hat. Das Vieh ist gut, edel. Dort fließt, wenn es Wasser gibt, der Río de las Cruces; Agapito läßt sich selten im Ort sehen. Ein paar von seinen Söhnen kommen gewöhnlich herauf und kaufen das Nötige. Das übrige schickt Don Chucho. Es kam die Nachricht, daß der »Schwarze« sich so weit versteigen wollte, dieses Gut anzugreifen.

In diesen Tagen war Markt im Ort: Pferdchen, Glücksräder, Kartenspiel, Scheibenschießen, Stände mit frischem Wasser, Blechwaren und billiger Schmuck, Puppenspieler und dann, vor allem, Hahnenkämpfe. Der »Zacatecano«, ein zuverlässiger Fuhrmann, brachte die Nachricht mit, daß er viele Meilen entfernt den Aufbruch des »Schwarzen« in Richtung Saltillo gesehen hatte.

VII

Der »Schwarze« war aus Veracruz, von Mandinga, am Ufer einer Lagune, noch über den Jamapa hinaus. In seiner Jugend schwamm er zwischen Wäldern von Manglarebäumen, fischte und trank Kokosnüsse. »Schwarzer« wurde er genannt wegen seiner kupfernen Farbe: eine lange schmale Nase, ein feiner, ebenfalls langer Mund; zerfressen von Pockennarben, wie die meisten. Groß, stark, ohne eine Andeutung von Fett; Muskeln wie Eisendrähte. Mit der Machete war er schnell bei der Hand. Er wurde Kavallerist, als er noch fast ein Kind war, 1860, als Miramón, dieses militärische Genie, die zweite Belagerung von Veracruz vorbereitete. Die Verteidiger machten tabula rasa, indem sie den Belagerern die Versorgung abschnitten. So begann der »Schwarze« die Welt zu sehen, zugunsten von Liberalen oder Konservativen, ganz wie es kam. Mit Negrete in Orizaba; mit Ortega in Durango; er streifte durch Aguascalientes und Zacatecas, als er bei den Exekutionen half, die Rajas veranstaltete, weil er gerade Lust dazu hatte. Zwischen Bergrücken, die mit Agaven und wildem Lattich bewachsen waren, lernte er alles Eigene zu entbehren und sich Fremdes anzueignen. Mochten die Bergwerke für die Feiglinge bleiben, die sich für die Reichen die Lunge aus dem Hals arbeiten wollten.

Er war bei verschiedenen Banden: mit Corona, mit Berriozábal, mit Arteaga. '73 war er mit Lozada in der Sierra von Tepic, mit ihm ging er nach Jalisco hinunter und kam nach Zacatecas zurück. Im folgenden Jahre trieb er sich bei Michoacán herum, obdachlos, allein, entschlossen, seine eigene Truppe zusammenzubringen. Damals war er fünfundzwanzig oder sechsundzwanzig oder siebenundzwanzig Jahre alt, gut gebaut, mit verschlossenem Gesichtsausdruck, weißen Zähnen und ausdrucksvollen Augen. Sauber, mit schönen Händen und ein großer Freund der Frauen. Seine Schwierigkeiten rührten mehr von ihnen her als von den Bundestruppen.

Das neue Markengesetz half ihm nicht wenig, wegen der dadurch hervorgerufenen allgemeinen Unzufriedenheit; aber mehr noch die Machenschaften Lerdos für seine Wiederwahl. In dieser Zeit raubte er ein fünfzehnjähriges Mädchen aus Zamora. Braun und entschlossen, schluckte Olvido Gutiérrez ihren Haß hinunter und gewöhnte sich an das Leben, das er ihr bot. Bis dahin hatte sich der »Schwarze« mit Geliebten zufriedengegeben, einmal hier, einmal dort. Mit ihr war es etwas anderes. Olvido Gutiérrez war nicht bereit, an irgendeinem Ort zu bleiben. Sie nannten sie die »Schwarze«, und sie ging dorthin, wo sie alle waren, schlief, wo es sich gerade machte, aß, was es gab, und zeigte niemals Furcht. So vergingen drei Jahre. Der »Schwarze« hatte Glück, bis Porfirio Díaz die Landwache organisierte. Bis dahin hatte er im Zentrum der Republik geweidet, wo es ihm gefiel. Aufgrund der Veränderungen zog er sich allmählich zurück. Im Jahre '80 trieb er sich herum bei Bledos, Jaral und San Felipe, '81 ging er mehr nach Norden. In San Felipe war er auf eine Witwe von einem gewissen Alter mit reichen Erfahrungen gestoßen. Die »Schwarze« wurde böse und erreichte, was sie wollte. Aber der Mann hatte wieder Geschmack an der Veränderung gefunden. In dieser Zeit hielten sie sich in der Gegend von San Jerónimo auf. Die Frau hatte Rache geschworen.

Manchmal, wenn es sich nicht um eine Expedition größeren Ausmaßes handelte, begleitete die »Schwarze« ihren Geliebten auf seinen Unternehmungen. In der Nacht, in der unsere Erzählung beginnt, war sie mit von der Partie. Als die Bundestruppen kamen und der »Schwarze« das Zeichen zum Rückzug gab, stolperte ihr Pferd. Sie fiel, ohne sich groß zu wehren und ohne daß ihre Gefährten es bemerkten, denn sie ritten in voller Geschwindigkeit davon. Als sie zu ihr zurückkamen, streiften Ricardo und die Seinen bereits durch den brennenden Rancho. Der »Schwarze« stellte sich nie zum Kampf, wenn er es mit entschlossenen und bewaffneten Gegnern zu tun hatte.

Durch Chon, der zu seinen Leuten gehörte, erfuhr er vom Aufenthaltsort seiner Geliebten. Er schickte ihr die Anweisung, sich nicht von der Stelle zu rühren und ihn über die Bewegungen der Soldaten zu informieren. Er hatte sich in dieser Zeit ein Mädchen von einem abgelegenen Hof in der Sierra del Oso in den Kopf gesetzt.

Durch die Umstände veranlaßt, verwandelte sich die »Schwarze« in Refugio Pérez. Unerwarteterweise und sowie sie ihn zu Gesicht bekam, verliebte sie sich in Ricardo. Sie beschloß, bei ihm zu bleiben, sobald sich die Möglichkeit dazu böte. Die vergangenen fünf Jahre, die sie einmal hier, einmal dort verbracht hatte, ließen ihr weder einen Zweifel noch die Möglichkeit, ihre Mittel zu wählen. Als erstes: den

»Schwarzen« fertigmachen. Dann würde sie weitersehen. Das mit dem Angriff auf die Hazienda von Don Chucho Cabrera stimmte. Bis zu diesem Tag hatte die Frau sich bemüht, ihren Geliebten mit richtigen und die Truppe des Obersten mit falschen Nachrichten zu versorgen.

– Aber diesmal bestimmt, diesmal schaffen wir es.

Der Oberst selbst bereitete den Hinterhalt nicht gut genug vor. Die Bande bemerkte die Streitkräfte und trat bei den ersten Schüssen den Rückzug an.

Stunden später traf die »Schwarze«, aufmerksam und verschreckt, im Hof auf Ricardo.

– Nehmen Sie mich mit. Bei Einbruch der Dunkelheit an der Hintertür. Klopfen Sie vorher an mein Fenster. Bringen Sie ein zweites Pferd mit.

Ricardo überlegte nicht: Er trug sie im Blut. Auf seinem Pferd nahm er sie mit sich. Sie ritten nicht sehr weit, er wollte sie sofort haben.

Inzwischen rückte die Bande in das Dorf ein und besetzte unverfroren das Truppenquartier, nachdem sie den Wachsoldaten niedergeschlagen hatten. Der »Schwarze« trat vor Don Blas.

– Ich komme wegen einer Frau, die Sie hier haben.

– Meine Tochter kriegst du nicht.

– Nein. Ich komme wegen der andern. Die Sie an der Nase herumgeführt hat.

Sein Vertrauensmann kam zurück.

– Sie ist nicht da.

Chon brachte die Nachricht.

– Sie ist mit dem kleinen Hauptmann geflohen.

Julia zuckte zusammen.

– Hinter ihnen her!

Banditen und Bundessoldaten zogen zusammen los. Mit Erde beschmutzt, zerrten sie sie unter den Feigenbaum.

– Hängen Sie den Ihren, Herr Oberst. Ich nehme die Meine mit.

Schon unterwegs, wandte sich der »Schwarze« auf seinem Pferd um und betrachtete die Frau, die er an einem Seil hinter sich herzog, mehr tot als lebendig. Am Feigenbaum hing der Hauptmann. Chon hockte auf seinen Schultern, während Julia wie eine Wahnsinnige an den Beinen des Gehenkten zerrte.

Juan Luis Cisniega

Juan Luis Cisniega zweifelte nie an irgend etwas. So war er eben. Er bekam, was er wollte, und hatte Macht. Er spaltete die Welt auf seine Art, ohne sich um die anderen zu kümmern, ohne sie zur Kenntnis zu nehmen. Wenn es zu töten galt, tötete er; wenn es zu verwunden galt, verwundete er. Immer mit Gewalt, immer zu seinem Vorteil. Alle hatten Respekt vor ihm und zogen den Hut tief. Sie hatten recht, denn es gab wenige wie Juan Luis Cisniega; das zählte und wog.

Groß, kräftig, häßlich, mit blatternarbigem, zerfurchtem Gesicht und einem Bart, dicht wie ein Gebüsch und nie ordentlich gekämmt; gelbe, schiefstehende, granitene Zähne, gefeit gegen alles, was sich ihm entgegenstellte. Schmutzig, übelriechend. Cordsamtjacke, hohe Stiefel. Unermüdlich. Drei Frauen und die Nachkommenschaft bedienten ihn. Die drei ranggleich, Kusinen untereinander. Der Schnaps sagte ihm nicht zu; der einzige Nachteil, über den die Männer zu lästern wagten. Abgesehen davon gab es keinen im Umkreis von mehr als zwanzig Meilen, der gegen ihn aufmuckte. Er hatte sich zum Herrn jenes armen Landes gemacht, und sie arbeiteten für ihn. Geld interessierte Juan Luis nicht – er lebte bescheiden. Nur die Macht. Und die hatte er.

Bis ein Ingenieur kam und wer weiß was für ein Mineral in jener Gegend entdeckte. Dieser Stadtmensch, der bereits informiert und nicht auf den Kopf gefallen war, verhandelte mit Juan Luis, als wäre dieser der Besitzer jenes Hochlandes. Er bot ihm einen Haufen Geld. Der Mann sagte kurzerhand nein.

Da wollte er ihn mit einer Beteiligung am Geschäft ködern, mit dem gleichen Resultat.

»Was wollen Sie eigentlich?«

»Daß Sie mich in Frieden lassen.«

Er wollte nichts als befehlen.

Der andere sprach von Millionen.

»Millionäre gibt es viele, aber nur einen Juan Luis Cisniega.«

Da ging der Ingenieur von dannen.

Juan Luis Cisniega begann zu überlegen. Auf dem Pferd durchstreifte er seine Besitzungen, wetterte gegen die undankbare Erde. Es war ihm klar, daß diese Kerle, wenn sie in seinen Papieren herumstöberten, ihm alles wegnehmen würden.

Er versammelte seine Leute, verbrannte, was er nicht mitnehmen konnte, und zog zweihundert Kilometer weiter, um von vorn anzufangen.

Das Üble dabei war, daß er dort auf den anderen Juan Luis Cisniega stieß, der, wie er sagte, Herr dieser Ländereien war. Er starb von seiner Hand, im Duell.

Die wahre Geschichte der weißen Fische von Pátzcuaro

Zu jener Zeit glaubten die Chinesen, die Fische seien flüchtige Seelen. Stundenlang sahen sie ihnen bewegungslos zu. Und wenn ein Fisch ihr Spiegelbild durchkreuzte, waren sie der Meinung, das Tier sei ein Teil ihres eigenen Ichs. Ich nehme an, daß die Sage von Narziß in gewisser Beziehung dazu steht.

Durch dieses ruhevolle, unverwandte Schauen von Gegenüber zu Gegenüber, Jahre und Jahre hindurch, erreichten sie jene Unbeweglichkeit der Gesichtsmuskeln, die schließlich charakteristisch für sie wurde. Und von all der Sonne wurden sie gelb. In solche Betrachtung versunken, verloren auch die Besten ihr Ich-Bewußtsein. Man dachte damals, daß der Mensch nicht das Maß für den Menschen, sondern das Maß für die Fische sei. Davon wußten weder Kung-fu-tse noch Meng-tsi, weder Tschuang-tse noch Ts'e-hi-ou, weder die Königin Nancia noch ihr Mann, der Herzog, auch nicht der Baron Kan Ki de Lou. Die Geschichte liegt viel weiter zurück, es war da, als die Fische das Wort Melancholie erfanden. Damals war Poseidon noch ein sehr mächtiger Gott, wie Zeus oder mächtiger noch, und er herrschte nicht nur über die Meere, sondern auch im Innern der Erde. Homer berichtet es, auch wenn er es nur vom Hörensagen wußte, lange Zeit später. Poseidon war damals noch der König der Erdbeben. Deshalb hieß er auch Enochtithon: der die Erde erbeben läßt. Von Enochtithon zu Tenochtitlán ist es nur noch ein winziger Schritt. Doch wir wollen den Ereignissen nicht vorgreifen.

Zu jener Zeit, so fern ist sie, daß niemand sich ihrer erinnert, war der See von Pátzcuaro – der auf keinen Fall schon so hieß – traurig, ohne einen Fisch. Dem Wasser gefallen die Fische, denn sie sind ihm Kurzweil und kitzeln das Rückgrat der Erde. Der See bat die Flüsse und Meere darum, doch weder die einen noch die andern konnten zu ihm vordringen: Er lag zu hoch. Es gab zwar heftige Unwetter auf dem Meer, aber trotz aller Anstrengungen der Wellen und ihrer Schaumkronen blieben sie auf halbem Wege liegen. So bildete sich unter anderem der Golf von Kalifornien. Die Flüsse Lerma und Balsas versuchten mit Hilfe ihrer Kinder, dem Tepalcatepec, dem Carácuaro und dem Tacámbaro – die damals ebenfalls noch nicht so hießen –, den See zu erreichen, doch auch ihnen gelang es nicht. Da sagte der Wind zum See, daß nur die Menschen ihm Fische bringen könnten. Aber der See wußte nicht, wer die Menschen waren, keiner hatte sich je in seinen Wassern betrachtet. Der See war so still, daß er dahinsiechte. Der Wind, der sich auf ihm niederließ, hatte Mitleid mit ihm, und eines Tages ging er hin und erzählte es dem Kaiser von China. Doch der Kaiser, durch Ehre und Würde zu erhaben, hörte ihn nicht an und verwies ihn an den Gott der Literatur, und dieser wiederum schickte ihn zu dem Gott für Nachforschungen. Doch aufgrund der starren chinesischen Bürokratie mußte der Wind, einer strengen Rangordnung folgend, es erst dem Türhüter des Ministeriums vortragen. Der Türhüter leitete es an den dritten Laufburschen weiter, dieser an den zweiten, der es jedoch vergaß. Es spielt an sich keine Rolle, denn der Wind hat mit dieser wahren Geschichte wenig zu tun.

Der Kaiser von China hatte tausend schwarze Fische in

einem Bassin aus Jade. In schwarze Seide gekleidet, verbrachte er die Nachmittage vor dem grünen Teich sitzend und sah dem Hin und Her seiner schwarzen Fische zu. Der Kaiser von China war gewöhnlich schlechter Laune, denn seit einiger Zeit schlüpften Fische mit einem oder mehreren gelben Tupfen aus, ohne daß es auch nur einem Philosophen gelungen wäre, die Ursache herauszufinden. Der Kaiser ließ Gelehrte aus allen Teilen der Welt rufen. Es kamen Männer von grenzenloser Klugheit von den Ufern des Blauen Flusses, aus dem tibetanischen Reich, aus den Bergen des Kuenlun, von Hindostan, Maisûr, Koromandel, dem Pandschâb und den Bergen von Kabul, aus Laos und Thap-muir, aus dem Turkestan. Finnen, Tataren, Mongolen, Tungusen, Türken, Turanier, aus den Tälern des Ural, von den Abhängen des Altai-Gebirges, von den Ufern des Euphrat. Es kam selbst der Bildhauer, der das Denkmal von E-Anna-Du geschaffen hatte. Und ein Gesandter des semitischen Königs Urukagina.

Sie konnten sich über das seltsame Phänomen nicht einig werden. Die Auskünfte waren unterschiedlich, je nachdem, ob Interesse, Schmeichelei oder Wissenschaft dabei den Ausschlag gaben. Zwei Gründe jedoch wurden als die häufigsten bei den Mutmaßungen über die gelben Schuppen angeführt: die Sonne und das Gold.

Daraus entstand eine der erbittertsten mystischen Streitfragen über die Seele der Fische.

Die gegensätzlichen Punkte wurden von den Schulen Chan einerseits und denen einer tibetanischen Schule andererseits, deren genauer Name nicht mehr feststeht, verfochten. Die Vertreter der letzteren nahmen das Meer und die Wasser nicht so wichtig und behaupteten, die Fische seien minderwertige Wesen. Möglicherweise waren es Materialisten, und alle endeten am Galgen, außer Rhan und Po-Vu, die großen Meister, die in den Teich der Neunaugen geworfen wurden; aber diese wollten sie nicht fressen. Darin erblickte der Kaiser ein Zeichen der göttlichen Vorsehung. Darauf brachte man sie mit viel Tamtam zum Meer, wo die Haifische kurzen Prozeß mit ihnen machten. Aber all dies ereignete sich nach dem Konzil von Peking, Jahre nach dem, wovon ich hier erzähle.

Das grundlegende Problem der goldenen Schuppen blieb ungelöst. Die Wächter wurden gefoltert. Lo-Si-Tan vermutete mit einer gewissen Wahrscheinlichkeit, daß irgendeiner von ihnen, der böse auf den Oberaufseher der Fischweiher war, heimlich einen goldenen Fisch in den Teich der Fische der Nacht befördert hatte. Das ließ sich jedoch nicht beweisen. Dem Rat des dritten Ministers folgend, erließ der Kaiser ein Gesetz, wonach alle Fische im Umkreis von hundert Meilen, auch wenn sie nur eine gelbe Schuppe hätten, getötet werden sollten. Nach drei Monaten schlüpften wieder einige Fischlein mit goldenen Schuppen aus – von pechschwarzen Eltern.

Da sandte Fu-No-Po, der berühmte Geächtete, eine lange Beweisführung, die folgendermaßen begann:

»Die Nacht ist lang, jedoch nicht endlos.

Die Wolken vergehen in den Mandelbäumen, und die Blumen schauen den ewigen Schnee deiner fernen Berge.

Die Vögel betrachten sich in den stillen Wassern der Seen und stoßen ungestüm hernieder, weil sie glauben, der Liebe zu begegnen.

Dann steigen sie wieder empor, langsamer nun, nachdem sie die Kreise der Weisheit und der Enttäuschung gebildet haben, die an den Ufern sterben.

O mächtigster Herrscher der Welt!

Alle Wesen schauen, das Universum ist voll von Blicken, scheint von ihnen durchkreuzt, auf tausenderlei Weise durchzogen.

Die Fische haben Augen und sehen. Doch deine Fische – die du eingesperrt hast – können nichts sehen als den Jade, der sie umgibt, und müssen ihre eigenen Blicke wieder in sich aufnehmen. Bekanntlich ist Grün die Farbe des Neides, die immer, vor allem im Herbst, zu Gelb verblaßt.

Darin gleichen sie nicht deinen Höflingen, die nicht über ihre Nasenspitze hinaussehen.«

Die Höflinge protestierten, aber der Kaiser ließ ein riesiges Glasgefäß anfertigen, damit seine schwarzen Fische die Welt sehen konnten. So wurden die Aquarien erfunden. Aber es half nichts. Die goldenen Schuppen tauchten weiterhin auf, und der Kaiser ließ den Poeten mit vollem Recht hinrichten, der dank der von ihm verfaßten Schrift in die Heimat zurückgekehrt war.

»Jede Tatsache hat eine reale Grundlage.« Das war das Motto einer philosophischen Schule von Ur. Der Kaiser forderte den bekanntesten Vertreter dieser Doktrin auf, zu kommen. Aber der Philosoph lehnte die Einladung ab (er konnte es sich leisten, denn eine ganze Welt trennte ihn von der Macht des Kaisers von China) und empfahl, einen Historiker zu Rate zu ziehen.

In China wußte man nicht, was ein Historiker war. Da suchten sie den ältesten Mann in der Hauptstadt auf, der ein Bettler war. Man brachte ihn zum Palast. Der Arme, verschrumpelt wie eine Rosine, zitterte vor Angst. Er fiel vor seinem Herrn auf die Knie. Alle Vorzeichen waren günstig: der Sperber zur Linken und die Taube zur Rechten.

Die Minister begannen ihn auszufragen, der Bettler hatte ein gutes Gedächtnis. Er erinnerte sich der Zeit, als die Fische gebracht wurden, in sieben verschiedenen Monden. Jede Art von einer anderen Farbe. Weiße Fische, schwarze, rote, goldene, rosa, graue Fische, gefleckte und gesprenkelte. Der Großvater des Großvaters des Kaisers ließ sie aus allen Meeren und Flüssen holen und freute sich an ihnen. Eines Tages hatte der Sohn des Sohnes des Sohnes, Vater des derzeitigen Kaisers, einen Traum: Die weißen Fische wanderten nach Norden und zogen ihn zwischen Eisschollen mit sich. Der Kaiser befahl, alle weißen Fische zu töten, indem man sie an Land zog. Und man hörte nicht wieder von ihnen, bis die Perlmutter entdeckt wurde, die man für eingelegte Kästchen und Knöpfe verwandte.

Der Kaiser ließ den Bettler hinrichten, denn die Gelehrten konnten aus seinem Bericht nicht klug werden, und die goldenen Schuppen zeigten sich weiterhin auf den Rücken der schwarzen Fische.

Der Kaiser starb, und niemand wußte, warum die schwarzen Fische zuweilen Fische mit blaßgoldenen Flecken zeugten. Die Wahrheit lag wie immer auf der anderen Seite des Meeres. Aber Poseidon, erzürnt darüber, daß man ihn ins Mittelmeer verbannt hatte, ließ keine Nachrichten durch.

Die Sache war die: Viele Jahre, bevor all dies geschah, gab es eine große Trockenheit, und das Eis wich allmählich in den äußersten Norden Chinas zurück. Der Wächter der kaiserlichen Gärten war ein berühmter Krieger, bekannter durch seinen unstillbaren Appetit als durch seine Heldentaten. Da er Eisbären und schimmernde Robben zu verspeisen liebte, pflegte er sie täglich zu jagen, und er erlegte sie mit seinem mächtigen, lanzenbewehrten Arm. Als das Eis sich gegen den großen Fixstern, den unerreichbaren und stets leuchtenden, zurückzog, holte der Wächter die Erlaubnis ein, ihm zu folgen; wie er sagte, um zu sehen, wo es haltmachen würde, aber in Wirklichkeit wollte er seiner Lieblingsnahrung nicht verlustig gehen. Der starke Wächter namens Ku Ri Le zog in erlesener Gesellschaft hinter dem Eis her. Er nahm Frau und Kinder, zahlreiche Diener und Hunderte von Verwandten zweiten Grades mit.

Ku Ri Le hatte einen Lieblingssohn von seiner zehnten Frau, der A La Ka hieß. Das Kind war in den kaiserlichen Gärten aufgewachsen und hatte innige Freundschaft mit den Fischen geschlossen. Als der Junge von der Abreise erfuhr, wurde er traurig bei dem Gedanken, seine Freunde nun nie mehr zu sehen, wie sie unaufhörlich ihre Kreise zogen, und ohne jemandem etwas davon zu sagen, stellte er in eine der Sänften, die mit Perlmutter ausgelegt war, ein großes Gefäß und tat einige Karpfen, die ihm am besten gefielen, hinein.

Die Reise dauerte Jahre, quer durch China und die Mandschurei. Ku Ri Le war glücklich in der großen Eiswüste. Zu jener Zeit war es so kalt, daß niemand wußte, ob er seinen Fuß auf Wasser oder auf Land setzte. Hier und dort tauchten über der riesigen weißen Weite die harten schwarzen Spitzen der Berge auf. Auf einem von ihnen beschloß Ku Ri Le sein Leben. Doch seine Kinder – die schon sehr alt waren – zogen weiter, vom übrigen Leben vergessen. A La Ka war glücklich mit seinen Fischen, obwohl ein seltsames Phänomen mit ihnen vorging: Als das Eis sie von allen Seiten umgab, begannen die Karpfen ihre Farbe zu verlieren und wurden zarter und durchsichtiger. In jenen Landen starb auch A La Ka, und da nur er etwas von Geographie verstand, waren die übrigen verloren. Seine Nachkommen beschlossen, nach China zurückzukehren, das sie nie kennengelernt hatten, und sie zogen gegen Süden. Jahre um Jahre vergingen, und da entdeckten sie die Bäume, Farben und die blühenden Wiesen. Von all der Sonne bekamen sie eine bronzene Haut. Sie sprachen bereits eine eigene Sprache, die die Chinesen nicht verstehen konnten. Nur in ihrer Kunst hielten sich noch Spuren der Kunst ihrer Vorfahren. Sie kamen in ein zauberhaftes Land voller Seen, und da sie die Hoffnung, jemals nach China zu gelangen, schon begraben hatten, beschlossen sie, für immer dort zu bleiben, denn die Frauen protestierten gegen das dauernde Laufen. Sie hatten viele Fische dabei, die sie für heilig hielten, weil sie, wie die Menschen selbst, Nachkommen des großen Reiches des Himmels waren. Sie warfen sie in die Seen, und in Erinnerung an ihre Kaiser nannten sie diese Kan, das in ihrer neuen Sprache auch Ort (König und Ort – Ort des Königs) hieß. Die Fische nannten sie Mi Chi, das mit Hua (Possessivaffix) zusammen Mi Chi Hua Kan ergibt: Ort der Fische.

Mittlerweile dachten in den kaiserlichen Gärten in China die Karpfen noch immer an A La Ka, denn die chinesischen Karpfen leben Abertausende von Jahren, und wie sie daran dachten, daß er nach Norden hinter dem Eis hergezogen war und die schönsten ihrer Geschwister mitgenommen hatte, begannen sie in ihren langen Nächten Lieder und Gesänge zu ersinnen, in denen sie die Abenteuer der Entschwundenen erzählten. Damals erfanden sie das Wort Melancholie. Die schwarzen Fische hörten die Lieder der Karpfen, und so bekamen sie goldene Schuppen. Als der Kaiser das erfuhr, denn alles wird schließlich einmal bekannt, ließ er, Sohn des Sohnes des Sohnes des Kaisers, den Karpfen die Zungen herausschneiden. Seit der Zeit sagen die Chinesen: stumm wie ein Karpfen.

Der Kaiser fragte: »Wo liegt Michoacán?«, denn er war ein wenig schwerhörig und verwechselte die Laute.

»Auf der anderen Seite des Meeres.«

»Dorthin werden wir gehen.«

»Das ist nicht möglich«, wurde ihm gesagt. »Das Eis ist geschmolzen, und man kann jetzt nicht mehr hinüber.«

Da ließ der Kaiser eine große Flotte bauen. Aber die Fische von Michoacán waren inzwischen Nationalisten geworden. Sie erfanden die Betonung auf der vorvorletzten Silbe, um ihre Unabhängigkeit von den alten Sprachen zu demonstrieren. So entstanden die glänzenden Namen ihrer Flüsse: Tacámbaro, Camécuaro, Cupítero, und die ihrer Ortschaften: Pátzcuaro, Puruándiro, Yurécuaro, Zitácuaro, Queréndaro und Acámbaro.

Als die Vögel die Nachricht von der bevorstehenden Landung Fremder brachten, beschlossen die weißen, durchsichtigen Fische im See von Pátzcuaro sich zu verteidigen und wandten sich an die Schlangen. Diese stiegen in die Unterwelt, und es gelang ihnen, eine unbegrenzte Allianz mit den

Herren des Feuers, zur Erinnerung an Tenochtitlán, zu unterzeichnen. So entstanden als natürliche Bollwerke rund um ihren See die noch heute sichtbaren Vulkane. Im Norden der Triguindín, Quinceo und Cirate; im Osten der Tzinzunzán, im Westen der Patambán und Tancítaro; im Süden der Jorullo, der auch noch im 18. Jahrhundert aus zweihundertfünfzig Mündern Feuer eröffnen und speien mußte, um einen Abgriff abzuwehren. Um das zweite Drittel des 20. Jahrhunderts, es ist nicht genau bekannt, in welchem Jahr, wurde zum letzten Mal die Eroberung von Südwesten her versucht. Damals entstand der Parangaricutiro.

Möglicherweise geschieht dies alles aufgrund mangelnder Berichterstattung, und wenn die weißen Fische von Pátzcuaro genau wissen, was die chinesischen Fische möchten, herrscht vielleicht Friede auf Erden.

Das Schweigen

Dunkelblaue Wolken und bleierne Wellen rollen auf die aschenbedeckte Erde zu; an ihren Rändern von grauem Schaum wirbeln die tauben, gedämpften Geräusche des Novembers. Lang ist der Wind und kommt immer von Osten. Nicht einmal bei Ebbe hat der fahle breite Strand Ruhe, den ständig die wütenden Zungenschläge des Meeres angreifen: Schieferfarbenes Wasser regnet herab, wäßriges Schneegestöber, das den triefenden Tag verhängt, und die feuchte Kälte dringt in den langen Stunden auf die Knochen. Alles ist steckengebliebener Winter. Seit Monaten war das andere Ufer des Flusses nicht mehr zu sehen. Das Nichts mündet ins Nichts: Weder ist der Round-Fluß, noch ist das Meer bewohnbar und umgänglich; die Wintereinsamkeit verspricht schlimmer zu werden als im berühmten Jahre 1873.

Hinter einem kleinen kahlen Berg liegen traurige Felder, angefressen von Sand voller Pfützen, bewässert von halbsalzigem Wasser; Clyde erinnert sich, einmal Schafhirten in der Gegend gesehen zu haben, aber er ist der einzige; jetzt muß man bis zu den Lowlands gehen, um einen zu treffen. Es wird auch gesagt, daß es früher einmal in der Nähe Wälder gab; möglich ist es schon. Dort lebt Richard Irvin, der zwei Kühe hat.

Duff Bowling fischt immer in der Nähe des Ufers, denn was ihn wirklich anzieht, ist das Land. Als junger Mann hat er zwei Reisen gemacht, eine nach Grönland, eine in die Karibische See. Das Meer, wo alles sich bewegt außer dem Horizont, gefällt ihm nicht, und auch nicht die fremden Länder, und wenn schon, dann eher das Eis des Nordens als das Grün auf den Bermudas. Er ist kein Mann des Meeres, auch nicht des Landes, sondern des Ufers – die Erde vom Meer aus, das Meer vom Land gesehen, und das Grau, für das man sich nicht anstrengen muß: die bleierne Hülle der Meeresspritzer, das Schneegestöber, sein Ölzeug, sanfter Sprühregen und starker Wind, der alles zurückstößt und die Wellen vorwärtsreißt; aber nicht auf der Brücke, sondern auf den weichen Dünen; zusehen, wie der Ansturm der Wellen zerplatzt, die so hoch steigen, wie sie eben können, um sich dann an ihren Grenzen besiegt auszustrecken, so lang wie der Atem des Nordwestwindes es schafft; sie hören und sehen, wie sie mit äußerster Schnelligkeit in ihre Höhle zurückgleiten und in der Brandung Sand und Steinchen mitziehen, die sich krachend drehen. Sie können es nicht, dachte er und erinnerte sich an die Bajonett-Attacken von Arnold dem Lahmen.

Leicht oder schwer, der immer wiederholte Sturz der Wellenkämme – von der Ebbe zur Flut, von der Flaute zu hohem Seegang, je nach dem Wind und dem Stand des fast immer unsichtbaren Mondes – ist die gleichbleibende Sicherheit seines Daseins.

Vor zwei Jahren verheiratete sich seine Tochter Maria mit Dan. Er blieb allein mit seinen Netzen und Jakob, seinem Hund. Ab und zu raucht er eine Pfeife. Nie vergißt er zu singen, wenn jemand ihm ein Glas warmes Bier bezahlt.

Maria und Dan leben auf der anderen Seite der Mündung, die man seit zwei Monaten nicht sehen kann und die Duff möglicherweise nie wiedersehen wird, denn seine Augen, die früher gut waren, werden schlechter, und sogar im Juni muß er sich anstrengen, um das andere Ufer zu erkennen.

Als Dan ihm sagte, daß er Maria heiraten wollte, hatte er nichts dagegen, weil er nie gegen etwas war, aber er wollte unter keinen Umständen bei ihnen leben: Niemals hatte er das andere Ufer betreten und hatte auch nicht vor, es zu tun; es war ein anderes Land, und die Bowlings waren immer auf dem Meer oder auf ihrem eigenen Grund und Boden gestorben. Es wäre ihm lieber gewesen, Maria hätte den ältesten Sohn von Speys geheiratet, aber niemals hatte er den Mund geöffnet, um irgendeinen Einfluß auszuüben.

Nach einiger Zeit, als Dan ihm schrieb, daß ein Enkel geboren war und sie hofften, er werde sie besuchen, ließ er ihnen durch Clydes Sohn, der ein Boot für die Überfahrt vom einen zum andern Ufer hatte, sagen, er sei schon sehr alt und wünschte, daß sie selbst im Frühjahr die Reise machten. Er wußte, daß es sehr schwierig war, denn Dan konnte nicht von seiner Arbeit in der Fabrik weg. Genau genommen hoffte er, Maria würde sich eines schönen Morgens mit dem Kind bei ihm einfinden. In der Zwischenzeit fischte er weiter. Nichts hätte ihm größere Freude gemacht, als seinen Enkel kennenzulernen und Maria wiederzusehen, aber er konnte sich nicht entschließen, die Mündung zu überqueren: Er hatte es noch nie getan, und ebenso keiner seiner Vorfahren. Maria schrieb und erzählte, wie schön der Enkel sei.

Maria wollte ihren Vater sehen und wünschte sich, daß er ihren Sohn kennen sollte, der gesund und geschwätzig heranwuchs, aber sie konnte ihren Mann nicht alleinlassen, und außerdem hatte sie sich vorgenommen, den Entschluß des Alten, die drei Meilen, die sie trennten, nicht zu überqueren, zu besiegen. Wenn sie es gewagt hatte und glücklich geworden war, warum nicht auch er?

Als sie Dan sagte, sie habe beschlossen, ihrem Vater nicht mehr zu schreiben, um ihn zur Reise zu zwingen, zuckte dieser die Achseln und sagte ihr rundheraus, er hielte es für eine Dummheit, aber er steckte sich nicht dazwischen. Was ihn beschäftigte, war die Qualität des Holzes, das er für die Planken eines neuen Bootes verarbeiten sollte.

Nach drei Monaten ging Duff zu Clydes Sohn auf die Landungsbrücke und bat ihn, das Haus seiner Kinder aufzusuchen, um den Grund des langen Schweigens herauszufinden. Maria erklärte Will, so hieß Clydes Sohn, ihren Plan und schlug vor, ihrem Vater zu sagen, er habe sie nicht gesehen. Will versprach es und hielt Wort. Duff kam zu dem Schluß, etwas Seltsames müsse geschehen sein: Er schrieb, und seine Briefe wurden nicht beantwortet. Er stellte sich vor, sein Enkel sei gestorben; dann dachte er, es sei seiner Tochter etwas zugestoßen; schließlich kam er so weit zu glauben, beide seien nicht mehr am Leben. Da er seit dem Tod seiner Frau mit niemandem sprach – außer mit Clyde, der nur unzusammenhängendes Zeug redete, weil er taub war, oder mit Will, der sich mit Sachen beschäftigte, von denen Duff nichts verstand –, verfestigten sich seine Vermutungen, und er brachte schwere, bittere Stunden zu, in denen er sich fragte, warum er überhaupt noch lebte.

Eines Sonntagmorgens öffnete er die Truhe und nahm den schwarzen Anzug seines Vaters heraus, der auf hoher See gestorben war, sonst wäre er damit begraben worden; er zog ihn an – er war ihm zu weit – und ging zur Brücke, als er sicher war, Will dort nicht anzutreffen, der zu dieser Stunde in der Kirche sang; er wollte nicht, daß dieser seinen Entschluß bemerkte, ans andere Ufer zu fahren, denn er hatte sich hartnäckig geweigert, es zu tun, sooft ihn der Junge auch dazu hatte bringen wollen. Er fuhr mit Richard High, einem versoffenen, taubstummen Mischling. Das Meer war glatt wie ein Handteller, bläulicher Stahl, der nur vom Blitz der Möwen manchmal zerrissen wurde. Richard lehnte hartnäckig ab, sich beim Rudern helfen zu lassen, denn die Stärke seiner Arme war sein ganzer Stolz, und Wind war ja keiner da. Duff sagte sich, daß der Tod seiner Tochter und seines Enkels Grund genug wäre, die Erde des anderen Ufers zu betreten, und daß seine Vorfahren das sicher verstehen würden, aber sehr sicher war er seiner Sache nicht.

Als er sah, daß alles eine List gewesen war, wurde er starr wie ein Stein, ohne Blut, ohne einen Gedanken. Langsam wurde er wütend; dann machten die stolpernden Schritte und halben Worte des Kleinen alles wieder gut. Maria strahlte und suchte ihn zu überzeugen, daß die Erde dieses Ufers auch nicht die schlechteste sei.

»Möglich«, sagte Duff, »möglich, aber das ist gleich.«

»Warum bleibst du nicht hier?«

Duff antwortete nicht einmal darauf, obwohl er über Nacht dort blieb. Die jungen Leute lachten über die gute Idee von Maria. Dan war stolz auf seine Frau, obwohl er im Grunde dachte, er hätte sie geprügelt, wenn sie ihm einen ähnlichen Streich gespielt hätte. Duff war traurig, trotz seiner Freude; er wollte nicht darüber nachdenken, weshalb; er würde noch genug Zeit zum Grübeln haben, in den langen Stunden, die vor ihm lagen. Maria versprach einen Brief im Monat, und daß sie so etwas nicht wieder tun wollte.

Die ersten Monate hielt sie ihr Versprechen, dann wurden die Nachrichten seltener, aber drei Monate wurden es nicht wieder, daß Duff nichts von seinem Enkel wußte. Nach einem halben Jahr ließen sie das Kind fotografieren und schickten dem Großvater das Bild. Da Will zur Marine gegangen war, hatte der Alte beschlossen, selbst ab und an zu schreiben, damit er mit niemandem sprechen mußte. Aber seit der Fotografie antwortete Duff auf keinen Brief mehr.

Dan und Maria begannen sich Sorgen zu machen wegen seines Schweigens, bis Maria aufging, daß ihr Vater den gleichen Trick anwandte wie sie selbst, damit sie die Rollen vertauschen sollten und ihn besuchten, zusammen mit dem Kleinen. Sie beschlossen, das auch zu tun, aber Maria erwartete wieder ein Kind, und es war nicht so einfach, die Reise zu machen; das schrieben sie dem Alten, aber seine Antwort bestand aus Schweigen.

Sie nutzten die Ostertage aus, trotz der Schwangerschaft, wegen des freien Tages und des Wetters – der Himmel war zwei Tage lang teilweise blau, allerdings ohne dem aschenfarbenen Meer seine Farbe mitzuteilen –, und fuhren auf die andere Seite. Das Meer gab keinen Laut von sich.

Zweihundert Meter von der Hütte entfernt begannen sie zu rufen; niemand antwortete. Nur der Wind pfiff in den Büschen, der sich seit ihrer Landung aufgemacht hatte, das Innere der trockenen Erde aufzuspüren. Das Häuschen stand leer und offen da, halboffen knarrte die Tür, ein Scharnier war entzwei.

Seit neun Monaten lag Duff in seinem schwarzen Anzug unter der Erde. Er hatte darum gebeten, daß niemand von seinem Tod benachrichtigt würde, vielleicht mit dem Hintergedanken, daß seine Tochter kommen und reuevoll für immer an seinem Ufer bleiben würde. Jakob streunte am Strand und an der Landungsbrücke umher, er war der einzige, der Maria erkannte, obwohl man bedenken muß, daß sie durch die Schwangerschaft verändert war.

»Deshalb hat er nicht geschrieben«, war alles, was Dan einfiel. Maria hatte mit dem dunklen Gedanken zu tun, sie sei schuld an seinem Tod, aber das stimmte nicht. Es schmerzte sie vor allem, daß sie bei der Beerdigung nicht dabeigewesen war. Einige Zeit hatte sie einen bitteren Zug um den Mund, und niemals wieder sprach sie von ihrem Vater. Ein paar Monate lang antwortete sie auf die Briefe der Nachbarn, die ihrerseits keine Zeit dazu hatten. Dann wurde es ihr zuviel; sie ging nicht einmal mehr ans Meer; sie konnte es nicht einmal hören.

Wie Julian Calvo sich zum zweitenmal ruinierte

I

Sie war zwar nur überholt, aber dafür sah sie aus wie neu. Es machte Spaß, sie anzusehen. Viertausend Druck pro Stunde, als wenn das nichts wäre, mit ihrer Bogenauslage, dem Antrieb, ihrem Walzensatz, den Rohbögen, der Bank und dem Motor, beide frisch gestrichen in Grau, die Holzplatten eben lackiert. Julian Calvo hatte sich richtig hineingekniet; vierundzwanzig Monate Blankokredit hatte ihm die Wreight Paper Co. gewährt, weil er Spanier war. Die Installierung dauerte zwei Wochen länger als versprochen: der Kran, der Lastwagen, Señor Lupe mußten nach Toluca.

»Was war denn los?«

»Mir hat er gesagt, er müsse seinen Papa besuchen, der krank sei. Ich sagte ihm auch, er solle den guten Alonso von mir grüßen.«

Zwei Wochen schlecht geschlafen und wenig. Die Wechsel zahlen. Klar, hier ist das nicht so wichtig. Aber immerhin... Julian Calvo war Valencianer und Kommunist. Nach fünfzehn Jahren in Mexiko war er immer noch beides. Eigensinnig.

Auf jeden Fall war jetzt die Druckerpresse da. Er konnte mehr und besser arbeiten. Juanito Gonzalez und Rafael

Mediavilla hatten ihm zugesagt, daß die CIMESA... Die vom »Astral« hatten sich verpflichtet, ihm drei Bücher in Auftrag zu geben. Benito Castroviejo würde sein Fiduziar- und Handelsblatt bei ihm drucken lassen; es waren nur fünfhundert Exemplare, aber gut waren sie.

Das mußte gefeiert werden. Unbedingt. Alle erwarteten es; vor allem die Arbeiter in der Druckerei. Sie brachten zwei Kisten Coca-Cola, zwei Kisten Bier, eine große Flasche Rum, Verschiedenes zu essen: Schweinebraten – die Speckgrieben brachte Don Pedro aus la Villa –, eine Tonpfanne mit Geflügel in Paprikasoße, ein Geschenk von Rafael Porrua; Käse, Barbecue, Paprika und einen Korb Tortillas. Er für sein Teil stiftete Manzanilla, den herben Weißwein, Bratwurst, spanische, in Tacuba hergestellte Paprikawurst, die ihm Rafael Gomez Izquierdo verkaufte – der auch den Kaffee holte –, Oliven und zwei Büchsen mit Muscheln.

Antonio, der Drucker, fragte ihn: »Um welche Zeit kommt der Pfarrer?«

»Wie?«

»Ja, Chef, der Pfarrer.«

»Welcher Pfarrer?«

»Na ja, Chef, um die Maschine zu segnen.«

Er war empört. »Schämt ihr euch denn nicht, noch immer an so was zu glauben? Die Pfarrer sind die schlimmsten; sie vor allem sind schuld daran, daß die Welt so ist.«

»So wird's schon sein, Chef, wenn Sie es sagen. Ich bin Ihrer Meinung. Aber sehen Sie, das ist so Sitte hier.«

»Ja, habt ihr denn keine Gewerkschaft? Gehört ihr nicht zur CTM?«

»Was hat das denn damit zu tun?«

»Bist du nicht bei einer Partei? Hast du mir nicht gesagt, du seist Freimaurer?«

»Doch, aber was hat das damit zu tun, Chef?«

»Was es damit zu tun hat? Alles!«

»Überlegen Sie doch mal, Chef. Hier sind wir's gewöhnt, daß der Pfarrer kommt und seinen Senf dazu gibt, und alle sind zufrieden. Was ist denn Schlimmes dabei?«

»Gar nichts Schlimmes; aber mein Haus betritt eben kein Kerl in einer Soutane.«

»Wenn sie aber in Zivil kommen, Chef.«

»Die Kutte macht noch keinen Mönch. Zum Donnerwetter, nein!«

»Schon gut, Chef.«

Sie aßen und tranken, was da war. Dann gingen sie und kauften zwei große Flaschen Tequila. Als es Nacht wurde, nahmen der Setzer und zwei Drucker Julian Calvo ins »Tampico der Nacht« mit, und nachdem sie zwei Häuser mit schlechtem Ruf nicht finden konnten, die einer vom Extrablatt der »Novedades« ihnen empfohlen hatte, landeten sie schließlich bei Morgengrauen in Cuauhtemotzin. Julian Calvo war um acht Uhr morgens in der Druckerei.

»Wieso sind Sie schon da, Don Julian?!«

»Entweder arbeitet man, oder man arbeitet nicht. So gehört sich das.«

Der Drucker erschien erst zwei Tage später.

II

Seit fünfzehn Jahren treffen sich jeden Abend im Café Barcelona: Julian Calvo, heute Druckereibesitzer, gestern Justizbeamter; Rafael Gomez Izquierdo, Fabrikant von Paprikawurst und spanischem Schinken, ehemals Polier; Luis Sanchez Hernandez, Eau-de-Cologne-Verkäufer, gestern Funker; Santiago Carretero Mompou, Journalist, früher Vermessungsingenieur; Gabriel Balbuena, Kinodirektor, ehemaliger Schiffsingenieur, und Manuel Alemany, früher Terrorist bei der C.N.T. und heute Ziegelsteinfabrikant in Tlalnepantla.

»Nur gut, daß sie nicht von dir verlangt haben, du sollst einen Altar mit der Heiligen Jungfrau von Guadalupe aufstellen, mit Leuchtern und allem Drum und Dran.«

»Natürlich wollten sie einen aufstellen. Aber ihr hättet mich hören sollen.«

»Na, in deiner Haut möchte ich nicht stecken.«

»Für mich sind die Ideen das Wichtigste.«

»Deine natürlich.«

»Natürlich meine, denn sie sind gut. Die Leute hier sind wirklich hinterm Mond.«

»Und du willst sie gegen ihren Willen fortschrittlicher machen.«

»Das ist die einzige Möglichkeit.«

»Hör schon auf mit dem Quatsch.«

»So kommt man nie weiter. Man muß sich anpassen.«

»Glaubst du eigentlich, du lebst immer noch in Valencia? Was hat Mexiko damit gemein?« sagte der Ziegelsteinmensch. »Du erinnerst mich an einen Kommandanten, den ich an der Front bei Aragón hatte, Berufsoffizier, ob du's glaubst oder nicht, der alles nach den Vorschriften machen wollte und so, wie man's ihn an der Akademie von Saragossa gelehrt hatte. Es klappte nicht. Man muß sich fügen, Julian. Wir müssen uns nach der Decke strecken.«

»Wir leben also dahin und lassen uns treiben. Nein. Ich will einfach nicht. Prinzipien sind Prinzipien. Wozu sind wir denn hier?«

»Aber du bist in Mexiko, Schafskopf.«

»Na schön, soll ich deshalb aufhören, ich selbst zu sein? Du ißt Tortillas und Paprika und Bohnen und diese Schweinerei, die man Barbecue nennt, und trinkst Pulque, das ist doch das Letzte. Ich tu so was nicht.«

»Und deshalb hältst du dich für überlegen?«

»Ach was. Aber ich bleibe meinen Prinzipien treu. Was hat ein Pfarrer in meinen Angelegenheiten zu suchen?«

»Du bist blind.«

»Das bestreite ich nicht. Aber ich bin, wie ich bin. Warum warst du gestern auf der Hochzeit von Alfonso Ramirez' Tochter?«

»Das ist doch klar.«

»Ich verstehe das einfach nicht.«

»Das bedeutet, daß du ein primitiver Kerl bist.«

»Gott sei Dank.«

»Jetzt zitierst du auch noch Gott.«

»Das ist doch nur eine Redensart.«

»Auch diese Leute haben Lebensart.«

»Na schön, hört euch das an: Ihr kennt Alfonso Ramirez, angesehener Mexikaner, 33. Grad. Von der Volkspartei, das heißt, eher Kommunist. Atheist – was soll man lange reden? Die Tochter das gleiche.«

»Hat sie auch den 33. Grad?«

»Sei nicht ekelhaft. Der Bräutigam, Universitätsprofessor, angeblich Marxist. Sie heiraten. Wißt ihr, wo? Tatsächlich in der Kirche Santo Domingo, um ein Uhr mittags, und mein guter Alfonso Ramirez, in Gala, führt seine Tochter zum Altar. Ist das nicht widerlich. Mich empört so was, euch nicht?«

»Du verstehst das hier nicht.«

»Ich will auch nicht.«

»Das ist eben das Schlimme. Du kannst dich nicht einfach über die anderen stellen.«

»Ich stelle mich nicht über die anderen.«

»Wieso nicht? Natürlich tust du's.«

»Bei wem denn?«

»Bei deinen Arbeitern.«

»Es ist zu ihrem Besten.«

»Das meinst du.«

»Ich meine es nicht, ich bin davon überzeugt. Mich macht es nur wütend, daß du, ein Anarchist, mir das vorhältst.«

»Vielleicht deshalb, weil ich mit meinen Arbeitern lebe,

und du siehst deine nur in der Werkstatt am Zahltag und spuckst Feuer und Schwefel, wenn sie am Montag fehlen.«

»Natürlich tu ich das.«

»Schließlich ist es dir nur wichtig, daß sie arbeiten, damit du vorwärtskommst und Geld verdienst; denen ist das gleich. Sie wollen etwas anderes.«

»Ihre Mitmenschen ärgern.«

»Wie unrecht du hast! Leuchtet es dir nicht ein, daß dies hier eine andere Welt ist? Wo lebst du? Hier. Also, wenn du Sozialist oder Kommunist oder sonstwas bist, nimm es zur Kenntnis und lebe hier. Nebenbei gesagt, ist es ein großartiges Land.«

»Das kannst du deiner Großmutter erzählen.«

»Das erzähle ich jedem. Julian, warum willst du denn nicht, daß diese Leute abergläubisch sind?«

»Was du sagst, ist alles schön und gut; aber mein Haus betritt ein Pfarrer nicht mal aus Versehen, und am wenigsten, um eine Druckerpresse zu segnen. Das fehlte noch, nach allem, was man mitgemacht hat.«

»Wenn sie dich aber darum bitten? Es sind doch deine Arbeiter. Vergiß nicht, daß du der Chef bist.«

»Es wird Zeit, daß sie erfahren, wie man sie mit diesem Unsinn an der Nase herumführt.«

»Glaubst du, sie wüßten es nicht?«

»Natürlich wissen sie es nicht.«

»Die Sache liegt viel tiefer, Señor Calvo«, mischte José Luis Moriñigo sich ein, der nicht zum Stammtisch gehörte, »sie hat nichts mit den Pfarrern zu tun, sondern mit den Geistern, mit der Gottheit.«

»Jetzt haben Sie das Kind endlich beim richtigen Namen genannt. Das ist ja schlimmer als schlimm.«

»Wie du's nimmst.«

»Hör mal, eine dreckige Ziegelbrennerei ist nicht das gleiche wie eine Druckerei.«

»Das stimmt. Sie sieht nach weniger aus. Und als wir den

neuen Ofen angeheizt haben, kam der Pfarrer, und alle waren zufrieden.«

»Ja, und es gab eine hübsche kleine Sauferei.«

»Richtig, und klein war sie nicht. Und wenn schon. Außerdem, laß dir das ein für allemal sagen: Sie finden es herrlich, um Arbeit zu bitten und sie nicht zu bekommen. Damit du es nur weißt. Und sie beten das Vaterunser und das Ave Maria umgekehrt, machen einen Knoten bei jedem Wort, und nach sieben Knoten fällt die Hexe zu ihren Füßen nieder. Außerdem haben die, die am Tag des heiligen Johannes geboren sind, die größte Macht, und meine Öfen sind besser oder schlechter, je nachdem, wie gut oder schlecht die Teufelchen darin verbrennen, die sie hineinstecken. Und sie nennen mich ›Euer Gnaden‹... Was tut's?«

»Das ist deine Sache.«

»Und sie sagen zu mir: Gott und Sie geben uns das Brot, Chef. Und sie fragen mich: Sagen Sie mal, Chef, ist der Kommunismus was Gutes? Denn hier heißt es, daß sie Kommunisten aus uns machen. – Verstehe das einmal, dem Nahual, ihrem Haustier, stecken sie Flügel aus Stroh an und bitten es, daß ihre Kinder schön werden, und wenn du nachforschst, findest du schwarze Kerzen für den Teufel...«

III

»Was ist denn passiert?«

»Ich weiß nicht.«

»Sie ist schmutzig.«

»El Güero hat sie doch erst gestern geputzt.«

»Dann soll er sie nochmal putzen.«

»Er muß Druckfarbe holen, Chef.«

»Was war mit Agustin los?«

»Seine Mutter ist krank.«

»Wer zieht die Zeitung ab?«

»Wie Sie meinen, Don Julian.«

»Rafael soll sich drum kümmern.«

»Er muß die Korrekturen von dem Buch für den Fondo machen.«

»Dann Sie.«

»Ach, Chef, mir ist gar nicht gut.«

»Los, Mann, versuchen Sie's.«

»Ich habe Magenschmerzen.«

»Was ist denn passiert?«

»Sie ist steckengeblieben.«

»Ist der Mechaniker nicht gekommen?«

»Doch, Señor Julian.«

»Und was sagte er?«

»Er sagt, er versteht das nicht, vielleicht liegt's am Einschalten. Ich glaube, sie taugt nichts.«

»Wenn einer nichts taugt, bist du es. Agustin! Agustin! Wo steckt der Faulpelz nur? Agustin!« Er schrie sich heiser.

»Er ist frühstücken gegangen.«

»Was ist denn passiert?«

»Der Stellhebel ist kaputt.«

»Wieso?«

»Was weiß ich! Ich glaube, die Maschine taugt nichts.«

»Sie müssen alles neu einlegen. So kann man die Arbeit doch nicht abliefern!«

»Das müssen Sie wissen, Chef.«

»Wer bezahlt mir das? Es kostet mich ein Vermögen! Was war denn überhaupt los?«

»Ich weiß nicht, aber sie bleibt einfach stecken.«

»Es ist doch eine neue Maschine!«

»Ja, Chef, ich sag' ja nichts dagegen. Aber manchmal sind sie so. Es gibt eben faule Maschinen.«

»Und was ist jetzt passiert?«

»Ich glaube, Sie sind betrogen worden, Chef. Es ist nichts

zu machen. Wenn es nicht die Scheiben sind, dann ist's die Einfärbung, immer ist was los. Ich glaube, man hat Sie betrogen.«

»Diese Maschine ist in Ordnung . . . !«

»Aber Sie sehen doch, daß es nicht so ist. Irgendwas setzt aus. Nichts zu machen.«

So ruinierte Julian Calvo sich zum zweitenmal. Das erste Mal war es nichts Besonderes: Als er von Spanien abfuhr, ließ er seine Habe zurück, wie ein guter Soldat die Sache, für die er gekämpft hat.

Jetzt verkauft er Arzneimittel. Es geht ihm ziemlich gut. Er hat ein Auto und denkt daran, sich ein Haus in Cuernavaca zu kaufen.

Der Aasgeier

»Früher war es einfacher zu sagen: Dieser Mann ist fünfzig Jahre alt, diese Frau sieht aus wie vierzig. Jetzt hat sich alles gewandelt. Schönheitsmittel, Gymnastik und auch die Homöopathie haben ein Abkommen getroffen, daß sie irreführen wollen. Außerdem muß man bedenken, daß wir ganz allgemein länger leben. Jetzt kommen Zwischenalter ins Spiel, die es früher nicht gab. Wie alt schätzen Sie diesen Blinden?«

»Ich weiß nicht. Fünfzig, sechzig. Kennen Sie ihn?«

»Vom Sehen.«

Der Marquis sah den Großindustriellen überrascht an.

»Es ist kein Witz.« Er wollte hinzufügen: Ich habe einen besseren Geschmack, aber er schwieg. Sie waren ins Dorf hinunter, oder besser: hinaufgegangen, denn das Telefon im Landhaus war nicht in Ordnung. Der eingeladene Intellektuelle – das war ich – hatte soeben mit Mexiko gesprochen.

»So. Wenn Sie wollen.«

»Es war wohl umsonst.«

»Ja, er war ausgegangen.«

»Haben Sie ihm eine Nachricht hinterlassen?«

»Wozu? Er hört sie nicht. Vielleicht, wenn man mit diesen Leuten spricht... Verzeihen Sie, daß ich Sie aufgehalten habe.« (Immer spiele ich den Bescheidenen.)

»Adrian wird ohne Frau bleiben. Für wie alt hältst du diesen Blinden?«

»Für ziemlich alt.«

Sein Gesicht war zerfressen. »Er spricht nicht, aber er hört. Er ist blind und stumm.«

»Haben ihn die Ratten angefressen?«

»Nein.«

»Schrecklich. Alt.«

»Er ist aber nicht viel über dreißig. Man nennt ihn den Aasgeier.«

»Wegen seiner Häßlichkeit?«

»Nein.«

»Was gibt es zu essen?«

Die Aasgeier zogen Kreise, sehr hoch, langsam, majestätisch.

»Sie sehen aus wie Flugzeuge.«

Der Marquis, der den Krieg in Polen erlebt hatte, hob einen Finger gegen den Himmel.

»Kleiner Unterschied, mon cher ami. Doch ja, sie sehen aus wie Flugzeuge.«

»Gehen wir?«

Der Blinde mit dem zerfressenen Gesicht ging mir nicht aus dem Sinn. Außerdem stellte sich heraus, daß er Spanier war, obwohl er sich nicht zu erinnern schien. Ich fragte ihn tags darauf – das Telefon war noch nicht in Ordnung gebracht worden –, er hob die Schultern. Er war mit sechs Jahren ins Dorf gekommen.

»So wie jetzt?«

»Nein. Er kam mit einer Gruppe von Kindern. Seine Eltern wurden bei einem Bombenangriff auf Valencia oder Barcelona getötet, ich weiß es nicht. Im spanischen Krieg. Zwei Tage, nachdem er hierherkam, entdeckte er die Aasgeier. Er lief wie ein Verrückter bergan. Da muß er gefallen und von dem Aufprall bewußtlos gewesen sein. Die Vögel ließen ihn schließlich so liegen, wie Sie ihn jetzt sehen.«

Als ich ins Landhaus zurückkam, stand der Marquis mitten auf dem Rasen und sah den Riesenvögeln zu.

»Schade, daß man sie nicht schießen darf. Wie weiß sie sind!«

»Sie sind sehr nützlich«, sagte der Gastgeber, »sie schaffen den Unrat weg.«

Die Zensur

I

»Ich verstehe Sie ja sehr gut, liebe Freundin. Aber ich möchte, daß auch Sie sich bemühen, mich zu verstehen. Wir sind uns also darüber einig, daß es ein Irrtum war, ein trauriger Irrtum. Niemand bedauert es mehr als ich. Glauben Sie mir, das kommt mir aus dem Herzen. Nein, sagen Sie mir nichts, ich weiß schon, daß es Ihnen auch leid tut, doch auf andere Weise. Er ist Ihr Mann, das stimmt; aber er war mein Freund. Und ein Betrug tut weh, wie Sie sich denken können, aber der Verrat eines Freundes, Sie verzeihen, tut noch weher. Schließlich waren Sie überzeugt, daß es unmöglich, daß es unser Fehler, mein Fehler war. Und das tröstet Sie, auch wenn Sie es nicht glauben. Für mich war es schlimmer; zu denken, daß ein Kamerad fürs Leben plötzlich den unrechten Weg einschlägt, schmerzt mehr als alles andere. Daß er nach zwanzig Jahren Anhänglichkeit, tadelloser Zusammenarbeit anderen Sinnes wird... Verstehen Sie? Ich hätte eine unabwendbare Entscheidung treffen können. Ich tat es nicht, um die Erinnerung an unsere Freundschaft in Ehren zu halten. Ich bin nicht so grausam, wie ich hingestellt werde, glauben Sie mir. Was sollte ich denn machen? Ich ließ ihn im Bunker verschwinden. Vor fünf Jahren, nicht wahr?«

»Sechs, Herr Präsident.«

»Sechs, wenn Sie es sagen, liebe Freundin. Ist Ihnen klar, was ich seit damals durchgemacht habe? Ihn dort zu wissen, ihn für einen Verräter zu halten ... Manuel hing an mir von Anfang an, wir waren Kameraden, noch bevor wir auf die Militärschule kamen. Das sind Dinge, die man nicht vergißt. Ich kenne ihn besser als jeder andere. Ich weiß, was er durchgemacht hat, noch dazu, wo er unschuldig ist. Aber Sie können nicht leugnen, daß der Schein absolut gegen ihn sprach. Die Beweise waren glaubwürdig, die Verschwörung verbesserte die Sachlage nicht. Niemand, nicht einmal er selbst, konnte das bestreiten. Es überraschte mich sehr, und wenn ich die Anweisungen des Herrn Kriegsministers befolgt hätte, würde er den nächsten Tag nicht mehr erlebt haben. Zu Ehren unserer langen Freundschaft, und weil Felipe doch mein Patensohn ist, habe ich Milde walten lassen. Jetzt, nach fünf Jahren ...«

»Nach sechs, Herr Präsident.«

»Nach sechs, liebe Freundin, wenn Sie darauf bestehen, obwohl ein Jahr mehr oder weniger nichts ändert, stellt sich, über jeden Zweifel erhaben – Sie sehen ja, ich bin unparteiisch – seine völlige Unschuld heraus. Niemand freut sich mehr als ich. Das beweist nur seine unbedingte Redlichkeit, wie ich es vermutete.«

»Dann, Herr Präsident ...«

»Alles der Reihe nach, liebe Freundin, und versuchen Sie, meinen Gedankengängen zu folgen. Ich kenne meinen Kameraden sehr gut, er ist ein Mann, wie es wenige gibt, deshalb war er ja mein Freund. Ich kenne seine Rechtschaffenheit besser als jeder andere. Doch gerade weil es so ist, als wäre er mein Bruder, und weil sein Wesen keine Geheimnisse birgt und ich ihm Wertschätzung entgegenbringe, kann ich ihn nicht freilassen. Regen Sie sich doch nicht auf, liebe Freundin. Darum wollte ich Sie selbst empfangen und mich nicht verleugnen lassen. Seit langem habe ich nicht mehr so viel gesprochen. Sie sind eine intelligente Frau. Sie haben für ihn getan, was Sie konnten. Manuel ist durch und durch ein Mann, das weiß ich besser als alle, und als solcher sinnt er auf Rache... Wenn er schuldig gewesen wäre, könnte ich ihm vielleicht nach all diesen Jahren die Freiheit geben. Da er aber unschuldig ist, ist nicht daran zu denken. Stellen Sie sich vor, wie er mich hassen muß. Beruhigen Sie sich. Denken Sie an die Interessen des Vaterlandes.«

»Ich versichere Ihnen...«

»Versichern Sie mir gar nichts, liebe Freundin. Es ist zwecklos, die Angelegenheit ist geregelt. Es tut mir Ihretwegen genauso leid wie seinetwegen. Vielleicht mehr noch Ihretwegen, weil es, Gott sei Dank, hier keine Scheidung gibt. Ich will sehen, was sich machen läßt. Ich weiß ja, daß es für Sie sehr hart ist. Aber von heute ab werden Sie ihn nicht mehr besuchen können; diese traurigen Szenen darf ich nicht zulassen. So sind die Dinge eben, und es bleibt einem nichts übrig, als sie hinzunehmen. Glauben Sie denn, daß eine solche Lösung mich befriedigt? Das ist das Betrübliche an der Macht: Es hilft nichts, alles ist zum Besten des Vaterlandes. Was ich Ihnen offerieren könnte, wäre eine kleine Europareise. So lange Sie wollen, und das Schulgeld ganz pünktlich für meinen Patensohn in die Schweiz oder nach Deutschland, wo angeblich die besten Schulen sind, damit Sie sehen, daß ich meine Verpflichtungen ihm gegenüber nicht vergesse. Da wir gerade vom Vergessen reden: Das beste wäre, Sie würden nie mehr an das denken, was ich Ihnen eben gesagt habe. Meinen Sie nicht auch? Politik ist Politik. Hier in der Gegend heißt es, daß ich mache, was mir gerade in den Sinn kommt. Und Sie werden schon sehen, liebe Freundin...«

Als man ihm den Tod Manuel Ugartes mitteilte, sagte er kein Wort mehr, als er in solchen Fällen zu sagen pflegte:

»So, hat der Freund nun auch seinen Frieden.«

Victoriano López Somoza kam 1907, dank seiner großen Diskretion, an die Macht. Die damaligen Obersten Gabriel Rico und Julio Sanlucar forderten ihn auf, sich ihnen anzuschließen, um das Regime Leonardo Suarez Castillos zu stürzen, des Chefs der Liberalen und Demokratischen Bewegung, der zwei Jahre vorher aufgrund geschickt durchgeführter Wahlen zum Präsidenten der Republik ausgerufen worden war, da Don Guadalupe Gimenez, Chef der Konservativen Partei, sich mit dem General Sóstenes Mariscal wegen des Besitzes einiger Hundert Hektar, die als erdölhaltig galten, heftig überworfen hatte. Don Victoriano war damals Oberst und hatte lediglich den unverkennbaren Ehrgeiz, beim Domino zu gewinnen. Ein Vierziger, Junggeselle, mager, eher klein, mit weit vom allmählich sich lichtenden Schädel abstehenden Ohren. Er befehligte das 4. Infanterieregiment, das zu der Zeit in der Hauptstadt in Garnison lag.

»Hören Sie, Kamerad«, sagte Oberst Rico zu ihm, »das kann man nicht länger ertragen. Wären Sie Manns genug, etwas dagegen zu tun?«

Victoriano rieb sich die Nase mit der Linken, eine ihm eigene Geste, und sah sein Gegenüber wortlos an. Rico, der seinen einstigen Mitschüler kannte, war völlig im Bilde. Es gab nicht viel über zwanzig Tote in dem Kampf, wenn auch die Vermißten in den folgenden Tagen viel mehr ausmachten, als Ordnung und Gesetz, der Wahlspruch des Triumvirats, wiederhergestellt waren.

»Hören Sie, Kamerad«, sagte General Rico zwei Monate später zu ihm, »Sanlucar schadet uns ...«

»Wie Sie denken, Kamerad, ich habe keine Meinung, ich diene nur dem Vaterland.«

Es war ein Autounfall; ein Generalsbegräbnis. General Rico wurde Sekretär des Kulturreferats für Finanzen und Erziehung. Oberst López gab sich mit dem Amt eines Staatssekretärs im Innenministerium zufrieden, bis am

8. August 1909 – seit damals ist dieser Tag zum Nationalfeiertag erklärt – Rico verhaftet, verhört, verurteilt und als Vaterlandsverräter erschossen wurde, als er beabsichtigte, ein Abkommen zu unterzeichnen, das ihm den halben Anteil an weiteren erdölhaltigen Gebieten sichern sollte. General Victoriano López Somoza unterschrieb es einige Zeit später. Die Opposition war nicht unschwer zum Schweigen zu bringen (der Vater des Vaterlandes sagte nichts). Einige moderten in Gefängnissen, andere auf Friedhöfen. Hundert wanderten aus und lebten recht und schlecht auf Kosten der kolumbianischen und venezuelischen Staatskassen, einige wurden Journalisten in Mexiko, Musiker in Kuba, Bergleute in Chile und Bolivien. Miguel machte ein großes Vermögen in Brasilien, mir ging es in Argentinien ganz gut. Wir dachten, wir würden es keine sechs Monate durchhalten. Und jetzt sind es zwölf Jahre, und es ist tatsächlich kein Ende abzusehen. Die Gewerkschaften, durch ihre zufriedenen Führer vorteilhaft unterwiesen, stützen die Politik des Präsidenten; die Zeitungen veröffentlichen, ohne Zensurnöte, die offiziösen Noten – sie brauchen gar nicht offiziell zu sein – mit lobrednerischen Kommentaren. Die Zeitung El Pueblo, die aus provinziellen und ganz speziellen Gründen versuchte, die Vorladung einer Strafgefangenen zu kritisieren, mußte zwei Wochen später wegen Papiermangels ihre Herausgabe einstellen. Der Import wird vom Innenministerium kontrolliert... Die Studenten, allesamt Kinder aus begüterten Familien, widmen sich vornehmlich dem Kegeln, unserem Nationalspiel und Quelle unseres höchsten Stolzes: Wir waren Dritte bei der letzten Olympiade. Don Victoriano ist ein so guter Politiker, daß er es sogar sich selbst einredet... Wir sind mit der Zeit alt geworden. Einige sind zurückgekehrt, und es ist ihnen gar nicht so schlecht gegangen. Es kann nicht mehr lange dauern: Er ist auch alt geworden. Er befaßt sich mit Geschichte. Man liest ihm die Enzyklopädie

Espasa vor, und er macht sich allmählich wegen seines Nachfolgers Gedanken. Die Ereignisse mit Caesar, Cromwell, Porfirio Diaz machen ihm Sorgen. »Jedem Brutus schlägt einmal sein Stündlein«, sagte er bei einem der seltenen Male, wo er eine Äußerung tat. Der Ausspruch ging in den Volksmund über. Ohne jeden Zweifel führte der Satz des berühmten Römers zur Verbannung (das ist milde ausgedrückt) des jungen, in den Vereinigten Staaten erzogenen Generals Rodrigo Marin Zuloaga, den er bis dahin zu seinem Nachfolger bestimmt zu haben schien. Dieser platzte in eine Versammlung der UNESCO in der Hauptstadt hinein. Irgendein Schöntuer begrüßte ihn mit einem dröhnenden »Ave Caesar!« Es wurde nicht lange gefackelt, und das Flugzeug stürzte ab. Staatsbegräbnis. Dann kam sein Freund an die Reihe; er sagte dem General aus drei Gründen zu. »Mit dem lieben Manuelo kann man über alles sprechen«, pflegte er zu sagen. Trotz militärischer Vorfahren war er Präsident des Obersten Gerichtshofes. Hätte Manuel Ugarte hundert Leben gehabt, er hätte sie für den Vater des Vaterlandes gegeben.

»Glaubt ihr denn, es sei sehr angenehm, in seiner Haut zu stecken? Ihr täuscht euch. Er hat nie Ruhe. Wißt ihr, was das heißt? Keinen Augenblick ausspannen, denken müssen, was die Freunde, seine wenigen Anverwandten denken. Als ob alle Feinde wären... Mißtrauen hegen müssen, alle zu jeder Stunde überwachen. Nicht die Augen schließen, nicht schlafen können. So müssen wohl manche Imperatoren sterben. Das bringt die Macht mit sich, wenn man das Gesetz nicht auf seiner Seite hat. Schön, ihr habt recht, die Gesetzlichkeit. Philipp II. und Ludwig XIV. hatten diese Alpträume wahrscheinlich nicht. Um es anschaulicher zu machen, erzähle ich euch das Ende des Manuel Ugarte. Es ist eine alte Geschichte und als solche gar nicht übel.

Es ist Jahre her, und wir steckten noch in den Kinderschuhen, was die Postzensur anbetraf, die einige Schwierigkeiten hatte, sich durchzusetzen, da Don Victoriano nicht wollte, daß Juan Martin und noch weniger der Handelssekretär Bescheid wußten, ein guter Freund von Jaime Williams Dondegaray, damals Generalpostdirektor und möglicher Aspirant in der Präsidentennachfolge. Don Victoriano beschloß, die Korrespondenz wichtiger Persönlichkeiten in den Verteilungsstellen zurückzuhalten, sie dann dem Amt des Präsidenten zuzuleiten, um sie daraufhin an die Zweigstellen zurückzusenden, als wäre nichts geschehen. Das wurde so natürlich vorgenommen, daß sich die Briefe beim Eingehen und Verlassen der Verteilerpostämter stauten, wodurch die Geschädigten sogleich Klarheit erhielten. Sogar die offiziellen Einladungen trafen mit drei, vier und acht Tagen Verspätung ein. Dies hatte mehrere Familienstreitigkeiten und eine Reklamation von seiten der Diplomatie zur Folge, weil der Sekretär des Gewerbeamtes nicht zu einem Abendessen erschien, das die Brasilianer ihm zu Ehren gaben. Da die Idee vom Vater des Vaterlandes selbst stammte, geschah nichts. Alle erfuhren davon, und Don Victoriano wußte es natürlich. Auf Hinweis von Don Manuel Ugarte berief er sodann Rodolfo Azcárraga, Regierungsobersekretär, zu dem er in jenen Tagen großes Vertrauen hatte, gab ihm geheimste Order, die Telefone, auch die offiziellen, abzuhören und die Korrespondenz all seiner Mitarbeiter zu überwachen. (Die übrigen waren ihm gleichgültig, *et pour cause.*) Mit den dabei erworbenen Erfahrungen funktionierte die Sache besser. Dann beauftragte er den Kriegssekretär, bei den Mitteilungen, die Azcárraga erhielt, ebenso vorzugehen.

Meinen Sie, Herr Präsident? Ich meine nichts, und Sie auch nicht. – Jeden Morgen um sechs verbrachte der Generalissimus, denn das war er, eine Stunde damit, sich anzuhören, was seine Freunde gesprochen hatten. Er glaubte gewisse Heimlichkeiten zwischen dem Untersekretär des Kulturreferats, demselben für das Gewerbe, dem

Direktor der Nationalbank und zwei befehlshabenden Generalen bemerkt zu haben. Keiner von ihnen war der Anführer der vermuteten Verschwörung. Eine solche gab es nicht; man wollte Spielbanken in Managua einrichten, wo der Tourismus florierte. Aus irgendeinem Grund wollte er mit Manuel Ugarte ein Exempel statuieren. Dieser erholte sich in jenen Tagen mit seiner Familie in Punta Molina, wo er ein Landhaus ohne Telefon hatte. Don Victoriano bestellte ihn durch ein nach Ciudad López Somoza gesandtes Brieftelegramm für den folgenden Abend, acht Uhr. Dem Ritual folgend kam die Nachricht, bevor sie überbracht wurde (natürlich war sie vom Sondersekretär unterschrieben), zurück zum Büro Rodolfo Azcárragas. Dieser feierte seinen Namenstag, und es gab eine Verzögerung in der Weiterleitung. Kurz und gut, Don Manuelito erschien nicht zu der Verabredung. Dies reichte aus, daß der höchst beunruhigte Vater des Vaterlandes Manuelito Ugarte die Urheberschaft an dem vermuteten Komplott zuschrieb. Für seine Denkweise war das ganz natürlich. Ugarte, der nicht sehr scharfsinnig war, ging in die zahllosen Fallen eines Verhörs und kam in den Bunker, wo er soeben verstorben ist, wie man mir sagt. Auf welche Weise? Es bleibt keine große Wahl. Oder doch?

Begräbnis eines großen Verlegers

Vicente rief mich an: »El Mapamundi, der Globus, ist gestorben.«

»Wann?«

»Heute morgen. Die Beerdigung ist um vier.«

»Wir sehen uns dort.«

Der kalte Wind war nicht sehr angenehm, aber ich ging zum Friedhof, obwohl ich während der zwanzig Jahre in Mexiko mit dem Verstorbenen nicht öfter als drei- oder viermal gesprochen hatte. Als ich für ihn arbeitete, schritt er wie ein König vorüber, ohne den Kopf zu wenden oder sich herabzulassen, seine Sklaven anzusehen. Als kennte er mich nicht.

Der Präsident der Buchkammer hielt eine ergreifende Rede. »Don Gabriel Solá war das Muster eines Ehrenmannes, Beispiel und Vorbild eines Menschen, der sich mit Leib und Seele unserem Gewerbe, diesem ruhmreichen Gewerbe verschrieben hat, ein Kavalier von echtem Schrot und Korn«, und so weiter...

Am nächsten Tag würden die Zeitungen folgendermaßen berichten: »Gestern, um sechzehn Uhr dreißig, wurde in der Spanischen Gruft die sterbliche Hülle des Señor Gabriel Solá zur letzten Ruhe gebettet. Der Leichenzug setzte sich an der Ecke Sullivan und Rosas Moreno in Bewegung.

Señor Solá starb vorgestern abend um zwanzig Uhr im Alter von achtundsechzig Jahren an einem Gehirnschlag. Er wurde in Valencia (Spanien) geboren und wohnte seit vielen Jahren in unserer Hauptstadt. Eine zahlreiche Menge von Verwandten und Freunden gab ihm das letzte Geleit ... « und so fort.

Die Trauergäste verabschiedeten sich eilig, es fing leise an zu regnen. Ich fuhr in Vicentes Auto in die Stadt zurück, nachdem ich die weichlichen Hände vom kleinen Gabriel, von Ignacio und José Maria, den Söhnen der Witwe, gedrückt hatte.

»Herzliches Beileid!« Und so weiter.

»Ab morgen wird der Rosenkranz in unserem Haus gebetet.«

Der Verstorbene war dadurch reich geworden, daß er zahllose republikanische Flüchtlinge aus Spanien für sich ausnutzte, weil sie Geächtete waren. So viel Bildung mußte doch zu etwas gut sein. Wir arbeiteten fast alle bei ihm, zu Anfang nur einige, wie ich, später mehr, auf den Posten, die durch uns wieder frei wurden, und weil das Geschäft allmählich florierte. Lehrer, Professoren, Journalisten, Schriftsteller, Musiker, Bibliothekare, Militärs, Justizbeamte, Ärzte, Ingenieure, Archivleiter, Leute aus Museen und so fort. Alle waren wir am Entstehen der »Großen Weltgeschichte« ebenso wie bei der »Geschichte der Spanischen Marine« oder dem berühmten »Wörterbuch der feststehenden und noch nicht feststehenden Redewendungen« beteiligt.

Gabriel Solá starb als große Persönlichkeit (die Totenwache hielten unter anderen zwei Staatssekretäre und drei Exminister). Die meisten hielten ihn für ungebildet; er machte sich einen Spaß daraus, den Irrtum aufrechtzuerhalten: ein Mann, der sich aus dem Nichts hochgearbeitet und es bis zum Millionär gebracht hat, bekommt eine gute Presse in Amerika. Dadurch konnte er sich während der letzten Jahrzehnte erlauben, die ganze schlechte Erziehung über Bord zu werfen, die er unter der Fuchtel seiner Großmutter, seiner Mutter und seiner ersten Frau genossen hatte. Als er vierzig war, wurde er für seine Untergebenen ungenießbar, und zwar deshalb, weil seine Großmutter in Valencia geblieben war, seine Mutter 1948 in Veracruz starb und seine Frau im Jahr der Ankunft in Mexiko verschwand, als es mit seinen Geschäften aufwärts ging. Die zweite war Witwe, ziemlich häßlich, aber sie hatte eine Druckerei.

Es ist mir klar, daß diese Zeilen kaum von Interesse sind. Wo sind die meisten derer geblieben, die Gabriel Solá fast ein halbes Jahrhundert lang gekannt haben? Aber wenn einer im Alter nicht über seine Jugend schreibt, worüber soll er denn schreiben? Die Menschen werden mit den Jahren kleiner. Die Reife ist eine Lüge: Alles schrumpft, angefangen beim Verstand. Man ziehe mir nicht Goethe oder Tizian zum Vergleich heran: Wenn sie weiter jung geblieben wären, würden wir ja aus dem Staunen nicht mehr herauskommen.

Der Auftrieb gibt den Ausschlag. Vielleicht, weil er in seiner Jugend keinen hatte, machte Mapamundi seine Karriere als reifer Mann. Wer hätte das gedacht?

Gabriel Solá, der Vater, war bei den valencianischen Studenten gut bekannt, denn er half ihnen aus ihren Geldnöten, indem er ihnen etwas mehr für ihre Lehrbücher gab als Plácido Cervera oder Manuel Berenguer, die mit alten Büchern handelten. Der jetzt verstorbene Sohn studierte drei Jahre auf der Universität. Eines schönen Tages gab er es auf, um im väterlichen Geschäft zu helfen. Dort wurde alles verkauft; der alte Solá war Altwarenhändler und Geldverleiher. In Wirklichkeit hatte der Sprößling seine Laufbahn an den Nagel gehängt, um zu heiraten: Das Mädchen Fuensanta ließ ihm Tag und Nacht keine Ruhe und wollte mehr als nur Händchen halten. Wenn er darauf verzichtete, Rechtsanwalt zu werden, konnte er drei Jahre früher mit ihr schlafen, da die Großmutter und die Mutter darin unerbittlich waren; erst der Titel, dann die Ehegemeinschaft.

Der Eintritt Mapamundis ins Geschäft rief bei seinem Erzeuger große Betrübnis hervor, dem ein Sohn mit Karriere vorgeschwebt hatte. Mit diesem Don Gabriel war nicht allzuviel los. Die Großmutter war diejenige, die alles in der Hand hatte, eine seltene Frau: unermüdlich, redselig, stark, zäh, schlau, wenn nicht intelligent, und eine Freundin leiblicher Genüsse, wie ich keine sonst kannte. Sie rauchte, trank, aß und tat das übrige wie keine zweite. Ihr Mann war ihr nicht gewachsen, er zog es vor, in jenen fernen Zeiten zu sterben, als Blasco Ibáñez und Rodrigo Soriano sich in den Haaren lagen, das war zu Anfang des Jahrhunderts. Nach der Trauerzeit ließ die Dame selbst Isabella II. weit hinter sich; es gab keinen hübschen Jungen in der dichtbesiedelten Umgebung, der ihr nicht unter die Finger kam. Niemand muckste sich oder klatschte darüber, eine so panische Angst hatte man vor ihr. Mit schneeweißem Haar – und Haaren auf den Zähnen –, als das Rheuma sie an einen Sessel fesselte, von dem aus sie schaltete und waltete, schrie und fluchte, hielt sie die Zügel fest in der Hand, und es gab keinen, der es wagte, etwas beiseite zu schaffen oder das Essen anzuordnen oder etwas auszuleihen, außer auf ihren Befehl oder mit ihrer ausdrücklichen Zustimmung.

Mit dem Enkel übte sie Nachsicht, und wenn die jeweils Erkorene sich als eine Niete erwies, schob sie die Schuld auf den Dickkopf. So war ihr Enkel nun einmal, er war schließlich ein Mann, und sie wußte nur zu gut, wozu Männer da waren: um die Welt vorwärtszubringen. Nur die Frauen brachten aus irgendeinem Grund Kinder zur Welt.

Zuerst nannte man ihn El Cabezotas, den mit dem dicken Kopf, dann El Mapamundi, den Globus. Von normaler Statur, eher untersetzt, die Stirn in der Form eines Globus, das Haar über den Schläfen zurückfliehend, daß sich Geheimratsecken bildeten, fleischige Nase, wulstige

Lippen, geteiltes Kinn, stark vorstehende Augen, die lediglich verschwommene Gestalten wahrnahmen. Unter dem Schutz einer mit dicken Gläsern versehenen Brille wurden sie ihm zu Miniaturen. Hinter der Brille fühlte Gabriel Solá sich gesichert, in Deckung vor so manchen. Er bildete sich ein, daß seine Brille eine Art Schild sei, das ihn von den anderen trennte, vor ihnen schützte und sogar verbarg; eine Vorstellung, die ihn schließlich auf die Idee brachte, die weißen Gläser durch olivgrüne zu ersetzen. Dies wirkte gleichsam als Hecke, die ihn von seiner Umwelt distanzierte, ihm seine eigenen Züge vorenthielt und ihm jede herzliche Verbindung, jegliches Sympathisieren mit seinesgleichen unmöglich machte. Alles überlegte er zweimal, und beim zweiten Mal tat er das Gegenteil von dem, wozu sein Impuls ihm zuerst geraten hatte.

Als junger Mann war Gabriel Solá ein Anhänger der freien Liebe, der gleichmäßigen Verteilung aller Güter, vielleicht deshalb, weil das dunkle Pfandleihgeschäft seiner Großmutter seine schamhaften Türen auf die Calle de Garrigues öffnete, die in der Nähe der Calle de Gracia gleich beim chinesischen Viertel lag, dem Zufluchtsort der Hitzköpfe und leichten Mädchen. Mit der Ehe und der Zeit änderte er sich von Grund auf in allem, was die Güter betraf.

In der Liebe, die ja nicht Angelegenheit eines einzelnen ist, war Fuensanta von der Rolle, die sie spielte, nicht befriedigt. Die große, blonde, bildhübsche Frau machte das Beste aus der Sache – das hieß Flucht vor dem Stiefvater und Sicherung voller Schüsseln –, und wenn sie auf das andere aus war, zog sie Männer vor, die besser aussahen als das dicke Froschgesicht, das ihr das Los – nicht nur so dahingesagt – beschieden hatte.

Fuensanta war imstande, einen jeden glücklich zu machen. Ich glaube jedoch nicht, daß sie selbst es je war. Das machte sie allmählich verbittert, und seltsamerweise bekam sie eine Fistelstimme.

Gabriel Solá entdeckte durch die Natur des Geschäfts bald, wo seine universelle Liebe Auftrieb fand. Er machte sich Illusionen ähnlich denen, die seit Jahren die Literatur in ihm erzeugte. Denn seit er auf dem Gymnasium in die Regeln der Literatur eingeführt worden war, reihte er unter ständiger Erbitterung – vielleicht, weil er bereits damals seine schöpferische Unzulänglichkeit empfand, ohne es zugeben zu wollen – auf weggeworfenen Blättern aus Liebhaberei kurze Zeilen aneinander, wobei ihm seine frühe Neugier zu Hilfe kam, die beim Durchstöbern der verpfändeten Bücherhaufen in ihm geweckt wurde. Vielleicht, weil ihm das Entleihen etwas Alltägliches war, ging er daran, die Autoren zu kopieren, die seiner Meinung nach großartig waren, und sich die Urheberschaft seiner Plagiate anzumaßen, was bei Kameraden, Kunden und Fremden, die in Poesie wenig bewandert waren, Bewunderung erregte. Im Gymnasium, auf der Universität, in bestimmten Zeitungsredaktionen hatte er seine Anhänger, mehr noch, weil er sich darauf versteifte, das, was er für das seinige ausgab, nicht zu veröffentlichen. Anfangs verspürte er wachsenden Groll, je mehr seine Werke geschätzt wurden, doch schließlich nahm er sich selber ernst und kam zu der Ansicht, daß alles, was er zusammengetragen hatte, bei seinen Autoren durch ähnliche Methoden wie bei den seinen entstanden war, was er als sehr tröstlich empfand. Nebenbei gesagt, half ihm das Geschäft nicht wenig, zu dieser Überzeugung zu gelangen, was eine glänzende Vorbereitung für seine zukünftigen herausgeberischen Wagnisse war – ein Beruf, von dem er damals noch nicht träumte, dem er sich jedoch dann mit Hingabe und Nutzen widmete, als die Feststellung, daß auf dem literarischen Feld nicht alles Gold war, was glänzt, sich für ihn erübrigt hatte.

Niemals fiel es ihm ein, Urheberrechte zu bezahlen. So weit kam es gar nicht. Nach wenigen Jahren, noch in Valencia, wurde er seiner geistigen Übungen müde und zog es vor, seine Zeit damit zu verbringen, sich Freundinnen zuzulegen – gestützt auf das blühende Familienunternehmen, für das er, zur großen Überraschung seines Vaters, eine nicht eben geringe kommerzielle Begabung mitbrachte. Diese nun setzte er zu rein persönlichem Vorteil ein bis zu dem Tag, da sein Erzeuger das niederträchtige Tun entdeckte und ihn vor seiner Großmutter, seiner Mutter und seiner Frau ohrfeigte, eine Geste, die unser Held ihm nie verzieh.

Eine gemeine Lakaienseele, servil, unterwürfig und kriecherisch bei denen, die ihm irgendwie nützlich sein konnten; von oben herab, geringschätzig, voll Verachtung und geizig jenen gegenüber, die ihm dienten. An ihnen ließ er seinen Jähzorn aus, den er vor dem Spiegel aufspeicherte, wenn er sich über sein Äußeres ärgerte. Zwiespältige, ständig wechselnde Natur: Hochgestellten Persönlichkeiten strich er um den Bart, gegen seine Untergebenen war er von rücksichtsloser Unbeherrschtheit, noch niederträchtiger, wenn er bei diesen nach Sachlage eine gewisse Überlegenheit mutmaßte. Immer suchte er Halt bei den Stärkeren, zu allem bereit, wobei es ihm nur darum ging, ja kein Sodbrennen und keine Magenkrämpfe zu bekommen, die der Haß bei ihm auslöste, der Neid in ihm wühlen ließ, ohne daß er es abwenden konnte: Er fühlte, wie er ihm im Nacken saß, sein Blut verseuchte, in seinem Innern umtrieb, sich in weitschweifigen Reden, die er für geschickte und pseudomachiavellische Prankenhiebe hielt, Luft machte. Seine Enttäuschung hatte außerdem Gallenbeschwerden zur Folge, durch die er sich ab und zu genötigt sah, das Bett zu hüten, um sie loszuwerden. Fuensanta mußte es ausbaden, und sie ertrug ihn einzig um des Vergnügens willen, ihm dafür Hörner aufzusetzen.

Als 1936 die Rebellion ausbrach und er eine Gewerkschaft wählen mußte, trat er in die C.N.T. ein, wo er rasch eine brillante Karriere machte. Sein intellektueller Anstrich rief bei einer Menge Leute guten Glaubens und anderen weniger guten Glaubens Achtung hervor, aber sie alle hatten eine so oberflächliche Kultur, daß sie meistenteils nicht zutage trat. Was für die Revolution, nebenbei bemerkt, nicht sonderlich wichtig war. Jedenfalls wurde Gabriel Solá Ende August zweiter Direktor bei der Zeitung der Anarchistischen Organisation, und da war er glücklich. Er entdeckte, daß er die Macht angestrebt hatte, nicht, um zu befehlen, sondern um gefürchtet zu sein.

Alle schwiegen dazu, außer der Großmutter. Er setzte alles daran, um ihr so wenig wie möglich unter die Augen zu kommen, damit ihre Fuchtel sich auf den geduldigen Rücken seiner Eltern austoben konnte. Der Alte hielt dem nicht stand; vor lauter Mundhalten segnete er schließlich das Zeitliche.

Als Mapamundi nach Mexiko kam, widmete er sich dem Bücherverkauf auf Raten, bis er sein erstes Lexikon plante und die Witwe, das heißt die Druckerei, ausfindig machte.

Ich weiß, all dies ist nichts Besonderes, es gibt Tausende solcher Leben. Aber wenn ich in so vielen Schaufenstern, in so vielen Häusern »Solás Großes Lexikon« sehe, denke ich an meine Studienzeit zurück, als ich meine Lehrbücher im Laden seiner Großmutter versetzte, um die Romane Barojas kaufen zu können, und ich glaube, wenn er in Valencia geblieben wäre, wenn es keinen Bürgerkrieg gegeben hätte, würde der traurige Mapamundi nicht ein solches Begräbnis gehabt haben.

Logischerweise wurde er mit seinem Vermögen Frankist. Während seiner letzten Lebensjahre fuhr er jeden Sommer nach Spanien und gründete dort einen großen Verlag für technische Bücher. Sie hatten ein großes »S« auf dem Rücken, das allerdings als Abschluß kleine Hörner hatte.

»Das ist das V von Viktoria – Sieg«, sagte er.

Ich möchte nicht, daß meine Leser sich von dem bitteren Ton in dieser Geschichte seltsam berührt fühlen. Ja, als junger Mann war ich sterblich verliebt in Fuensanta, die mindestens zehn Jahre älter gewesen sein muß als ich. Sie erhörte mich nur einmal. Ich ließ nicht locker, aber ohne Erfolg.

Bekanntlich zählt in diesem Alter die Zeit nicht; aber der Ärger zählt, den ich hinunterschlucken mußte.

Dabei blieb es nicht: Als ich bei der H.U.S.C. de V. angestellt war – dem damals bereits bekannten Verlag –, hatte ich keine Bedenken, Mapamundi auf eine gewisse junge Sekretärin anzusetzen, in diesem Fall nun zehn Jahre jünger als ich, was durch das Dazwischenliegende ganz natürlich war. Ich merkte nicht rechtzeitig, daß mein Geschmack sich mit dem Mapamundis deckte. Aber ich ging nicht wegen Virginia zur Beerdigung. Ich ging wegen Valencia, der Schule, der Calle de la Sangre, der Calle de Garrigues, der Calle de Gracia, wegen des Geruchs der Orangenblüte, der Erinnerungen an die Buchantiquariate, wegen meiner Jugend.

Nachgelassener Brief Mapamundis an Obigen

Lieber Jaime,

Ich sterbe an meinem Herzen – mein dritter Infarkt, aber Du sollst keine Freude daran haben. Ich sterbe liebend. Häßlich, mit dickem Kopf, ohne Karriere, hatte ich immer die Frauen, die Du begehrtest, und einige mehr.

Wie oft hast Du versucht, mir einen Strick zu drehen. Ich nehme sogar an, Du wirst eine Erzählung schreiben – eine von denen, die Dich berühmt gemacht haben –, um an dem Bild, das Du von mir entwirfst, und an meiner Biographie Deine Wut auszulassen. Wenn Du gerecht bist, beschließe sie mit diesen Zeilen, die ich Virginia diktiere, während ich im Institut für Herzforschung das Bett hüte.

Immer war ich zehn Jahre älter als Du. Die Sache begann mit Fuensanta und hört mit Virginia auf. Das heißt, mit meiner verstorbenen Frau und Deiner Geliebten.

Du wußtest, daß mein Arzt, der auch Dein Arzt ist, mir jeglichen Exzeß verbot, und da hattest du den delikaten Einfall, mir Virginia in Reichweite, oder besser gesagt: in den Bereich meiner Hände zu bringen in der sicheren Annahme, ich würde die Chance nutzen. Mit meinen achtundsechzig Jahren stürzte ich mich mit größtem Vergnügen in Deine wohldurchdachte Falle. Täglich zwei Stunden dieser Tändeleien waren zuviel für meine verhärteten Arterien. Ich wußte es, aber es war mir gleich. Du hast es erraten, aber Du weißt nicht, wie gut es mir tat. Niemals hast Du Unglücklicher es verstanden, die Frauen zu genießen und sie genießen zu lassen. Immer hat Dir die Lust und die Zeit gefehlt, die man braucht, um ein richtiger alter Lebemann zu werden.

Virginia – Deine Verbündete? Daß ich nicht lache. In unserem Alter kommen bestimmte Elemente ins Spiel, die nicht innerhalb Deiner Reichweite sind und es niemals waren, angefangen beim Geld. Ich habe sie nicht gekauft, um Himmels willen! Die Lust genügt, das heißt, die richtig dosierte Lust, die ich sehr heftig verspürte, und das ist ein angemessener Lohn. Abgesehen davon kommst Du dabei gut weg, indem Du meinen Tod beschleunigst. Das Bewußtsein, daß die Lust, die sie schenkt, die letzte ist, schon in der Nähe des Todes, wird wohl manch eine Frau dazu bewegen, sich lieben zu lassen. Aus irgendeinem Grund sind sie Mütter. Für mich ... (Du kennst nicht den unerhörten Reiz und wirst ihn nie kennen, im unklaren darüber zu sein, ob eben dieser Augenblick der letzte, bezaubernde, Deines Lebens ist.)

Bleib jetzt bei ihr, es wird nur für kurz sein – lassen wir dabei die jungen Leute ihres Alters aus dem Spiel, die für mich, für Dich wohl, nicht zählen. Virginia schmeckt nach dem, was Du nie wissen wirst, naiv wie Du bist. Ich sterbe, aber in ihr lebe ich weiter, und das macht mich glücklich. Es dankt Dir ewig Dein alter

Mapamundi

P.S. Es muß noch festgestellt werden, daß das, was Du über meine Franco-Anhängerschaft verbreitet hast, Lüge ist. Mit der Politik, mein armer Jaime, ging es Dir ebenso wie mit den Frauen: Du hattest keinen Schimmer davon. So stirb endlich – Du wirst niemanden haben, der sich Deiner annimmt. Dich legen sie einfach in die Erde und radieren Dich von der Landkarte. Ich werde wenigstens ein Begräbnis erster Klasse haben. Selbstverständlich müßte man auch Virginias Standpunkt kennen. Aber wer sollte das schon? Meine Großmutter hätte ihren Spaß daran gehabt. Weißt Du, wie sie Dich genannt hat? »Hemisferio«, die Halbkugel. Ehrenwort. Wirklich.

Jaime Moltó veröffentlichte den vorliegenden Brief nicht. Ich fand ihn unter seinen Papieren. Er überlebte seinen Landsmann um drei Wochen.

Das Alter

Sie trinken Pulque. Der Glaskrug wird nie leer. Tomas, sechs Schritte entfernt, sorgt dafür; hager, schnurrbärtig, lederne Haut, das Haar kurz und widerspenstig wie er selbst, saubere Drillichjacke. Höflich.

Don Nemesio und Don Galdeano auf ihren Rohrstühlen, getrennt durch einen soliden Eichentisch, trinken von Zeit zu Zeit und lassen dabei gemächlich die klebrige weiße Süße auf der Zunge zergehen, die sich mit dem leicht bitteren Brennen der Gärung, das dem Getränk seine Rundung gibt, vermischt. Beide sind um die sechzig, wiegen ungefähr das gleiche, nicht übermäßig beleibt. Nemesio ist größer; Galdeano besitzt fünfzig Hektar mehr, seine Ländereien in Jalisco nicht eingerechnet.

Die abendliche Ebene öffnet sich vor ihnen ohne erkennbare Grenze (die staubbeladene Luft); nicht für die Männer, sie kennen das Land gut. Die Agavenreihen durchziehen es wie ein Linienblatt. Lichtes Braun die Erde. Die harten, stacheligen Blätter, graues Grün, schmutziges Grün, zeichnen die sanften Hügelketten nach. Durch den Staub hat der Himmel keinen Anfang, nur oben ist er klar.

Früher einmal waren sie Anhänger von General Villa, General Zapata, General Carranza, je nachdem, wo sie gerade waren; nicht gleichzeitig. Gemeinsam allerdings Parteigänger des Generals Calles, und das unter dem Schutz des Bundesgesetzes für ungenutztes Land im Jahre 1920 und des Gesetzes für freies Land im Jahre 1920 und des Gesetzes für freies Land 1923; und weil sie nicht dumm waren, heimsten sie Parzellen ein. Auf diese Weise sind sie jetzt reich, alt, Nachbarn. Die Erde, aus der sie ihr Vermögen holten, erweist sich ihnen dankbar, indem sie ihnen einzig das Problem des Pulque-Vertriebs stellt, das sich, Gott sei Dank, ohne viel Mühe lösen läßt.

Im Innern des Hauses, das riesig ist und kaum möbliert, hört man die Reklame im Fernsehen. Die Kinder haben das am liebsten. Galdeano, der zu Besuch kam, beklagt sich:

»Sie bringen mich noch zur Verzweiflung, Nemesio. Ich weiß nicht, was mit ihnen los ist.«

»Alle?«

»Alle, mein Freund. Der einen tut dies weh, der anderen das. Ganz abgesehen von dem, was sie kosten, und nicht zu reden von all dem anderen.«

»Bei mir ist's nicht so.«

»Du hast nicht so viele.«

»Sag bloß nicht, das wäre ein Vorteil.«

»Ich sage nicht, daß es keiner ist.«

»Es wird das Wasser sein.«

»Was sich bekanntlich nicht ändert.«

»Du hast doch viele gut bewässerte.«

Das bezieht sich auf die Ländereien in Jalisco. Nemesio fragt ziemlich boshaft: »Und welche schmecken am besten?«

»Das ist eine Zeitfrage. In der Saison reifen sie besser.«

»Natürlich, die anderen werden durch das viele Wasser schlaff.«

»Ich glaube, das Bier oder die verdammten Erfrischungen heutzutage schmecken ihnen zu gut. Reiner Alkohol schadet ihnen nicht. Die Sache ist die, mein Freund, daß sie mich in letzter Zeit alle verrückt machen. Ob es der Magen ist oder die Leber, das Rheuma, der Bauch, das Herz, die Müdigkeit...«

Zu jedem Namenstag bekommt Galdeano ein Mädchen von seinen Ländereien in Jalisco geschenkt. Die eine oder andere nimmt er von seinem Besitz, wo der Pulque hergestellt wird, dazu. Nemesio ist sparsamer, die Legitime duldet sie nicht im Haus; die Kinder schon. Er hat einundzwanzig taufen lassen. Galdeano hat den Überblick verloren. Aber seit einiger Zeit sind viele krank.

»Zu unserer Zeit waren die Medizinen billig. Jetzt ist es eine Schweinerei.«

Sie trinken Pulque und schweigen. Galdeano kam, um sich etwas vom Herzen zu reden. Er zögert. Er hat viel darüber nachgedacht – was er eben so denkt: ›Ich rede mal mit meinem Freund Nemesio drüber.‹ Aber jetzt kann er sich nicht aufraffen.

»Was ist mit dem Bürgermeister von Tula?«

Sie fahren selten in die Hauptstadt, hin und wieder nach Pachuca. Einmal im Jahr zeigt Señor Galdeano sich auf seinen blühenden Ländereien in Jalisco, aber diese Erde hier, die karge, hat er lieber, er kennt sie besser, hier wurde er geboren, er glaubt es wenigstens, er kannte seine Eltern nicht. Señor Nemesio schon. Seine Mama lebt noch, dort drinnen, mit ihren Enkeln. Es sind nicht viele, weil die meisten schon als kleine Kinder sterben.

Was Galdeano in Wirklichkeit drückt, ist die Tatsache, daß er sich in Angela verliebt hat. Klein ist sie, breithüftig, mit großen Brüsten. Schlau. Der Pulque-Händler nahm sein Gefühl mit Staunen zur Kenntnis. Die Frauen – das braucht ihm keiner zu sagen, er weiß besser als jeder andere, wozu sie gut sind. Jetzt ging ihm diese Kleine nicht mehr aus dem Sinn, und er war nur an ihrer Seite froh, wenn er sie immerzu anfassen konnte. ›Galdeano‹, sagte er sich, ›du bist erledigt. Verflixt, dreimal verflixt ist das mit dem Alter. Aber du kannst es mit den anderen aufnehmen, das wäre ja noch schöner.‹

Er machte das, was er noch mit keiner gemacht hatte: Er heiratete sie. Er dachte, damit hätte er sie zur Hand, wenn ihm danach zumute wäre, doch Angela sagte nein. Früher, na schön, aber jetzt gehörte sie dem Cacheton, und da war nichts zu machen.

Er wollte sie nicht zwingen. Dieser Tage fühlen sechs seiner Frauen sich schlecht. Er weiß nicht, was er machen soll, etwas in ihm drängt ihn irgendwohin.

Bis er sich entschloß, mit seinem Freund Nemesio zu sprechen. Aber jetzt merkt er, daß er es nicht kann. Außerdem, wozu auch? Abgesehen davon, daß sie niemals – sie kennen sich ein Leben lang – ein Wort über »die Alten« gewechselt haben.

Sein Zögern, seine Zweifel graben eine tiefe Stille in die Dämmerung.

»Der Teichdamm beim Casa Vieja ist gebrochen.«

»Hast du den Ingenicur rufen lassen?«

»Wozu? Liborio ist hingefahren.«

Sie trinken Pulque.

»Anacleto, fahren wir.«

Auch das ist neu: Früher schaffte er es allein.

»Schon?«

»Der Weg ist saumäßig. Ich möchte lieber das wenige Licht, das bleibt, ausnutzen.«

Plötzlich denkt er: ›Das wenige Licht, das uns bleibt.‹

Er verscheucht eine Fliege. Steigt in den Jeep.

»Auf Wiedersehen, alter Junge.«

»Wiedersehen.«

Ein Attentat

a) Rafael Vila

Groß, schnurrbärtig, mit Brille, gute Erscheinung, Familie mit zwei Gesichtern (einerseits achtbar, andererseits eine nicht ganz achtbare Schwester, die rückblickend lästig war, weil sie immer vorgezogen wurde), vornehmer Geschmack: englische Zigaretten, Whisky, Londoner Krawatten, Schuhe gleicher Herkunft, ganz zu schweigen von den Stoffen seiner Anzüge. Die Stoffe aus seiner Heimat lehnte er strikt ab, obwohl er diese Heimat in jeder anderen Hinsicht bis zum äußersten verteidigte. Die Manier, das Problem der Wollgewebe aus Sabadell und Tarrasa – über die aus Baumwolle verlor er kein Wort – im Vergleich zu den Shetlands oder denen aus Nottingham unter die Lupe zu nehmen, war ihm ein ständiger Quell des Kummers, wenn man seine grenzenlose Liebe zum heimatlichen Katalonien und zu der Sprache bedenkt. Er entschädigte sich durch die Behauptung – ohne eine Widerrede zu dulden –, es gäbe keine besseren Tortillas als die aus Esteva Riera, keine Leberwurst wie die aus Valls und keine Pfirsiche wie die aus dem Dorf seiner Mutter.

Stets mußte er mehr sein als jeder andere, zur Avantgarde, zur Spitze gehören. 1936 hatte er, zweiundzwanzigjährig, das Allerneueste gelesen; er war Marxist – da ihm jedoch die kommunistische Auffassung wenig zusagte, wurde er Trotzkist, was in seinen Augen das Höchste vom Höchsten war. Diejenigen, die vornedran waren, würden letzten Endes immer das Recht auf ihrer Seite haben, und da die Welt sich zur Linken hin drehte, hatte Rafael Vila dort seinen Platz.

Für die Katalanen bot der Trotzkismus eine Möglichkeit, den Kommunismus mit dem tief in ihnen verwurzelten Anarchismus zu verbinden. Rafael Vila, groß, schnurrbärtig, mit Brille, hielt stundenlange Reden, wobei er es verstand, wahllos Anklagen zu erheben und grundsätzlich jedermann schlecht zu machen. Außerdem, wer taugte schon etwas? Wenn nur diese Tortillas nicht gewesen wären...

Und jetzt gab es nicht einmal mehr diese: Das behauptete jedenfalls Juan Banquells, der gerade aus Barcelona kam.

b) Juan Banquells

Klein, dunkel, ausgemergelt, als wäre er vor Zeiten größer gewesen. Heruntergekommen, man merkte es an den Runzeln, die er seit frühester Jugend – vornehm ausgedrückt – zur Schau trug. Häßlich, außerhalb der Welt stehend, in der er lebte: Seit seiner Kindheit hatte er den Wunsch, älter zu sein. Immer wollte er fünf, zehn Jahre älter sein als er war. Wenn ich erst fünfzehn bin, dachte er mit zehn. Wenn ich erst dreißig bin, sehnte er mit fünfundzwanzig herbei. Wenn ich einmal sterbe, dachte er mit Freuden, als er die Vierzig erreicht hatte... Von eiserner Gesundheit, denn er hatte allerhand durchgemacht.

Onkel und Tante, Gemüsehändler, lasen ihn als Waise auf, und als sie sahen, welch ein Häufchen Elend er war, kümmerten sie sich nicht weiter um ihn. So wuchs er auf wie das liebe Vieh, was gewöhnlich nicht die anständigste Art ist. Die Kinder seines Alters nutzten den armen Wicht gehörig aus. Drei Tage lang ging er zur Schule, dann nicht mehr. Er lernte nie lesen und schreiben, und das bißchen Rechnen lernte er an den Fingern. Ein ganz aufgeweckter Bursche. Wenn ich erst vierzig bin... Er wurde vierzig und mehr, immer mit dem Wunsch, älter zu sein. Schließlich heiratete er ein armseliges Geschöpf, Blumenmädchen ihrer Behauptung nach, eine von denen, die Sträuße an den Ausgängen der Cafés und Kabaretts feilbieten. Sie ging mit einem Chauffeur durch und hinterließ ihm zwei Kinder von einem und drei Jahren. Er wußte nicht, was er mit ihnen anfangen sollte. Da setzte er sie vor das Tor der Banco de España, gegenüber dem Cibeles-Brunnen, ging nach Saragossa und dann nach Barcelona.

c) Agustin Mijares

Er hatte keine Angst, seine Hand zitterte nicht, er würde sein Ziel nicht verfehlen. Er wollte das tun, was er ausführen würde, er sah es von vorn und nicht von der Seite wie der Mann, der am 18. durch jene Tür herauskommen würde, den er mit vier Schüssen töten würde.

Agustin Mijares hält mit seinen dreizehn Jahren die Pistole fest in der Faust und denkt an die langen Gesichter seines Bruders und seiner Freunde. Es dämmert, die Glocke von Dominicos schlägt einmal. Es muß halb fünf sein. Die Palmen auf der Gran Via del Marqués del Turia verlieren allmählich ihren Schatten und weichen den gelben Reflexen der tristen Stadtbeleuchtung. Die Blumenrabatten zeichnen sich auf der gestampften Erde ab. Der Wind erwacht mit dem Tag, fährt leicht durch die hohen Zweige der Bananenbäume; er ist noch zu kraftlos, um die harten spitzen Blätter der mit Zwischenräumen gepflanzten Palmen zu bewegen.

Ein Nachtwächter beendet seine Runde. In der Ferne wird eine Tür halb geöffnet, eine Alte mit Umhang schlüpft heraus. Der kommende Tag streut sein erstes kalkiges Licht über den Himmel. Nur wenige Sterne sind noch geblieben. Agustin sieht alles, nur das nicht. Er visiert die Chaussee an, heftet den Blick auf den Bürgersteig. Er wird durch die offene Avenida Victoria Eugenia fliehen, die Calle de Ruzafa überqueren, und sobald er den Markt erreicht hat, ist er in Sicherheit. Andererseits ist um diese Zeit die Gefahr, daß er geschnappt wird, gleich null. Er wird in eine Straßenbahn steigen, die ab sechs Uhr voll von Arbeitern ist, die ins Stadtviertel Sagunto fahren. Wenn er verfolgt wird, wirft er die Pistole in das Grundstück neben Don Rafael Recaséns' Haus. Er glaubt nicht, daß es nötig sein wird. Wer sollte ihn schon verdächtigen?

Das Portal an Don Rafael Recaséns' Haus ist hoch, breit, mit einem schönen, reichverzierten Gitter. Die Klingel läßt ihr Kupfer in einem grünen, weißgeäderten Kreis aus Marmor leuchten. Hinter dem Schmiedeeisen dickes Glas. Don Rafael Recaséns verläßt um sieben Uhr morgens das Haus, um zu Fuß in die Fabrik zu gehen. Er sieht immer noch gut aus.

Bei Agustin zu Hause, im Haus seines Bruders, ist die ganze Nacht über das Attentat diskutiert worden. Sechs stellen sich beim Fabriktor auf, um den Chef abzupassen. Seit vierzehn Tagen verfolgen sie jeden seiner Schritte. Agustin hat von seinem Zimmer aus alles mit angehört und beschlossen, was er tun wird, erstens, weil es ihm einfacher scheint, und dann, um zu sehen, was sein Bruder Manuel für ein Gesicht machen würde.

Sein erstes Attentat. Er weiß, daß es nicht sein letztes sein wird. Er findet das natürlich. Für ihn ist es natürlich.

Agustin wurde am 8. April 1907 in der Calle de En Bañ geboren. Sein Vater starb zehn Jahre später im Gefängnis, seine Mutter bekam einen Schuß in die Stirn. Manuel, sein älterer Bruder, ist zwölf Jahre älter als er; er schleppte ihn so mit. Sie lebten in Barcelona. Seit kurzem sind sie nach Valencia zurückgekommen. Manuel ist in der Holzbranche beschäftigt wie früher sein Vater. Ab und zu arbeitet er, wenn er sich nicht gerade versteckt hält, was fast immer der Fall ist, oder im Gefängnis sitzt, was sehr häufig der Fall ist. Dann kümmern sich seine Kumpanen um Agustin. Er erinnert sich an drei Häuser in Barcelona, eins in Granollers, ein anderes in Castellón. Die Welt besteht aus Chefs und Arbeitern; die Chefs, liiert mit der Polizei und der Gendarmerie (ganz oben die Regierung) töten Arbeiter ohne jedes Risiko; diese verteidigen sich, so gut sie können. Da sie in der Mehrzahl sind und recht haben, werden sie einmal siegen, ganz gleich, wer dabei fällt.

Was Agustin einfach nicht versteht, ist folgendes: Wenn es doch so viele Arbeiter gibt und sie so viele Gründe hätten, es zu tun, warum erhoben sie sich nicht alle zugleich und machten auf einen Schlag Schluß mit ihren Feinden? Er meint, es fehle an der Organisation. Wenn er erst größer ist und man auf ihn hört, wird er Ordnung in das Ganze bringen. Das Problem könnte in vierundzwanzig Stunden gelöst werden, wenn jeder Arme es übernähme, einen Reichen kaltzumachen. Dann würden sie übrigbleiben, und das Leben wäre einfach und angenehm.

d) Ramón de Bonifaz

Er pflegte seine Besprechungen folgendermaßen zu beschließen: »Der Mensch ist ein reichlich verachtenswertes Geschöpf. Er richtet alles zugrunde, hat von nichts eine Ahnung. Er ist undankbar; was der Bewunderung wert wäre, läßt ihn kalt.« (Wenn alle, dachte er, mir die Ehre erwiesen, die mir zukommt, gäbe es keine Probleme.) »Nun also, mögen Kriege kommen. Aus welchem Grund sollte es keine geben? Immer gab es Kriege, einen nach dem anderen, und manchmal zu gleicher Zeit. Ist der Mensch denn besser geworden, bessert er sich jetzt, hat vielleicht jemand eine Verbesserung bemerkt? Wenn es so wäre, würde ich es gerne erfahren. Nein, Leute, nein: Alles ist, wie es war, nur ein Vielfaches davon. Es gibt mehr Dummköpfe, mehr Idioten, mehr verachtenswerte Leute, mehr Neider, mehr Menschen, die sich mit der Liebe die Zeit vertreiben, denn sie denken nicht darüber nach, warum sie lieben, mehr Rohlinge, mehr Tiere, mehr grausame Menschen. Die Zahl der Gelehrten dagegen steigt nicht, die Zahl der Genies bleibt konstant. Nur der Abschaum vervielfacht sich. Hat jemand etwas dazu zu sagen?«

Niemand antwortete. Don Ramón hüllte sich in eine Art Toga und verließ den Raum. Sieger auf der ganzen Linie. Zu Hause verabreichte er Doña Berta erst einmal die ihr zustehende Tracht Prügel und enthielt seinen Jüngsten – manchmal waren es drei, manchmal vier – die Abendmahlzeit vor, nur deshalb, damit sie lernen sollten, wie es um die Welt und die Gerechtigkeit der Menschen bestellt ist.

Umsichtig, peinlich sauber, großer Bewunderer Englands, geizig und alles in allem ein schöner Mann. Protestant, natürlich.

Er wurde allseits geachtet, gab Privatstunden in Wirtschaftskunde, vergleichender Rechtswissenschaft und Esperanto.

e) Enrique Almirante

»Auf der Welt, verstehst du, ist irgend etwas falsch eingerichtet. Von Grund auf. Von Anfang an. Hast du nie die Herden von Ochsen, Kälbern oder Lämmern gesehen, die zur Schlachtbank geführt werden, damit am nächsten Morgen die Metzgereien ausreichend beliefert sind? Schreckliches Gleichnis des Todes. Was haben diese Tiere Böses getan? Sie müssen sterben, um verspeist zu werden. Für mich gibt es nichts Furchtbareres. Sieh dir ihre Augen an. Ich weiß schon, ihr sagt: So ist das Leben. Um das zu begreifen, muß man sich die Augen der Menschen ansehen... Aber die Tiere haben nichts Böses getan... Von einem moralischen Gesichtspunkt aus ist das Leben eine Schweinerei. Du verteidigst einen Hund, ein Pferd, um sie besser essen zu können. Das hat doch nicht den geringsten Sinn.

Hast du nie Lastwagen mit Kälbern gesehen, die zum Schlachthaus fahren? Hast du nicht ihre Augen gesehen? Oder Lämmer? Oder Kaninchen? Hast du nie die Augen der Hunde bemerkt? Natürlich, die Hunde ißt du ja.

Und ihr wollt, daß diese Welt ins Lot kommt? Solange jemand Fleisch ißt, solange Tiere sich opfern, wird diese Welt nicht ins Lot kommen.«

Mager, exzentrisch, immer offener Hemdkragen, ziemlich schmutzig.

Sie dachten nicht lange darüber nach: Diese Schweine hatten Geld, gestohlenes Geld, das ihnen – wenigstens zum Teil – gehörte. Drei Monate lang liefen sie von einem Amt zum anderen, die von den Flüchtlingen eingerichtet worden waren. Man gab ihnen nur eine elende Unterstützung, mit der sie sich gerade durchbringen konnten.

Hier ging es nicht darum, der Armut Herr zu werden, sondern um die Gerechtigkeit. Es war schwierig, Arbeit zu bekommen, damit verlor man zuviel Zeit, abgesehen davon, daß keiner – sie waren ja schließlich Menschen – Hunger leiden wollte. Sie hatten den Krieg nicht umsonst gemacht. Ihnen reichte es.

Es war keine große Sache, den Lieferwagen zu überfallen. Er fuhr durch eine Gasse. Sie war durch irgend etwas

– es war ein Handwagen – versperrt, die Begleitpersonen ließen sich durch die Pistolen in Schach halten. Die Männer holten das Geld heraus, und im Auto von Julian Ortega, das sie sich unter dem Vorwand, nach Tlalnepantla fahren zu wollen, von ihm ausgeliehen hatten, machten sie sich schleunigst aus dem Staub. Es waren 20.000 Pesos, eine hübsche Summe im Jahre 1940.

Es ging schief. Rafael Vila und Juan Banquells mußten ins Gras beißen. Der schwerverwundete Bonifaz lebte noch vierzehn Tage. Die übrigen starben im Gefängnis. Enrique Almirante durch einen Faustschlag; Agustin Mijares an einer Kolik, über die die Ärzte sich nicht einig waren.

Das Rabenmanuskript
Jacobos Geschichte

Herausgegeben, mit einem Vorwort und
mit Anmerkungen versehen von J. R. Bululú,
Chronist seiner Heimat und Besucher
einiger anderer Länder

All jenen gewidmet, die Jacobo im Lager von Vernet
leibhaftig kennengelernt haben, was nicht wenige sind

Aus der Rabensprache nun erstmals ins Spanische übersetzt
von Aben Máximo Albarrón

Vorwort

In der Tat tragen die Werke der göttlichen Künste als Rätsel
und Geheimnis eine Vollkommenheit in sich,
mit der sie ein ums andere Mal betrachtet Gefallen wecken.

J. José de Acosta, S. J.
(Natur- und Moralgeschichte Westindiens)

Als ich Ende 1940 zum ersten Mal das Konzentrationslager von Vernet verließ und in Toulouse ankam, entdeckte ich in meinem Koffer ein Heft, das ich nicht dort hineingelegt hatte.

Jacobo war seit Tagen verschwunden, spurlos, und wie ich später erfuhr, hörte man auch nie wieder von ihm. Jacobo war ein zutraulicher Rabe, der wie ein Akrobat auf den Deckeln der Latrinenkübel balancierte, die wir regelmäßig zum Fluß schleppten, wo wir sie mit einer Gewissenhaftigkeit, die wahrlich höheren Zielen würdig gewesen wäre, von eigenen und fremden Ausscheidungen reinigten. Danach stolzierte er immer zwischen den heruntergekommenen Baracken umher und flog sogar vom A zum B und zum C, Blöcke, die uns willkürlich voneinander trennten, auch wenn der erste ursprünglich für sogenannte »politische« Häftlinge vorgesehen war, der letzte für gewöhnliche Verbrecher und der übrige schließlich für Gesindel jeder nur erdenklichen Art: Juden, spanische Republikaner, manch polnischer Graf, Ungarn ohne Papiere, antifaschistische Italiener, Soldaten der Internationalen Brigaden, Landstreicher, Lehrer usw.

Es entzieht sich meiner Kenntnis, wer jenes Heft zu meinem Gepäck gelegt hat. Ein persönliches Verhältnis zu Jacobo hatte ich nicht. Wie gesagt, diese Seiten kamen höchst zufällig in der Welt herum, und wenn ich sie nun in Druck gebe, dann nur, weil sie ein bibliographisches Kuriosum darstellen und an eine vergangene Zeit erinnern, von der es heißt, daß sie nie wiederkehren darf, jetzt, da allgemein bekannt ist, daß es mit Kriegen und Konzentrationslagern ein Ende hat.

Offensichtlich hatte Jacobo vor, für seine Artgenossen eine lehrreiche Abhandlung über das Leben der Menschen zu schreiben. Anscheinend blieb ihm keine Zeit, sie zu vollenden; oder aber es handelt sich um den Entwurf für ein Buch, das auf rabisch erschienen ist. Das Inhaltsverzeichnis am Anfang des Heftes verspricht mehr, als der Text hält, was allerdings eine nicht nur bei Raben verbreitete Unsitte ist: Wer noch nie ein Inhaltsverzeichnis nur für die Schublade geschrieben hat, der werfe den ersten Stein.

Beschreibung des Manuskripts: 34 Seiten eines 48 Seiten dicken Heftes, Format 18 x 24, geschrieben in fremdartigen Buchstaben (*siehe Faksimile*), nicht besonders schwer zu entschlüsseln. Der Umschlag ist rosafarben und auf der Rückseite mit einer Multiplikationstabelle bedruckt. Auf dem Deckblatt steht *L'Incomparable*, und darunter *48 pages*.

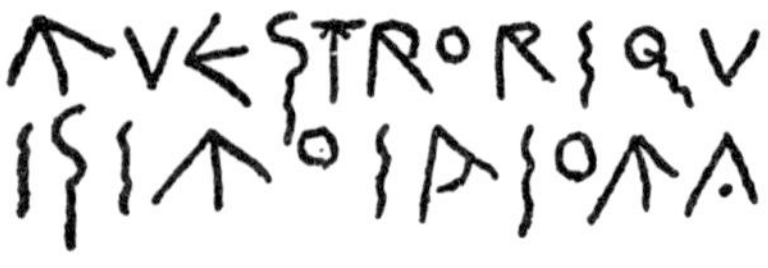

Allgemeine Leitlinien für diese Ausgabe (unter selbstverständlicher Berücksichtigung der Abhandlungen über das Rabische):

 transkribiert M

 transkribiert N (deutlich zu erkennen die Form der Kralle)

 transkribiert S (auffällig die Fixierung auf Regenwürmer)

 transkribiert E

 transkribiert A

Bezüglich der Substitutionsverfahren vgl. Mss. der Kathedrale von Sevilla.

Hilfszeichen: Der Winkel wird als E gedruckt.

Abkürzungen: Soweit als möglich habe ich sie beseitigt.

Mein zutiefst empfundener Dank gilt Seiner Exzellenz dem Innenminister Monsieur Roy, Sozialist wie ich, der mich 1940 großzügig bei der Entschlüsselung des Manuskriptes unterstützte, mir zu der nötigen Zeit und Muße verhalf, und noch zu einigem mehr.

J. R. B.

Marseille, 25. Juli 1946

Jacobos Geschichte

Aus der Rabensprache getreulich übersetzt von Aben Máximo Albarrón. Herausgegeben, mit einem Vorwort und mit Anmerkungen versehen von J. R. Bululú, Chronist seiner Heimat und Besucher einiger anderer Länder. All jenen gewidmet, die Jacobo im Lager von Vernet leibhaftig kennengelernt haben, was nicht wenige sind.

Inhalt

Null. Von mir selbst und meinem Vorhaben.

Eins. Von der merkwürdigen Lebensweise der Menschen. Von den Konzentrationslagern: der Zählappell, die Küche, der B und der C.

Zwei. Von der menschlichen Sprache. Von ihrem Rotwelsch und seinen vielfältigen Abwandlungen.

Drei. Von seinen körperlichen Besonderheiten. Von den Menschen und ihren Aufsehern. Wie es kommt, daß die Männer keine Weibchen haben. Von ihren Muskeln und wozu sie dienen. Was Schreiben und Lesen ist. Von ihren widersinnigen Eßgewohnheiten.

Vier. Von den Halbgöttern. Von den Papieren. Von der Polizei und der großen Erfindung der Zensur. Wie man Menschen gegen ihren Willen kommandiert. Was sie antreibt.

Fünf. Von der Arbeit. Von den Gräben. Von den Straßen und der Schwierigkeit, Dinge wie diese zu erklären.

Sechs. Von ihren Gesprächen, von ihren Mythen, von Faschisten und von Antifaschisten. Vom Krieg. Von der Freiheit. Von den Juden.

Sieben. Von der Sprache, wie sie nicht nur von Menschen, sondern auch von Gegenständen gesprochen wird. Von Lautsprechern, vom Telefon. Wie wichtig die Küche ist. Von abgelegenen Ecken.

Acht. Von den Interbrigadisten. Daß sie zwar verschiedene Sprachen sprechen, aber alle auf spanisch singen.

Neun. Wie die Menschen, sobald sie von ihrem Verstand Gebrauch machen, eingesperrt werden.

Zehn. Von den verschiedenen Arten, einen Krieg zu verlieren.

Elf. Von der Überlegenheit der Raben. Von der menschlichen Liebe. Von der Selbstbefriedigung und von Schwulitäten.

Zwölf. Wie sie Maschinen mit starren Flügeln erfinden mußten, die nur mit Lärmantrieb fliegen. Von anderen Transportmitteln, die Würmern nachgebildet sind. Wie sie vor lauter Anstrengung Rauch ausstoßen. (Von Rauchern und Lokomotiven.)

Dreizehn. Wie es dazu kommt, daß ein Entlauser so viel wert ist, wie er wiegt.

Vierzehn. Wie man, um ganz und gar Mensch zu sein, auf der Höhe der Zeit sein muß, und wie schwierig das ohne Flügel ist.[1]

[1] Ein von sich selbst überzeugter Nordamerikaner besaß die Unverfrorenheit, eines seiner Werke mit dem vermessenen Titel *Alle Kinder Gottes haben Flügel* zu versehen. Welcher Gott, welche Kinder, welche Flügel?

Alles deutet darauf hin, daß ich der hochberühmten Familie der Raben angehöre. Würde mein außergewöhnlicher Lebensweg dies nicht verbürgen, so spräche allein schon meine körperliche Gestalt dafür: stattliche Erscheinung, leuchtende Augen, glänzendes Federkleid, geschwungener Schnabel, angriffslustige Krallen, untadelige Haltung, markdurchdringendes Krächzen. Meinem Schicksal habe ich zu verdanken, daß ich Landstriche entdecken und erkunden konnte, die von meinesgleichen kaum je gesehen, geschweige denn erforscht wurden. Da ich zu ihrer Aufklärung beitragen möchte, greift mein Schnabel zur Feder.

Als Rabe von berühmter Abstammung liegen die Umstände meiner Geburt im Dunkeln verborgen. Was ich bin, bin ich durch mich selbst, und in aller Bescheidenheit – ich stehe bei niemandem in der Schuld. Bereits meine frühesten Erinnerungen gehen auf meinen Umgang mit den Zweibeinern zurück, als Anfang meines Lebens und meiner Heldentaten aber hat sich ein schwindelerregender Fall aus den Höhen des Himmels in das Dunkel meines Gedächtnisses eingegraben.

Wenn ich es für notwendig erachte, meine Landsleute über die merkwürdigen Sitten und Gebräuche zu unterrichten, deren Zeuge ich geworden bin, dann in erster Linie deshalb, weil es mir einen Rabenspaß bereitet. Zweitens wegen des Ruhmes, den ich mit diesem Unterfangen sicherlich ernten werde, und drittens zum Nutzen aller Raben dieser Welt.

Wenn Menschen diese Zeilen zu Gesicht bekommen sollten, muß ich jedoch um Nachsicht bitten. Mit Verlaub: Ich weiß eben nicht, wo ich geboren wurde. Dies festzuhalten scheint mir wichtig, weil die Menschen darin übereingekommen sind, daß der Ort, wo sie zum ersten Mal das Licht der Welt erblicken, überaus bedeutsam für ihre

Zukunft ist. Also: Wenn man anstatt im Nest A im Nest B geboren wird, ändern sich die Lebensbedingungen völlig. Wenn sie in Peking geboren werden, erklärt man sie mir nichts, dir nichts zum Chinesen; ebenso macht man sie zum Argentinier, wenn sie aus Buenos Aires sind, egal ob Sie weiß, schwarz, gelb oder kakaobraun sind. Um etwas Klarheit zu schaffen, bekommen sie Reisepässe. Könnt ihr euch vorstellen, daß ein Rabe Franzose oder Spanier ist, nur weil er auf der einen oder anderen Seite der Pyrenäen geboren wurde?

Da ich meine Herkunft nicht kenne, habe ich regelrecht Skrupel, mich den Menschen vorzustellen, obwohl ich ganz normal aus einem Ei geschlüpft bin, als Kind unbekannter Eltern. Nach menschlicher Auffassung ist jemand, der weder seinen Geburtsort noch seine Eltern kennt, ein verdächtiges Subjekt; wie gut, daß ich Rabe bin, sonst wäre ich längst registriert. Wenn ein Mensch Engländer ist, müssen seine Eltern einfach ehrbare Leute gewesen sein, also wird er respektvoll behandelt; sämtliche Spanier sind Kinder von Stierkämpfern; die Italiener Kinder von Opernsängern; die Deutschen Kinder von Lehrern. Als Korsen sind sie Kinder von Bereitschaftspolizisten; als Chinesen Kinder des Reises und die einzigen, die aus einer Urzeugung hervorgehen. Somit wird Elternschaft bei ihnen mit der Scholle in Verbindung gebracht – eine Auffassung, die auf sehr alte Riten zurückgehen muß. Sie stellen ihre Länder symbolisch mit prächtigen Flaggen dar. Diese verändern sich mit der Zeit und drehen sich mit dem gerade herrschenden Wind.

Von meiner Vorgehensweise sowie andere allgemeine Bemerkungen

Ich bin ein äußerst gewissenhafter Rabe und lege höchsten Wert darauf, die Dinge so zu sagen, wie sie sind, und nicht so, wie ich sie am liebsten hätte. Viele neigen zu dieser

Schwäche, doch damit wäre niemandem gedient. Rabe bleibt Rabe und Elster Elster.

Ich widme mich dem Studium einer eindeutig niederen, primitiven Kaste, die mich der Zufall kennenlernen ließ.

Wozu, werden meine Leser fragen, das Mittelmäßige, das Niedere studieren, wo man doch unsere Überlegenheit an so vielem festmachen kann?

Aus mehrerlei Gründen: Um zu vermeiden, daß sich bei der ehrwürdigen Rabenrasse dieselben Mängel einschleichen, sowie um herauszufinden, ob es in ihrer unausgereiften Welt nicht doch etwas gibt, was zum besseren Verständnis des Rabenuniversums beitragen könnte. Denn obwohl uns weder unser Lebensraum noch unsere eindeutige Überlegenheit über die anderen Tierarten Grund zur Klage geben, wissen wir doch nichts von unserer Herkunft.

Nach wie vor vertreten einige Gelehrte (wie kürzlich erst wieder der ehrwürdige Rabe X 471-34) die Meinung, daß wir vom Menschen abstammen. Auch wenn ich dieser Theorie in keiner Weise zustimme, läßt sich in dem so urtümlichen, so unstrukturierten Leben der Menschen durchaus eine Gesellschaftsordnung erahnen, die in ihren Grundzügen ähnlich aufgebaut ist wie unsere in früheren Jahrhunderten. Gleichwohl habe ich nicht die Absicht, derart abseitige Fragen zu behandeln, und ich werde mich darauf beschränken, präzise und verläßliche Angaben zu diesem merkwürdigen und urtümlichen Untersuchungsgegenstand zusammenzutragen, dem wir bis heute zu wenig Beachtung geschenkt haben.

Wenn man als Rabe von den Menschen spricht, bedeutet das, daß man jungfräuliches Gebiet betritt, sozusagen aus den Annalen der Erde. Der eine oder andere unserer ehrwürdigen Vorfahren pflegte eher leidlichen Umgang mit einigen Fabelerzählern: eine Art Botschafter, die diese Zweibeiner zu uns schickten, allerdings ohne nennenswertes Ergebnis.

Sie haben so viel Respekt vor uns, daß sie nicht einmal ihre Waffen auf uns zu richten wagen, wodurch unser Volk in seiner gleichgültigen Haltung gegenüber solch einer Rasse noch bestärkt wurde. An den Rabenuniversitäten hat man sich anderen Studien zugewandt, die für unsere Kultur auf jeden Fall interessanter sind, und niemand würde ihnen das je ankreiden.

Dennoch sah ich keinen Grund, die sich mir bietende Gelegenheit auszuschlagen. Da ich von meiner zartesten Kindheit an unter diesen merkwürdigen Wesen erzogen wurde – aus Gründen, die meines Erachtens nicht erhellt werden müssen –, habe ich gewisse Kenntnisse von ihrer Lebensweise gewonnen. Alles, was ich beschreibe oder erzähle, habe ich mit eigenen Augen gesehen und beobachtet und noch am selben Tag auf meinen Zetteln notiert. Gänzlich aus dem Spiel gelassen habe ich die Phantasie – Feindin der Politik –, ebenso die Einbildung – Feindin der Kultur.

Nichts steht hier so geschrieben, weil ich es so will, sondern weil sich alle Ereignisse so zugetragen haben. Ich habe jeden Bericht abgelehnt, der mir irgendwie verdächtig vorkam, ungeachtet der Glaubwürdigkeit des Informanten. Ich wollte so strikt wie möglich vorgehen.

Zu Lasten der Wahrhaftigkeit hätte ich meinen Bericht gefälliger gestalten können, aber Sorgfalt, Dokumentation und Methode sind mein Lebenselixier. Als Gelehrter ist man gelehrt, oder man läßt es gleich bleiben.

Dieses Buch ist nicht für die breite Masse gedacht. Daraus folgt:

a) Ich werde wenig zu Aussehen und Auftreten der Menschen sagen. (Die Gattung, die ihnen am nächsten kommt und die wir etwas besser kennen, ist die der Würmer – und nicht nur, weil beide keine Flügel haben.)

b) Besonders heikel und verwirrend ist, daß ihren Gedankengängen jegliche Logik abgeht. Überhaupt ist das Hauptmerkmal ihrer Gesellschaftsordnung die Irrationalität.

c) Auf den ersten Blick scheinen ihrem Handeln weitgehend die gleichen Impulse und Gesetze zugrunde zu liegen, die auch unsere vernunftgeleitete Ordnung bestimmen, aber bei genauerem Hinsehen erkennt man, daß der Schein trügt. Ihre Wesensart ist zu rückständig, als daß sie auch nur Naturphänomene durchschauen, geschweige denn die in ihren Augen rätselhafte Gesellschaftsordnung begreifen können, ein Umstand, der sie die erstaunlichsten Zeremonien, die merkwürdigsten Riten zelebrieren läßt.

d) Da es ihnen an persönlicher Stärke und Antriebskraft mangelt, leben sie in großen Rudeln, und was das Wohnen angeht, ahmen sie die Schnecken nach, wobei sie merkwürdigerweise – eindeutiger Beweis ihrer geistigen Rückständigkeit – das Gehäuse, das sie ja benötigen, nicht auf dem Rücken tragen.

e) Sie tragen kein Federkleid, haben weder Flügel noch Schnabel, dafür wachsen ihnen merkwürdig verkümmerte Organe, die sie Arme nennen (die sie, abgesehen von einigen wenigen Fällen, noch nicht einmal zur Fortbewegung brauchen, es sei denn bei ihren ersten Schritten; womit sich die Theorie meines berühmten Kollegen 86 H 6 K zu bestätigen scheint, daß die Menschen mit zunehmenden Jahren den Verstand verlieren). So wird ständig der Haß unter ihnen genährt, als würde die Unfähigkeit zu fliegen sie aus reinem Minderwertigkeitsgefühl dazu treiben, die Arme zum Kampf untereinander einzusetzen.

Mein Interesse an den Menschen rührt möglicherweise daher, daß sie trotz alledem das Tier sind, das am meisten von unserer ausgefeilten Lebensweise gelernt hat. Aufgrund seiner niederen intellektuellen Entwicklungsstufe ist es zwar weit hinter uns zurückgeblieben, eines aber hat es immerhin erreicht: Es frißt alles – Kräuter, Insekten, lebende und tote Tiere. Bis zu einem gewissen Grad lebt es monogam und schätzt Gegenstände, die glitzern. Nur in einem Bereich zieht der Mensch mit uns gleich oder übertrifft uns sogar, und zwar in der Vorratshaltung für schlechte Zeiten. Hierzu bedient er sich eines Verfahrens, das wir im Hinblick auf eine mögliche Übernahme untersuchen sollten (was keine Schande ist, da man aus allem seinen Nutzen ziehen sollte). Sie nennen es – wer weiß warum – *Banken.*

Ich glaube kaum, daß ein Rabe das, was ich hier darlege, ohne weiteres gelten lassen wird. Aber nach den bisherigen Ausführungen sollte mein Ruf als gewissenhafter und aufrichtiger Akademiker ausreichend untermauert sein, um die in diesen Ausführungen enthaltenen Behauptungen, die vorzustellen ich die Ehre habe, als getreuliches Abbild der menschlichen Wirklichkeit annehmen zu können.

Wichtiger Hinweis: Unsere so reiche Rabensprache vermag eine Reihe von Wörtern, deren genaue Bedeutung mir bisher verschlossen geblieben ist, nicht so präzise wiederzugeben, wie ich es mir gewünscht hätte. Ich habe ihren Gebrauch auf ein Mindestmaß beschränkt, sie werden kursiv gedruckt.

Nun bleibt mir nur noch die Danksagung an Herrn Rabe Z 416, Herrn Rabe M N H 512 und Herrn Rabe Z 18, deren Unterstützung mir eine unschätzbare Hilfe war, und an den Jungraben X 414, der die Freundlichkeit besaß, die Druckfahnen dieser Ausführungen Korrektur zu lesen.

Von dem Ort

Vernet liegt im Département Ariège, einer Region im Südwesten Frankreichs, die aus dem ehemaligen Couserans, dem Gebiet von Foix und Teilen der Provinzen Gascogne und Languedoc besteht. Die Hauptstadt ist Foix und Pamiers der Bischofssitz. Im Süden grenzt es an Spanien.

In Vernet sind die Winter sehr kalt und die Sommer sehr heiß. Im Hintergrund wachen die Pyrenäen über das Land. *(Diese Angaben hat mir liebenswürdigerweise Professor Morales, Universität Barcelona, Baracke 7, Block B, zur Verfügung gestellt.)*

Das Lager liegt nahe der Landstraße und einen Flügelschlag vom Bahnhof entfernt, um den Auserwählten die Anfahrt möglichst zu erleichtern. Die Abfahrt ist etwas anderes: Es ist nicht so einfach, im Konzentrationslager einen qualifizierten Abschluß zu erwerben, denn wir haben es hier mit einer höchst renommierten kulturellen Einrichtung zu tun. Wer es durchlaufen hat, blickt einer gesicherten Zukunft entgegen. Die Franzosen haben es 1939 gegründet, um den Spaniern eine möglichst gute und umfassende Ausbildung zukommen zu lassen. Womit das übliche Vorurteil, die Franzosen seien maßlose Chauvinisten, als widerlegt gelten kann.

Zur Betreuung der Internierten verfügen sie über eine Menge Aufseher, die ihrer Arbeit gewissenhaft nachgehen. Sie tragen Uniformen wie die Portiers der besten *Hotels*.

Um zu verhindern, daß die Externen sich unter die Auserwählten mischen, haben sie die zahlreichen Baracken mit Stacheldraht eingezäunt. Es wird strikt darauf geachtet, daß nicht jedermann Zutritt zum Gelände hat. Besuche, selbst von Familienangehörigen, sind verboten. Somit haben die Internierten alle Zeit der Welt für ihre Arbeit.

Die Aufseher überwachen ständig die Umgebung und schießen ohne Vorwarnung auf jeden, der ohne ausdrückliche Erlaubnis hinaus- oder hineinzukommen versucht. Das ist wohl die kulturelle Dienstleistung, die der Mensch am besten organisiert hat. (Was, wie wir noch sehen werden, nicht viel zu sagen hat.)

Von der Geschichte

Foix, die Hauptstadt des Départements, ist ein geschichtsträchtiger Ort. Er wurde von den Phokäern gegründet, einem Volk von Seefahrern, weshalb ein Dreizack das Stadtwappen ziert.

Seine religiöse Geschichte ist gut überliefert. Der Ort wird erstmals im fünften Jahrhundert erwähnt, als sein Bischof, der Heilige Volusianus, auf übelste Weise ermordet wurde. 1095 nahm Roger III. an den Kreuzzügen teil, um die Aufhebung seiner Exkommunizierung zu erlangen, die er sich durch eine rechtmäßige und umfassend dokumentierte Simonie eingehandelt hatte. Erst kurz vor seinem Tod hatte er Erfolg, dank üppiger Schenkungen und weil er zum Andenken an Antigone (*Apamea*), die Hauptstadt Syriens, Pamiers gründete, die Stadt, zu der Vernet gehört.

Foix und seine Umgebung gerieten, wie jedes Land von Rang und Namen, unter wechselnde Herrschaft. Nach den Phokäern kamen die Römer, die Herrscher von Toulouse und von Carcassonne. Danach geriet das mittlerweile zur Grafschaft aufgestiegene Foix durch die Willkür der Hochzeiten einige Male in Abhängigkeit. Damals lieferte man sich Schlachten mit diesem oder mit jenem, je nachdem, was seine Besitzer gerade brauchten oder anstrebten. Jeweils zu seiner Zeit war es *albigensisch* oder römisch-*katholisch*; Heinrich IV., der große Versöhner, gliederte es in das französische Königreich ein. *(Diese Angaben hat mir liebenswürdigerweise Professor Löwenthal, Universität Köln, Baracke 33, zur Verfügung gestellt.)*

Das Lager von Vernet gilt heute mit Fug und Recht als eines der Glanzlichter des Départements.

Einteilungen

Es gibt drei Sorten von Menschen:

a) Die ihre Geschichte erzählen.

b) Die sie nicht erzählen.

c) Die keine haben.

Eine andere Einteilung, nach der Zunge:

a) Die keine Zunge haben.

b) Die eine spitze Zunge haben (das sind alle, die gerne in aller Munde wären und sich rächen, indem sie schlecht von den anderen sprechen).

c) Die zwar eine Zunge haben, sich aber darauf beißen; die lieber schweigen, weil sie sie doch nicht hüten könnten.

d) Die Unauffälligen (eine Sorte, die sich unaufhaltsam ausbreitet).

Von der Unterscheidung der Menschen

Die Menschen lassen sich unterscheiden in Interne – Häftlinge, Internierte, Festgenommene – und in Externe – Mannschaften und Offiziere.

Diese sind niedere uniformierte Wesen, die den Internen zu Diensten sind. Ich werde mich in erster Linie mit diesen zuletzt genannten beschäftigen. Ich hoffe, der Rat zur Förderung der Wissenschaften wird zur Erforschung der Externen einen Nachwuchsraben fördern, dessen Arbeit meine Abhandlung ergänzen wird.

Von den Ismen

Es übersteigt meine Kräfte, euch von einem weiteren Bereich der Humanwissenschaften zu berichten, der ebenfalls mit ihren Einteilungen zu tun haben müßte und den sie selbst – was mir unverständlich ist – im religiösen Andenken an längst vergangene Zeiten hochhalten. Wie soll ich euch das alles erklären? *Exorzismus, Hochamt, Advent, Eucharistie, Tedeum, Opfergabe, Vierzigstundengebet, Novene, Segnung mit Weihwasser, gesungene Messe, stille Messe, Vorbeter, Märtyrer?* Oder *Islamismus, Christianismus, Arianismus, Wedismus, Fetischis-*

mus, Judaismus, Druidismus, Okkultismus und hundert weitere Wörter mit der gleichen Endung *ismus*?

Meine erlauchten Mitraben, Gelehrte der Philologie, vielleicht werden sie eine Erklärung finden. Ich für meinen Teil kann nur darauf verweisen, was die Menschen alles unter *Ismus* verstehen (so oder auch anders geschrieben, aber immer mit derselben Aussprache, und da haben wir es wieder: Einfach so fügen sie beim Schreiben Buchstaben hinzu oder lassen welche weg, was anschaulich belegt, wie unentschlossen, wankelmütig und rundum unzuverlässig sie sind):

a) Eine Landenge, die zwei größere Landmassen miteinander verbindet.

b) Das Gaumensegel.

c) Der Teil des Enzephalons (man beachte: enze-phalisch für die Beziehung zum Hauptorgan, ebenfalls ein Isthmus), der Großhirn und Kleinhirn verbindet.

Schön und gut, aber kann in diesem Wirrwarr vielleicht irgend jemand erklären, was *Okkultismus, Fetischismus, Christianismus* usw. sein soll?

Selbst anhand dieser verläßlichen Angaben werden meine erlauchten Kameraden, so meine Befürchtung, keine Erklärung finden. Schon gar keine logische, haben wir doch gesehen, daß die Menschen nicht der Vernunft folgen, sondern lediglich der Synderesis.

Von ihren Göttern

Die Menschen machen, was sie nicht wollen. Um dieses nach unserem Verständnis vollends widersinnige Ziel zu erreichen, haben sie Leute erfunden, die ihnen Befehle geben. Diese wiederum machen auch nicht, was sie wollen, sondern das, was ihnen befohlen wird. Diejenigen, die am meisten befehlen, machen auch nicht das, was sie wollen, weil sie ständig von einer dunklen Macht, die sie möglicherweise selbst erfunden haben, abhängig sind: der *Bürokratie*. Die LÜGE und die *Bürokratie* sind die Götter der Externen, womit also eine niedere Kaste einer höheren, der der Internierten, Befehle gibt.

Von uns selbst, für sie

Ich nehme an, daß diese Seiten den Menschen in die Hände fallen werden, und so ergreife ich die günstige Gelegenheit, um mich über den schlechten Ruf zu beschweren, den sie uns angehängt haben. Damit meine ich nicht, wie man vielleicht annehmen könnte, ihre sogenannten Sprichwörter oder volkstümlichen Redensarten, z.B. »Wie der Rabe, so das Ei«, »Schwarz ist der Rabe, schwärzer wird er nicht«, »Züchte Raben, und sie hacken dir die Augen aus«. Allesamt abwertend gemeint und also verabscheuungswürdig. Da fliegen wir doch drüber. Zumal es ja als Gegengewicht zu soviel Böswilligkeit immer noch den ersten Mönch gibt.* Ich meine eine andere Niederträchtigkeit, die sich nach und nach mit dem Spruch »Das Verschwinden des Raben« eingebürgert hat, womit irgendwelche Leute bezeichnet werden, die unter Mißachtung der Gesetze der Höflichkeit sang- und klanglos verschwinden. Man vergleicht uns da mit Schall und Rauch und stützt sich auf die unglückliche Interpretation eines Satzes aus der *Genesis*, in dem wir zu unserer größten Schande mit einer Taube verwechselt werden, mit der Taube, die nicht zurückkehrte[2] (welche der vierzehn?). Und das, obwohl Moses – dem sie mehr Respekt entgegenbringen sollten – in seinem ersten Buch

* Sicherlich bezieht er sich auf den Ausspruch »Der Rabe kehrt zurück« und auf den Heiligen Paulus. (Anm. d. Hgs.)

[2] »Er wartete nochmals sieben Tage und ließ wiederum eine Taube ausfliegen. Diese kehrte nicht mehr zu ihm zurück.«

wortwörtlich sagt: »Und er schickte einen Raben aus. Dieser flog hin und her, bis das Wasser sich von der Erde verlaufen hatte.« (Moses I, 8, 7)

Wir haben schon immer eine schlechte Presse gehabt, ganz zu schweigen von den Äußerungen der Fabelerzähler, die, wie es eben bei Menschen, vor allem bei Schriftstellern, üblich ist, keinen blassen Schimmer von dem Gegenstand haben, den sie behandeln. Noch der letzte Idiot weiß, wie besonnen, wie argwöhnisch und achtsam, wie mißtrauisch, vorsichtig und zurückhaltend wir sind, weshalb wir, im doppelten Sinn des Wortes, umsichtig vorgehen, wenn wir mit unserem vorzüglichen Geruchssinn und unserem durchdringenden Blick einen einsamen, zum Verweilen geeigneten Ort auskundschaften. Und dann kommt da so ein französischer Lebemann in Perücke und Pluderhose, sein Name ist geläufig, und gibt zur gefälligen Erheiterung der Jungen und Mädchen folgende ungeheuerliche Kränkung zum besten:

Maître corbeau, sur un arbre perché[I] usw.

Als ob Reineke Fuchs uns etwas beibringen könnte. Und über das Singen ist ja bekannt, daß es sich um eine Eigenart niederer Vogelarten handelt. (Zum Beweis: Oft versuchen die Lageraufseher, die Internierten zum Singen zu bringen, was ihnen trotz aller Schläge nicht gelingt. Es singen die Besoffenen, die Hausmädchen, die Opern- und Zarzuelanarren, die man in spezielle, bisweilen vergoldete Käfige einsperrt, die Theater genannt werden, wo die Unheilbaren – man nennt sie Schauspieler oder Komödianten – das Volk belustigen, indem sie ihm die unterschiedlichsten Rollen vorführen. Wenn sie auf dem Weg der Heilung sind und nur noch glauben, ein anderer zu sein – in Frankreich meist Napoleon –, werden sie entlassen und in ein Irrenhaus überstellt, wo sie mehr schlecht als recht leben, aller-

[I] Anmerkungen der Übersetzer ins Deutsche (I–VI) siehe S. 275

dings ohne Publikum. An den Theatern zeigt sich in besonders schockierender Weise, wie lasterhaft und unbeschreiblich grausam die Menschen sind.)

Bereits ein gewisser Hiob hat dieses blödsinnige Geschwafel abgesegnet, als er dreist behauptete, wir ließen unsere Brut im Stich, wo doch alle Welt weiß, daß es keine liebevolleren Eltern gibt als uns. Was uns hier an Schwachsinn nachgesagt wird, war und ist nicht der Erwiderung wert. Wenn ich mich dennoch beiläufig dazu herablasse, dann nur aufgrund der gegenwärtigen Umstände und weil ich nun einmal einige Zeit unter Menschen gelebt habe.

Nur Plinius brachte uns eine gewisse Achtung entgegen. Welcher Teufel mag ihn geritten haben?

Natürlich gibt es da noch die Krallen der Krähen, unserer Untergebenen*, mit denen man Spielkarten zinkte. Aber wer kann das schon ernst nehmen? Die Intelligenz siegt ja doch immer.

Von der Sauberkeit

Sie kümmern sich so sehr um ihren Körper, daß dessen Ausdünstungen ihren Geist zu verkleben scheinen. So wichtig ist er ihnen, daß sie einen gut Teil ihrer Zeit mit Körperpflege vergeuden. Sie essen nicht, wenn ihnen danach ist, sondern zu bestimmten Uhrzeiten. Ihr eigenes Fleisch scheint ihnen zu gefallen, sie reinigen und polieren es. Ihre Zähne bürsten sie, als wären sie Juwelen, sie nehmen sie sogar heraus und bewahren sie zum Wechseln auf. (Wer hat je einen Raben mit künstlichem Schnabel gesehen?) Sie denken über Essen nach, und sie bereiten es zu. Da sie nun einmal von unglaublich vorsintflutlichen Geboten und

* Alles scheint darauf hinzudeuten, daß unser Rabe Rassist war. (Anm. d. Übers.)

Tabus besessen sind, kochen sie die meisten ihrer Lebensmittel und stellen sie aufs Feuer, um sie zu reinigen. Einschlägiges Beispiel ihrer Rückständigkeit und Barbarei: »Schlingen wie ein Raubtier« meinen sie abwertend.

Gerade komme ich von den Duschen. Ich würde ja lieber gar nichts davon wissen, aber nun muß ich wohl doch darüber berichten. Gibt es etwas ungesunderes und abscheulicheres als Regen? Im Chor können wir antworten:

»Nein.«

Nun gut, stellt euch vor, daß die Menschen mit ihrer masochistischen Veranlagung künstlichen Regen eingerichtet haben, noch dazu privaten! Jeder Mensch hat eine Art Gießkanne zur Verfügung, unter der er seine Dusche nimmt. Dort schrubbt und kratzt und scheuert er sich. Eine furchtbare Sauerei!

Glaubt mir: Ich ging also mit dem ersten Trupp – sie gehen immer in Fünfziger-Gruppen –, der aus Alten bestand.

Was für ein Schreckgespenst ist doch ein alter Mensch! Ich merke gerade, wie schwierig es ist, die Auswirkung der Zeit auf den Menschen zu erklären. Unsereins ist bereits mit sechs Monaten erwachsen, und wir verändern uns kaum, bis wir hundert oder zweihundert Jahre alt sind, allenfalls in der Größe. Ganz anders die Menschen, die mit dem Lauf der Sonne alle möglichen Alterungsprozesse durchmachen. Sie verwandeln sich, ihre potthäßliche gerupfte Haut wird faltig, Haare und Zähne fallen ihnen aus, alles an ihnen nutzt sich ab und wird schlaff. Sie bekommen dunkle Flecken, und ihre Rippen treten hervor, als ob das Skelett die so erbärmlich gewordene Hülle verlassen wollte. Gegenseitig übertreffen sie sich im Husten, Spucken, *Furzen*.

Mit ihnen gingen die Einarmigen, und es hatte schon was, wenn man sah, wie sie ihre Stummel wuschen.

Das alles inmitten einer verpesteten Dampfwolke. Einer hielt einem anderen einen ausgefransten Lumpen hin:

»Schrubb mal.«

Ein Hexensabbat. Der hier mit einer Narbe, der dort mit zwei. Der Lahme aus der 46 nimmt sein Auge heraus, schaut es sich an, und nur er allein lacht über sein Späßchen.

Diese dürren Beine, diese Hängebäuche, diese ausgelutschten Hintern... Nun dämmert mir, warum die Menschen Kleidung tragen. Alles hat auch seine guten Seiten – sage ich zu mir, während mir der Ekel noch immer in den Knochen steckt.

Verwelkt, erschlafft, mager, knorrig, wie tote Olivenbäume oder abgestorbene Äste, nur noch Haut und Knochen, eine Zumutung. Ihre staksigen Gliedmaßen schmieren sie sich mit glitschigem Zeug ein, Seife genannt, dessen weißlicher Schaum trüb und schmutzig wird, wie Schimmel mit Urin und Schorf. Eine unvorstellbare Ferkelei!

Noch dazu sind sie unfähig, aus eigenem Antrieb zu handeln. Wie überall haben sie auch dort einen Uniformierten, der sie, um ihr Gedächtnis aufzufrischen, anschreit: »Naßmachen! Einseifen! Abwaschen! Abtrocknen!« Sie hetzten sich ab, waschen sich flüchtig, viele von ihnen kommen bei dem schnellen Ablauf des Ritus nicht mit. Sie beschweren sich vergeblich.

Wozu pflegt und bewacht man sie so gewissenhaft, so aufwendig? Nach wie vor werde ich aus diesem verschwenderischen Geprotze nicht schlau. Ich tröste mich mit dem Gedanken, daß ich wohl nicht der einzige bin. Sogar der Nachrichtenoffizier sagte heute zum Chef von Baracke 34: »Neunzig Prozent sind hier, weil sie festgenommen wurden, als gerade alle verrückt[3] spielten.« Und als er ihn fragte, ob da nichts zu machen sei, zuckte er mit den Schultern, hob die Arme und sagte: »C'est la guerre... La pagaîe...«.

[3] Man sagt »einmal verrückt, immer verrückt«.

Ein wirklich seltsames Tier, das, obwohl es vier taugliche Gliedmaßen hat, nur zwei zum Gehen benutzt, womit es den embryonalen Zustand seines Gehirns unter Beweis stellt. Aus verläßlicher Quelle habe ich erfahren, daß es Richtung Süden, in Gegenden, die unserer Spezies mittlerweile nicht mehr zugänglich sind[4], eine andere Sorte Menschen von großer Artenvielfalt gibt, die etwas vernunftbegabter ist. Sie heißen Affen. Auch sie lasten bei der Fortbewegung ihre Gliedmaßen nur zu fünfzig Prozent aus, was aber durch ihren Lebensraum gerechtfertigt ist: Urwälder, wo ihnen das, was man Hände nennt, zum Greifen der Lianen, Zweige, Äste usw. dient.

Vor allem an diesem Körperteil kann man erkennen, wie verkümmert die Menschen sind. Sie benutzen ihre Hand, wenn überhaupt, dann nur zu ihrem Verderben: a) um sich für *Geld* zu verkaufen, das sie mit offenen Händen entgegennehmen, oder b) um zu *arbeiten*. Letzteres ist eine ausschließlich bei Menschen auftretende Plage, die, dank des Großen Raben, außerhalb ihrer Subspezies keine Verbrei-

[4] Selbstredend meine ich das große Feuer im Bauch des Großen Roten Raben, noch weiter unterhalb der Savanne des Großen Gelben Raben, die die Menschen Sahara nennen. Vermutlich kann nur von dort eine wie auch immer geartete Regenerierung der menschlichen Art ausgehen. Es wird berichtet, daß sich in jenen unteren Breiten, unter der Hitze des Großen Roten Raben, ein neuer Menschentypus herausbildet, der unsere Überlegenheit ausspioniert hat und nun unserer Lebensweise nachzueifern versucht. Nun gut, bislang ist ihm nicht mehr eingefallen – was aufgrund der dumpfen Rückständigkeit seines Geistes verständlich ist –, als unser augenfälligstes Merkmal nachzuahmen, unsere Farbe: Es gibt bereits schwarze Menschen. Ich habe sie gesehen. Selbstverständlich habe ich keine Vorurteile, aber man kann auf jeden Fall sagen, und das kann ich belegen: Je weißer die Menschen sind – sie sagen blond –, desto barbarischer und roher sind sie. Hierbei handelt es sich um ein Problem im Zusammenhang mit der Pigmentierung der menschlichen Epidermis, mit dessen Erörterung ich mich jetzt nicht aufhalten kann.

tung findet. Diese Geisteskrankheit äußert sich vor allem in der allmählich aufkommenden Neigung, freiwillig jegliche Art vollkommen unnützer Übungen zu machen, von dem Moment an, da sie denken und kräftig zupacken können, bis hin zu ihrem Tod. Denn so groß ist die Macht des Lasters.*

Sie sind derart kopf- und hilflos, daß sie alles, was ihnen in die Hände fällt, auseinandernehmen, durchbohren, zersägen, kleinschlagen, einzig um sich zu ermüden. Anstatt die Gaben des Großen Raben zu bewundern, schauen sie nur nach unten und treten alles mit Füßen. Anstatt Augen für all die Schönheit zu haben, wollen sie bisweilen – so unbedarft sind sie! – selbst schöpferisch tätig sein (selbstredend mit stets jämmerlichen Resultaten). Anstatt auszuruhen und sich hinzusetzen, um den Schöpfer zu preisen, sind sie in der ihnen angeborenen Dummheit darauf aus, an die herrliche Pracht selbst Hand anzulegen und sie zu verschandeln. Mit beiden Händen schmeißen sie die Stunden ihrer Muße zum Fenster hinaus. Das nennen sie *Arbeiten*. Nicht genug damit, daß jeder für sich dem Nichtstun entflieht, ihre Verhaltensstörung geht so weit, daß manche von ihnen auch andere noch zum *Arbeiten* nötigen. Dies nennen sie *Geschäft*. Selbstverständlich sind die *Geschäftsleute* die verabscheuungswürdigste Sorte Mensch. Diese Krankheit hält die unglückselige Menschheit in dem Glauben gefangen, daß man sich sein Essen verdienen müsse. Es würde an dieser Stelle zu weit führen, Wörter wie *Tagwerk*, *Beruf*, *Beschäftigung* zu erläutern, die unmöglich in unsere Sprache zu übersetzen sind. Dennoch kann ich nicht umhin, euch den Ausdruck »Sich seinen Lebensunterhalt verdienen« zu erklären, weil er zeigt, wie verdorben ihr Verstand bereits ist. Und einen weiteren, ziemlich esoterischen: »Im Schweiße deines Angesichts sollst du dir dein Brot verdienen.« Als ob man

* Anspielung auf die Gymnastik? (Anm. d. Übers.)

sich sein Brot verdienen müßte, und als ob das etwas mit Schweiß oder mit Gesicht zu tun hätte. Eine magische Formel, die, das sage ich nach bestem Wissen und Gewissen, als einer der Grundsteine des letztlich unerklärlichen Rückstandes dieser sonderbaren Spezies erachtet werden muß.

Sie bringen sich um den Schlaf, um die Erde zu zerhacken, vertreiben sich die Zeit, indem sie den Boden plattwalzen, Gräben ziehen, Berge durchlöchern, sie schwitzen von früh bis spät bei unnützen Betätigungen, bearbeiten Holz, schmieden Metall, fegen Straßen, rennen hinter einem Ball her. Nichts von alledem macht Sinn. Und so wünschen sie ständig ihre eigene Welt zum Teufel, als ob sie sich ihre Sklaverei nicht selbst eingebrockt hätten. *Sträflinge, Landarbeiter, Maurer, Schreibkräfte, Vorarbeiter, Verkäufer, Tagelöhner, Knechte, Poliere, Metallarbeiter, Handwerker, Lehrlinge*, wie auch immer sie, je nach ihrer Arbeit, heißen mögen: alle Söldner.

Damit nicht genug, sie haben noch einige andere, nicht viel klügere Tierarten zur Nachahmung bewegen können, und manche übertreffen sie sogar: Maultiere, Hunde, Ochsen, Pferde. Nicht umsonst sagt man »schuften wie ein Esel«.

Vom Schnabel

Vor allem aber haben sie keinen Schnabel. Womit klettern sie? Sie haben ihn (schlecht, wie jeder Notbehelf) durch Wörter ersetzt. Raben aller Orte, niemals werden euch die Federn so zu Berge stehen wie jetzt; aber es ist eben so: »einen Mordsschnabel haben« hat eine ähnliche Bedeutung wie unser Ausdruck. Wir verwenden ihn gewöhnlich in direktem Sinn, indem wir damit jemanden bezeichnen, der dank seines Schnabels gut klettern kann. Da die Menschen keinen haben, benutzen sie ihn lediglich in übertragenem Sinn: Wer unverhohlen spricht, der redet, »wie ihm der Schnabel gewachsen ist«.

»Den Schnabel wetzen« habe ich einmal zur Bezeichnung rachsüchtigen Redens gehört. Hier zeigen sich offensichtlich uralte, verblaßte Spuren ihrer verlorengegangenen natürlichen Begabungen, die ihren einstigen Glanz schmerzlich aufscheinen lassen.

Aus Hochachtung für uns sagen sie für Sterben »den Schnabel abgeben«. »Mit seinem Schnabel hoch hinaus wollen« ist eine sprichwörtliche Redensart, die ich nicht völlig entschlüsseln konnte. Im eigentlichen Sinn ist damit vermutlich jemand gemeint, der sich mit allen anlegt, oder aber es ist ein geläufiger Ausdruck für Leute, die auf Gebirgsgipfeln herumklettern, ein Extremverhalten, das auf ihre Flügellosigkeit zurückzuführen ist. Ebenso hatte ich keine Gelegenheit, das Verhältnis zwischen dem Schnabel und seinem nach innen verlegten Ersatz, dem Zahn, eingehend zu untersuchen. Ein weiterer mir schleierhafter Ausdruck spricht davon, sich nicht mit »trüben Schnäbeln« abzugeben. Vielleicht bezeichnen sie so die Taubstummen, als Gegensatz zu »Goldkehlchen«; das ist nur eine Hypothese.

Von den Ärzten

Denn die Menschen sind komplizierte Tiere und gehen leicht kaputt. Um sie zu reparieren, gibt es andere, die weiße Kittel tragen und deshalb Ärzte heißen. Abgesehen von diesem Gefieder unterscheiden sie sich von den anderen nicht. Ich erfuhr, daß sie in früheren Zeiten Kapuzen, hohe Mützen oder Pilgergewänder trugen, um sich als Ärzte zu kennzeichnen. Dieser praktische Brauch ist verschwunden, und der Beruf eines Menschen ist an seinem Äußeren nicht mehr zu erkennen, nur noch sein Stand, seine Klassenzugehörigkeit. Ein armer Arzt unterscheidet sich also nicht von einem armen Anwalt, auch nicht ein reicher Arzt von einem *Bankier.* Das führt zu Verwicklungen. Die einzigen, die noch stolz ihre Berufskleidung tragen, sind die Geistlichen und die Militärs; womit klar wird, warum sie Autorität genießen. Die Ärzte und Anwälte haben mit dem Verzicht auf die äußeren Insignien ihres Berufs an öffentlichem Ansehen verloren. Es gibt ganz unterschiedliche Arten von Ärzten, sie müssen (für ihren Beruf) keine bestimmten körperlichen Voraussetzungen erfüllen, und man sieht ebenso viele blonde wie braune. Ich habe mir sagen lassen, daß im diesbezüglich fortschrittlicheren Nordamerika ein Schwarzer nicht Arzt für Weiße sein kann und umgekehrt, ein Beleg für die Überlegenheit dieses Landes.

Die Ärzte können sich untereinander nicht leiden und sagen sich die schlimmsten Dinge nach. Die Menschen sind wie Uhren: Die guten halten viele Jahre, die schlechten kann keiner zum Laufen bringen. Im Lager gibt es zwei gute Ärzte und einige durchschnittliche – nennen wir es einmal so, um sie nicht zu kränken. Die beiden guten Ärzte, wie sollte es auch anders sein, sind Internierte, genießen Anerkennung unter ihren Freunden und beherrschen ihre Kunst. Sie praktizieren hinter dem Rücken der durchschnittlichen, der offiziellen. Versucht gar nicht erst, es zu verstehen. Die Menschen nennen so etwas Glauben, das heißt, man glaubt an etwas, an das man nicht glauben kann.

Die offiziellen Ärzte im Lager haben eine hierarchische Ordnung: der mit drei Ärmelstreifen, der mit zwei Ärmelstreifen und der mit einem Streifchen. Die Pfleger sind blau gekleidet, in einem gedeckten Blau, ähnlich dem Kupferblau. Die Ärzte sind ähnlich organisiert wie die Aufseher.

Unter den Menschen gibt es immer eine beachtliche Minderheit, die krank ist, denn als Kranker muß man nicht arbeiten. Morgens werden die Zweibeiner in Kranke und Gesunde aufgeteilt. Die Kranken gehen zur Untersuchung. Ich habe sie nur selten begleitet, weil der einzige Unterschied zwischen der Krankenstation und den übrigen Baracken darin besteht, daß sie noch mehr stinkt. Dort stehen merkwürdige Geräte herum, die Betten heißen und mit deren Hilfe die Strohsäcke einen Raben hoch über dem Boden liegen. Es dürfte sich um eine Schwundform der Äste handeln.

Die Kranken marschieren in Vierergruppen zur Sprechstunde, wo sie nacheinander vortreten. Vorne sitzen die Ärzte in ihren weißen Talaren hinter einem Tisch und spielen. Der mit den Ärmelstreifen tritt auf wie ein Staatsanwalt:

»Was hast du?«

»Bauchschmerzen.«

»Hast du Geld?«

»Nein.«

»Dann kann ich nichts für dich tun.«

»Morgen bekomme ich welches.«

»Komm morgen wieder.«

Ein anderer:

»Mir tut der Kopf weh.«

»Abgelehnt. Acht Tage Arrest.«

Arrest und Aspirin sind die am häufigsten verabreichten Medikamente.

Ein anderer macht eine Wunde frei:

»Was bist du für einer?«

»Deutscher. Antifaschist.«

»*Fout-moi le camp.* Wir können unsere Zeit nicht mit den *Boches* verschwenden. Wo kämen wir denn da hin!«

Einige schicken sie ins Lazarett, je nachdem, wie der Arzt gelaunt ist, wie der Kranke aussieht und wie er *wirtschaftlich* dasteht. Die Dauer seines Aufenthaltes hängt von den gleichen Kriterien ab. Wer sympathisch ist, kann bleiben, die Unsympathischen werden bald wieder rausgeschmissen. Was nun wirklich ein eigenartiger Brauch ist – wieder einer.

Dann brach die *Ruhr* aus. Eine schwer zu erklärende Krankheit. Die beiden heimlich arbeitenden Ärzte ließen von draußen die nötigen Medikamente kommen, um die entfesselte Naturgewalt zu bekämpfen. Die Ärzte aus der Krankenstation – die mit den Ärmelstreifen – erfuhren davon, wurden fuchsteufelswild und untersagten den Ärzten ohne Ärmelstreifen die weitere Behandlung der Kranken. Derweil bekam der mit den zwei Streifen eine Geschwulst am Hals. Der mit den drei Streifen behandelte ihn, und die Geschwulst wuchs weiter. Je mehr er ihn behandelte, desto mehr schwoll sie an, so lange, bis der bedauernswerte Mann vor lauter Schmerzen am Schädelbein seinen Kopf nicht mehr drehen konnte. Dieses Schädelbein soll etwas sein, das die Menschen im Kopf haben, und so, wie sie gehen, wundert mich das auch nicht. Schließlich sah der von Schmerz und Leid Gepeinigte keinen Ausweg mehr, ging zu einem der Ärzte ohne Ärmelstreifen und ließ sich untersuchen. Der stach ihm dreimal in die Geschwulst, die daraufhin verschwand. Alle Standesvertreter liefen herbei. Sie sagten, das sei ein *Wunder*.

(Mit einem *Wunder* schaffen die Menschen so ziemlich alles.

»Wie bist du gerettet worden?«

»Nur durch ein *Wunder*.«

»Wie hast du es geschafft?«

»Nur durch ein *Wunder*.«

»Wie überlebst du?«

»Nur durch ein *Wunder*.«)

Sie taten alles, damit sich die Geschichte nicht herumsprach, aber schließlich gelangte sie dem Arzt mit den drei Streifen doch zu Ohren, und er selbst ließ die beiden verbotenerweise praktizierenden Ärzte zur Sprechstunde rufen. Tags darauf kamen sie, zusammen mit dem Trupp der Kranken. Der-mit-den-drei-Streifen war allein:

»Was haben Sie?«

»Sie haben nach uns geschickt.«

»Was ist denn das für ein Märchen? Abgelehnt. Acht Tage Arrest.«

Von gewissen Krankheiten

Der Mensch ist ein Tier, das sich erkältet – sie nennen das Grippe, Schnupfen, Infekt, Katarrh oder sonstwie. Ihre Nasen füllen sich mit Schleim, und sie niesen. Kein anderes Tier spuckt aus oder schneuzt sich. Obwohl ich kein Mediziner bin, sehe ich einen Zusammenhang zwischen dieser eigenartigen Krankheit und der mangelnden Intelligenz dieser Zweibeiner; und ich nehme an, daß der Rotz eine Transmutation ihrer törichten Ideen ist. Auf diese Weise werden ihre Anlagen noch mehr geschädigt, und sie versinken vollends in ihrer Erbärmlichkeit. Daneben bewirkt das Fehlen von Federn, das sie durch Schreiben wettzumachen suchen, daß ihre den Unbilden der Witterung ausgesetzte Haut häufig von Striemen, von Krätze und Frostbeulen gezeichnet ist. Der Kälte haben sie nichts entgegenzusetzen. Ich habe viele Internierte mit blau angelaufenen Händen und Füßen gesehen. Sie frieren ihnen ab. Ihnen fehlt jegliche Widerstandskraft. Unerklärlich, wie sie überleben. Angesichts dieser körperlichen Voraussetzungen muß man annehmen, daß bei der Entwicklung ihrer Lebensform etwas schiefgegangen ist.

Vom Essen

Der Mensch ist das materialistischste aller Tiere, und das Essen nimmt ihn völlig in Beschlag. Für ihn ist nicht so sehr entscheidend, was er ißt, sondern was er essen wird. Dahin geht sein Trachten und sein Sehnen, das ist es, was ihn verblüfft, verzaubert und verzückt: das Allerwichtigste. Nur bei dieser einen Sache sind sich alle einig – Anarchisten, Belgier, Schweizer, Ungarn, Kommunisten, Große und Kleine, Blonde und Dunkle, Deutsche und Franzosen, Spanier, Diebe und ehrbare Leute.

Von der Gattung

Die Menschen gehören derselben Gattung an wie die Hunde, die Katzen, die Kühe, die Pferde, die Schafe, die Esel, die Gänse, die Schweine, die Ochsen und die Ziegen. Diese enge Verwandtschaft ist in der menschlichen Sprache vielfach belegt: *wie Hund und Katze sein; krepieren wie ein Hund; hundemüde sein; sich einen Bären aufbinden lassen; den Bären tanzen lassen; du Schwein; du Schaf; jemandem Hörner aufsetzen; wie ein Hahn stolzieren; sich wie ein Gockel aufplustern; der Hahn im Korb sein; wie die Hühner auf der Stange sitzen; mit jemandem ein Hühnchen zu rupfen haben; wie eine Nachtigall singen; falsch wie eine Schlange sein; sich eine Schlange am Busen nähren; einem geschenkten Gaul schaut man nicht ins Maul; du sollst dem Ochsen, der da drischt, nicht das Maul verbinden; ein satter Ochse ist kein guter Esser; sich spreizen wie ein Pfau; in der Not frißt der Teufel Fliegen; puterrot werden; schnaufen wie ein Walroß; auf das falsche Pferd setzen; schuften wie ein Esel; wenn es dem Esel zu gut geht, tanzt er auf dem Eis; dumm wie ein Esel sein; lästig wie eine Fliege sein; Adleraugen haben; das schwarze Schaf sein; bockig sein; zickig sein; ein Wolf im Schafspelz sein; sich wie eine Gans anstellen; ein schlauer Fuchs sein; seine Schäfchen ins Trockene bringen; neunundneunzig Schafe und ein Hirte geben hundert Köpfe* usw., usw.

Mir fehlt die Zeit, um auf die oben genannten Ausdrücke genauer einzugehen, aber es dürfte klargeworden sein, daß die Menschen trotz ihrer einfältigen und wirren Denkweise doch eine gewisse Vorstellung von den Tierarten haben. Obwohl sie sicher nicht selbst darauf gekommen sind.

Von den Wahrzeichen

Ihre erhabensten Gedanken drücken sie mit Tieren aus, mit ihnen symbolisieren sie Vergangenheit und Tradition. Niemand wagt, in seinem Wappen einen Raben abzubilden, denn es ist ihnen untersagt, ein Abbild Gottes zu schaffen. Um dieses Verbot zu umgehen, stellen sie ihn nach ihrem Ebenbild dar, ein schwacher Trost.

Die zur Darstellung ihrer edelsten Regungen am häufigsten abgebildeten Tiere sind der Löwe, der Bär, der Stier, der Wolf, der Fuchs, der Adler, die Taube, der Elefant, der Hund, der Falke, das Schaf, die Schlange und, auch wenn es euch das Krächzen verschlägt: der Hahn und der Ziegenbock.

Von den Vorzügen der Lager

Die Haft veredelt die Menschen. Damit sie zu vorbildlichen Artgenossen werden, sperrt man sie in der Regel für längere Zeit ein.

Wenn die befehlenden Menschen diese Art höherer Schule für eine Weile nicht besucht haben, endet ihre Zeit in einer Phase des Verfalls. Die Oberbefehlshaber werden dann von den Leuten entthront, die aus Gefängnissen und Konzentrationslagern kommen.

Von den Rangordnungen

Erneut stehe ich vor der unlösbaren Aufgabe, einen Grundsatz der menschlichen Gesellschaft erklären zu müssen. Wie soll ein Rabe begreifen, daß ein Rabe mehr oder weniger wert sein soll als ein anderer, der doch auch ein Rabe ist? Alle Raben sind schwarz, und damit basta. Um jeden Zweifel auszuschließen, tragen die Menschen sichtbare Zeichen ihres Ranges: Ihr Wert bestimmt sich nach ihrem und durch ihr *Rangabzeichen*. (Ein *Rangabzeichen* ist ein Band bzw. Stoffstreifen, der am Ärmel der Uniform befestigt wird. Zugegebenermaßen sind Silber wie Gold beachtliche Erfindungen. Ebenso die Medaillen, die sie sich um den Hals hängen, um den freien Willen derer zu beugen, die keine besitzen.)*

Ihre Stimmlage variiert je nach Rangabzeichen. Die Internierten haben keine. Die mit mehr Abzeichen befehlen denen mit weniger Abzeichen, und diese denjenigen, die gar keine haben. Und so machen sie von oben nach unten ihrem Ärger Luft: der General beim Oberst, der Oberst beim Major, der Major beim Hauptmann, der Hauptmann beim Leutnant, der Leutnant beim Feldwebel, der Feldwebel beim Gefreiten, der Gefreite beim Soldaten. Nun gut, wie bereits erwähnt, befielt der deutsche Soldat dem französischen General. Und alle zusammen den Internierten – damit sie es kapieren, falls sie es nicht schon wissen. Aber es kann nie schaden, ihnen das einzubleuen. Und sie bleuen es ihnen ein.

Von der Einbildung

Ihre Einbildung lehrt sie nicht, was sie will, sondern was sie wollen. Ihre Enttäuschungen, die durch Trugbilder hervorgerufen werden, führen zu neuen Trugbildern. Wie gewisse Erbkrankheiten, die im Rösselsprung von Generation zu Generation die jeweils dazwischenliegende verschonen, so ruft die Ernüchterung keine Ernüchterung, sondern Trugbilder hervor.

Die Einbildung ist die Mutter der Furcht; die Furcht Vater der Eifersucht, der Grausamkeit, der Dichtung und unzähliger anderer Übel.

Bei uns zählt nur die Wirklichkeit, das heißt, wir nehmen die Dinge, wie sie kommen, und sehen den Tatsachen ins Gesicht. Die Menschen aber glauben an das Unmögliche

* Diese Klammer scheint von Elsterhand eingefügt. (Anm. d. Übers.)

– was ihre Unterlegenheit erklärt – und weinen. Weinen trübt den Blick, und ohne etwas zu sehen, rennen sie mit dem Kopf gegen Wände, die sie selbst hochgezogen haben. »Wer weint, gehört zurück an Mutters Brust«, sagen sie. Solch ein Säuger aber wird zum Verräter. Wir haben ja gesehen, was sie aus den Säuglingen machen: Heulsusen. Weil sie nicht lernen, sich bis zum Tod zu verteidigen. Die Schuld liegt nicht allein bei ihnen, denn die Natur hat sie anstatt mit einem Schnabel mit Lippen sowie mit anderen Hilfsmitteln für Furchtsame ausgestattet.

Berichte über Schlachten, Kämpfe oder Gemetzel, von denen es bei anderen Geschichtsschreibern nur so wimmelt, werdet ihr hier nicht finden, dafür bescheidene Anmerkungen zu gewissen Eigentümlichkeiten, aus denen der Verfasser noch nicht einmal Schlußfolgerungen zieht.*

Vom Geld

Wer die Menschen begreifen will, muß in das große Mysterium des Geldes und der Werttheorie eindringen. Man sollte rundweg anerkennen, daß es eine äußerst bemerkenswerte Erfindung ist und es allein deshalb der Mühe wert wäre, diese ansonsten heruntergekommene Spezies zu untersuchen.

Alles deutet darauf hin, daß der Mensch vor Tausenden von Jahren aufgrund seiner Unzulänglichkeiten plötzlich aufhörte, sich dafür zu schätzen, was er war – was er im eigentlichen Sinne war –, und anfing, über seinen Wert nachzudenken. Diese Verrenkung, diese Verdrehung, brachte ihn darauf, ein Zeichen einzuführen, das näherungsweise diesen Wert bestimmen sollte. So kam es, daß

* Womöglich aus Zeitmangel: Der Frühling kam, und er mußte die Eier seines Weibchens ausbrüten. (Anm. d. Übers.)

auf einmal jeder von seinem Chef eingestuft und bewertet wurde: »Du bist so viel wert, du so viel. Du bist gar nichts wert. Du bist viel wert.«

Die Maßeinheit nannten sie Geld. Aufgrund der Verschiedenartigkeit der Sprachen bekam dieses Modell unterschiedliche, allesamt wunderschöne Namen: Unze, Dukate, Dublone, Florin, Real, Maravedí, Escudo, Peso, Sol, Dollar, Quetzal usw. Wie man sieht, ist in dieser Aufzählung die ganze Welt *repräsentiert*: Vögel, Blumen, Erdteile, Sterne. Mit diesem arglosen Sinneswandel ging selbstverständlich einher, daß alles seinen Preis bekam. Nur die strahlendsten Metalle waren gut genug, um diesen Grundgedanken zum Ausdruck zu bringen, denn sie besitzen, je nach Gewicht, einen eigenen Wert. Dann verschob sich die Gewichtung. Die *Münzen* hatten nun nicht mehr symbolischen, sondern eigenständigen Wert, und ebenso wurden die Menschen nicht mehr nach ihrem Wesen bewertet, sondern nach den von ihnen angehorteten Schätzen.

Dieser unaufhaltsame Fortschritt führt die Menschheit einem höheren Ziel entgegen: An dem Tag, an dem sämtliche Metalle sich in den Händen einer einzigen Person oder Nation befinden, werden ihre zermürbenden Streitereien ein Ende haben. Sie haben den Verfall der Spezies sehr gefördert, denn seit der Erfindung des Geldes[5] brachten die Menschen ihr Leben damit zu, sich um seinen Besitz zu streiten und zu töten. Wenn ihnen ein richtiges Verbrechen zu gewagt erschien, griffen sie auf die Vorzüge der Lohnarbeit zurück. So wurde die Sklaverei erfunden. Dagegen erhoben sich die *Anarchisten*, ein Stamm, der *Esperanto* spricht

[5] Ich möchte mich nicht auf so mysteriöse Dinge wie die *Währung*, das *Kapital*, die *Zinsen*, die *Börse* usw. einlassen, zumal jedes dieser Konzepte eine gesonderte Untersuchung verdient. Ich hoffe, mit diesen wenigen Zeilen das Interesse des einen oder anderen wißbegierigen Raben zu wecken, so daß wir bald mit guten Einzelabhandlungen zu diesen Themen rechnen können.

– vergebens. Jüngst haben andere[6] einen neuen Kreuzzug gegen das Geld unternommen. Dieses Konzentrationslager[7], in dem ich schreibe, ist der Beweis.

Hier sind sie zusammengekommen und versuchen sich in unbezahlter Arbeit. Freilich ist es noch zu früh, um aus diesem Verfahren und seinen Ergebnissen Schlüsse zu ziehen. Ich merke jedoch, daß die Menschen, ihren hochfliegenden Plänen zum Trotz, zunehmend verschrumpelt und hohlwangig aussehen, obwohl dieses Sich-nach-innen-Kehren auch das äußere Zeichen einer höheren Stufe der Vergeistigung sein könnte. Sonderlich zufrieden oder fröhlich wirken sie auf mich auch nicht – selbst wenn man Lachen als eine niedere Gefühlsregung betrachtet –, wobei mir zu Ohren gekommen ist, daß in Deutschland mit dem gleichen Ziel bereits ähnliche Lager betrieben werden, an deren Eingang »Arbeit macht Freude« zu lesen ist. Die Menschen versuchen also, Münzen gegen Lächeln zu tauschen. Ich sage dazu nichts weiter, dem muß erst noch genauer nachgegangen werden. (Zur Weiterleitung an Professor A ZI-40, im Schwarzwald.)

Späteren Datums ist die Erfindung des Geldscheins, beziehungsweise des Papiergeldes (auf das ich mich an anderer Stelle beziehe). Ich habe nicht herausbekommen, warum die auf englisch gedruckten mehr wert sind als die anderen. Aber so ist es. Ein vor Dollars strotzender Mensch (eine Spezies, die ich nie zu sehen bekam) ist soviel wert, wie er wiegt, oder sogar mehr.[8]

Eine weitere menschliche Subspezies, von der ich nichts

[6] *Das Kapital*, ein großes Buch, ist ganz und gar gegen das gerichtet, was es im Titel angekündigt. Versteh einer die Menschen.

[7] Konzentration im Sinn von besonders eingedickt, das Mark, substanzreich.

[8] Um den Wert eines Menschen herauszubekommen, wird er gewogen und gemessen, sobald er bei der Polizei vorbeikommt, einem Filialunternehmen der Banken.

Genaues weiß, sind die Falschmünzer. Ich habe einige dieser sogenannten Falschmünzen gesehen, die diese Leute hergestellt haben. Nach meiner Beurteilung unterscheiden sie sich in nichts von den anderen. Von den Bankiers werden sie gehaßt und wie Verbrecher behandelt, genauso wie die Trotzkisten von den Kommunisten oder die Negrín-Sozialisten von den Sozialisten um Prieto und umgekehrt. Verwicklungen, auf die ich später noch eingehen möchte.*

Von den Papieren

Um durch die Welt ziehen zu können, müssen die Menschen Papiere mit sich führen. Schon für die Geburt werden sie benötigt. Sobald sie auf die Welt kommen (bei den Menschen gibt es keine Eier), wird alles über sie erfaßt und eine Fotografie dazugeheftet. Ein unergründliches Rätsel, denn das Foto trägt der Porträtierte selbst bei sich – was soll das für einen Sinn machen? Möglicherweise handelt es sich um einen Sonnenkult. Ich aber neige zu der Annahme, daß sich hier eine andere fetischistische Tradition des Menschen zeigt: der Narzismus.

Die Menschen sind ungemein darauf bedacht, möglichst viele Papiere zu besitzen, in denen ihnen versichert wird – wie albern, wie dümmlich! –, daß sie sie selbst sind und nicht ihr Nachbar. Unentwegt hört man typische Sätze wie:

»Aber ich habe doch meine Papiere alle beisammen!«

»Aber meine Papiere sind doch alle in Ordnung!«

Erstaunlicherweise sind sie ihnen zu gar nichts nütze. Es handelt sich also offenkundig um eine kabbalistische Besessenheit oder einen abergläubischen Götzendienst, Überbleibsel eines archaischen Totembrauchs. Jedenfalls wagen

* Was er nicht getan hat, oder aber die Blätter sind verlorengegangen. (Anm. d. Übers.)

sie nicht, ohne sie zu leben, und um welche zu bekommen, sind sie zu allem fähig. Ich habe einige gesehen, die wurden eingesperrt, weil sie schnell über Nacht welche bekommen wollten, andere, weil sie keine hatten. Alles Folgen der ins Absurde übersteigerten Bedeutung, welche die Menschen dem Gedruckten beimessen.

Besonders mögen sie alte Papiere, das gilt auch für sogenannte *Banknoten*. Das wiederum sind Papiere, mit deren Hilfe man sich die eben erwähnten mit dem Porträt ganz einfach besorgen kann. Den Besitz von *Banknoten* halten die Menschen für besonders wichtig. Die *Reichen* besitzen sie, die *Armen* haben keine (Wörter, die ich kaum erklären kann). Ohne daß zwischen den einen und den anderen ein natürlicher Unterschied bestünde, führt diese Einteilung zu großen Ungleichheiten in Ernährung und Kleidung.

Die magische Verehrung gewisser Schriftzeichen, Zahlen genannt, belegt ebenfalls ihre primitive, von vorgeformten Glaubensvorstellungen geprägte Wesensart. Getrieben von meinem Wissensdurst und meiner Neugier, verzehrte ich einen dieser Scheine. Ich kann versichern, daß sie sich von den übrigen Papieren nicht unterscheiden, auch nicht von jenen, die sehr viel größer sind und um die sie – obwohl sie ihnen nützlicher sind – dennoch nicht so viele Umstände machen. Sie nennen sie Zeitungen. Sie bewahren sie sorgfältig auf und zerschneiden sie in kleinere Stücke, was sie mit den Banknoten nicht machen. Daß sie Papier für unaussprechliche Verrichtungen benötigen, unterstreicht einmal mehr die körperliche Unterlegenheit des Menschen im Vergleich zu den Raben und auch den übrigen Tieren, die so etwas ganz und gar nicht benötigen. Das, was wir im Fluge tun, kostet sie endloses Stöhnen, und sie schämen sich dafür.

Ob die Menschen geschätzt und geachtet werden, hängt von ihrem Namen ab: Wenn sie Abraham, Moses oder Isaak heißen, sind sie weniger wert als François, Wilhelm oder Winston. Da die Familiennamen vererbt werden, bewerten sich die Menschen nicht danach, was sie sind, sondern danach, was sie waren. Ich erwähnte bereits, daß der zufällige Geburtsort wichtiger ist als ihr persönlicher Wert. Tapferkeit, Wille, Intelligenz, Ehrenhaftigkeit zählen nichts gegenüber den Papieren. Ob ihr mir glaubt oder nicht, dies bedeutet, daß Mut, Größe, Kraft und Verstand der Verwaltung untergeordnet sind. An erster Stelle stehen Stempel, Bescheinigungen, Zeugnisse, Visa, Reisepässe, Akten. Nicht das Leben zählt, sondern was geschrieben steht; nicht die Ideen, sondern das verlorengegangene Buch mit allem, was in ihm steht oder stehen könnte. Man sagt mir, daß diese Ehrfurcht vor dem Gedruckten vergleichsweise neu ist, aber in Ermangelung genauer Angaben kann ich das nicht bestätigen. Um ein paar Papiere zu bekommen, und seien es nur gefälschte, gehen sie bis zum Mord. Ich vermute, daß diese unsinnige Gepflogenheit einiges zum traurigen Zustand des heutigen Menschen beiträgt.

Von der Mauser und von den Grenzen

Mit zwanzig Jahren kommen die Menschen gewöhnlich in die Mauser. Das neue Gefieder nennen sie Uniform, und sie tragen es üblicherweise für ein oder zwei Jahre, je nach Land, also je nach *Grenze*. Man muß wissen, daß die *Grenze* etwas sehr Wichtiges ist, das zwar nicht existiert, das die Menschen aber trotzdem auf Feder und Schnabel verteidigen, als ob es tatsächlich da wäre. Diese Wesen verbringen ihr Leben damit, sich gegenseitig umzubringen oder sich um einen Tisch zu versammeln, um diese inexistenten Linien zu berichtigen, was üblicherweise zu keiner Einigung führt.

Ich wurde Zeuge des folgenden Ereignisses, das ich hier zur Veranschaulichung ihrer bodenlosen Dummheit wiedergebe:

Zwei Italiener, Rekruten in der Armee ihres Landes, waren mit der italienischen Art, die Welt zu regieren, nicht einverstanden. Der oberste Chef ihrer Bande, der ein bißchen wie eine Dogge aussieht und Duce genannt wird, war auf einer Seite mit dem Chef einer anderen Bande, genannt Führer, der sich wiederum mit der Welt der Gallier im Krieg befand. (Der Minderwertigkeitskomplex der Menschen läßt sich schon daran erkennen, daß sie als Embleme ihrer Stämme höhere Tierarten wählen. Die Italiener einen Wolf, die Deutschen einen Adler, die Franzosen einen Hahn, die Russen einen Bären, die Spanier einen Löwen usw.) Da unsere beiden Männer die wölfische Weltsicht nicht teilten, beschlossen sie, ihr Gefieder zu wechseln und zu den Galliern überzulaufen. (Es dürfte schwerfallen, meinen Kollegen von der Akademie der Raben verständlich zu machen, wie es kommt, daß manche Menschen in der Zeit der Mauser in einer Farbe erscheinen und andere in einer anderen, nur weil sie zwei Kilometer voneinander entfernt geboren wurden. Aber dies würde uns erneut zum Mythos der Grenzen führen. Außerdem sprechen die Menschen unterschiedlich, je nachdem, wo sie geboren werden. Das menschliche Sprechen ist keine universale Sprache wie das Krächzen der Raben. Daher rühren viele Übel. Stellt euch vor, ein Dutzend Raben beschließt, auf den Ästen sitzen zu bleiben, und schickt die anderen los, um Nahrung zu suchen. Stellt euch vor, sie schicken sie auf die Suche nach Regenwürmern, und die, die sie suchen und finden, gehen leer aus, einzig und allein, weil sie auf Befehl gehandelt haben. Wenn ihr so weit mitkommt, könnt ihr ansatzweise die Organisation der Menschen und ihre merkwürdigen Gedankengänge verstehen. Ich verlange nicht, daß ihr mir glaubt. Ich wünsche mir lediglich, daß diese Seiten die Gründung eines *Instituts zum angewandten Studium der Menschen* beschleunigen. Ich denke, daß wir uns mit geringem Aufwand ihrer bedienen könnten, um unser Leben allein dem Müßiggang und den Schönen Künsten zu widmen.)

Aber kehren wir noch einmal zur Geschichte der beiden Italiener zurück. Sie überqueren die Grenze (will heißen, sie gehen von einem Ort zum andern) und stellen sich den uniformierten Galliern vor (die sogenannte Galauniformen tragen), nicht ohne unterwegs drei ihrer Kameraden verloren zu haben, die sich ihnen im letzten Augenblick angeschlossen hatten und die elend starben, jeder durch einen zielsicheren Schuß aus den Gewehren einer zur Grenzsicherung abgestellten Einheit italienischer Gebirgsjäger. Unsere Männer treten vor einen uniformierten Franzosen. Dieser beglückwünscht sie zu ihrer Unerschrockenheit, bringt sie ins Offizierskasino (Galagallierkneipe), Korken knallen, man telefoniert mit einem Vorgesetzten. Dieser wußte nicht weiter und rief einen anderen an, und dieser einen anderen. Man befindet, daß das in Ordnung sei, und beglückwünscht abermals die Italiener. Da aber die Hähne kurz vor einem Krieg mit den Wölfen stehen, kommt man zu dem Schluß, daß unsere Männer gefährlich werden könnten und daß man sie besser in die Hauptstadt des Landes zu Menschen mit noch prächtigeren Galauniformen schickt, damit diese über ihr Schicksal entscheiden. Die beiden Wölfe machen sich dorthin auf den Weg, in Begleitung eines Geleitgalliers, damit sie nicht *entkommen* können. In Paris werden die Italiener peinlich genau verhört: wo sie gewesen seien, was sie gesehen hätten, was sie vermuten würden. Meine Wölfe sagen alles, was sie wissen, um der *Demokratie* zu dienen. Darauf folgt eine Beratung zwischen den Galagalliern und anderen, noch gewichtigeren Galliern, die aber keine Galagarderobe tragen dürfen und die man *Geheimpolizisten* nennt.

»Sie sind frei.«

»Aber nein, wir wollen der Demokratie dienen.«

»Das ist nicht mehr unsere Angelegenheit, wenden Sie sich an das Rekrutierungsbüro (die Mauserzentrale).«

Bereits am Ausgang des Gebäudes verlangen zwei Gallier ohne Galagarderobe die Papiere der Italiener:

»Wir sind zwei Wölfe usw., usw.« Und sie erzählen ihre Geschichte. Man nahm sie fest, weil sie keine Papiere hatten. Sie hatten weder die mit den Fotografien noch die von der Bank.

Bei der Verhandlung versicherte der Pflichtverteidiger, daß sie Freunde der Gallier seien, sozusagen Ehrenhähne. Aber der eingebildete Staatsanwalt antwortete, daß die Hähne sich schon selbst zu verteidigen wüßten und die Wölfe überhaupt nicht bräuchten. Im Namen der *Marne* – ein Tabu – wurden sie zu einem Monat Gefängnis und hundert Francs Geldstrafe verurteilt.

Als sie aus dem Gefängnis kamen, brachte man sie ins Konzentrationslager. Zwischen Wölfen und Hähnen brach der Krieg aus, letztere ergaben sich und lieferten die beiden Internierten an die Wölfe aus. Meine Italiener kochten vor Wut. Die verging ihnen: Sie wurden erschossen, sobald sie die *Grenze* überquert hatten.

Von den Brillen

Die einzige Menschensitte, die ich der rabischen Zivilisation anempfehlen möchte, ist die Verwendung von Brillen. Sie kennzeichnen die Friedlichsten und Intelligentesten, was man ohne weiteres übernehmen könnte, da auf diese Weise Respektspersonen schon von weitem erkannt werden könnten. Nun hoffe ich, eines Tages einen Rabenoptiker zu treffen. So bezeichnen die Menschen denjenigen, der dieses Ehrenzeichen verleiht. Selbiges besteht aus zwei durchsichtigen Medaillen – glitzernden Gläsern –, die sie sich über den Schnabel vor die Augen setzen, damit sie von den anderen möglichst gut gesehen werden können. Sie machen einiges her, und wer sie trägt, ist sich seiner herausgehobenen

Stellung stets bewußt. Sie dienen nicht zum Sehen, sondern zum Gesehenwerden.

Von den Gerüchten

Das Gerücht ist das Hauptnahrungsmittel der Menschen. Es wächst mit unerhörter Geschwindigkeit. Es reicht ein Satz, und schon ist es passiert, es rennt, macht sich breit, kreist, hält inne, wächst weiter, verwirrt, läßt Neuigkeiten und Andeutungen aufscheinen, es begründet und erklärt, löst jedweden Widerspruch: ein Allheilmittel.

Seine verschiedenen Väter sind Alte, Aufseher, Briefe, Radio, Externe, Reisende, Flüchtlinge, Bauern aus der Umgebung, Vorzimmer, Warteschlangen.

Es beunruhigt selbst die Skeptischen, schreckt die Flügellahmen auf, rennt, fliegt hin und her, unerkannt. Wo wird es geboren? In der Luft und stets mit einem versteckten Körnchen Wahrheit. Jedes Gerücht hat seinen wahren Kern, es kommt nur darauf an, ihn zu finden, der Teufel steckt im Detail. Es läßt sich zergliedern und zerteilen wie jede beliebige Zelle, es ist fruchtbarer als die Karnickel. Es bringt Gruppen zusammen, sprengt Versammlungen, und jeder geht los und bildet ein neues Zentrum, Nervensystem, Lichtgeschwindigkeit, Anstoß der Phantasie, Vorhut der Sehnsüchte, Leibesfrucht des Traums, Würze des Gefangenendaseins, Flohstich der Nacht, Kummer der Rechtschaffenen, Schauder der Dummen und den Schwachen betörender Traum. Es geht in einem neuen auf, und von Gerücht zu Gerücht verfließt die Zeit, Gerücht über Gerüchte. Es wird Nacht, man findet den Schlaf und den Tod: auch ein Gerücht.

Vom Tod

Besonderes Merkmal des Menschen ist seine Undankbarkeit. Soweit ich es begriffen habe, wurden uns in früheren Zeiten (in der Akademie gibt es Unterlagen darüber) viele Tote ehrerbietig und unterwürfig als Opfer dargebracht, die man zu diesem Zweck an die Äste der Bäume hängte. Eine feinfühlige Aufmerksamkeit, die gar nicht mehr gepflegt wird, weshalb ich vermute, daß das Unglück der Menschen kein Ende finden wird. Auch legte man die Toten auf hohe Türme, um uns den Genuß zu erleichtern. Heutzutage herrscht der Brauch, die Toten unter aufwendigen Feierlichkeiten einzugraben, einzig und allein aus Haß gegen uns, die ihnen Überlegenen. In allerjüngster Zeit, da das Abschlachten besser organisiert ist, versteigen sie sich zu empörenden Ungeheuerlichkeiten, Ausgeburten ihrer Verzweiflung. Um uns zu beleidigen, verbrennen sie das Fleisch, nachdem sie es in speziellen Kammern mit Gas desinfiziert haben. Ich denke, daß die in Genf anhängige Beschwerde unseres Ministers über diese Desavouierung Folgen zeitigen wird. Wenn der Holocaust nicht zu unseren Ehren stattfindet – wozu dann die Kriege? Wozu so viele Leichen? Und, oh Gipfel der Beschränktheit, sie wählen noch nicht einmal die aus, die am besten gemästet sind.

Von den Waffen

Meines Wissens kommt der Mensch mit jedem Tag weiter herunter, und ein Ende ist nicht abzusehen. Er ist das einzige Lebewesen, das etwas erfunden hat, das man als *Waffen* bezeichnet. Das sind Instrumente, mit denen man feige und hinterhältig töten kann. Aufgrund unserer Überlegenheit haben sie von alters her Respekt vor uns, aber auf Kaninchen, Hasen, Feldhühner und selbst auf Menschen gehen sie los. Denn sich gegenseitig umzubringen, ist ihr größtes Anliegen. Sie sagen, daß sie das in weit zurückliegenden Zeiten getan hätten, um das Opfer zu fressen, was allein natürlich und gerechtfertigt ist. Anders heutzutage. Sie vergraben sie einfach. Vagen Angaben zufolge muß es einige Stämme dunkler Hautfarbe geben, die jenen uralten und vernünftigen Brauch weiter pflegen. Irgend etwas an ihrem Äußeren muß ja Ausweis ihrer Überlegenheit sein; wenn es auch nur die Farbe ist, in der sie uns ähneln. Obwohl ein Rabe nie und nimmer einen anderen Raben fressen würde.

Vom Schlafen

Wir alle schlafen, je nach Veranlagung einen leichten oder tiefen Schlaf. Die Menschen – Konzentrierte wie Uniformierte – schlafen auch. Ich möchte euch lediglich auf eine weitere unsinnige Eigenheit aufmerksam machen. Wie wir wissen, legen sich auch einige andere, ihnen überlegene Arten zum Schlafen hin. Zweifellos sind die vier Beine ein deutliches Zeichen von Unterlegenheit. Aber Hunde, Pferde, Rinder, Kaninchen usw. begnügen sich damit, die Knie zu beugen und den Kopf dort hinzulegen, wo es am bequemsten ist. Anders der Mensch. Um zu schlafen, dreht er sich um, legt sich flach und noch dazu auf den Rücken, und so, mit dem Bauch nach oben, meint er auszuruhen, obwohl er doch nur den Tod nachahmt. Kein Wunder, daß er in dieser Haltung schnarcht. Das Schnarchen ist ein Klagelaut der Seele, die durch diese so rücksichtslose Körperhaltung in die Dunkelheit der Nacht hinausgetrieben wird. Es gibt viele Arten zu schnarchen, die, anders als ihre Sprachen, allen Menschen gemeinsam sind. Ein deutlicher Beweis für die Existenz unseres Herrn, des Großen Raben. Denn wenn nicht alle Seelen denselben Gesetzmäßigkeiten gehorchen würden, würden nicht alle in derselben Sprache schnarchen – die individuellen Unterschiede einmal ausgenommen, die ihrerseits eindeutig die Existenz des freien Willens belegen.

Lediglich einige Hunde, die sich aufgrund ihres schändlichen alltäglichen Umgangs mit den Menschen angesteckt haben, übernehmen manchmal die widersinnige Rückenlage.

Von den Phantasien

Die Menschen glauben an das, was ihnen gelegen kommt, und sie tun so, als wüßten sie von allem anderen nichts. So kommt es, daß sie ständig überrascht werden. Denn was allen gefällt, bereitet dem einzelnen Verdruß; es gibt keine zwei identischen Wünsche und nur eine Welt. Das wollen sie nicht einsehen, und ein jeder stellt sich eine andere vor. Anschließend weinen sie ihren Phantasien nach, als wären sie verlorene Wirklichkeit; echte Tränen über eingebildete Leichen. Obwohl die Abhilfe in Schnabelweite liegt, gehen sie sehenden Auges über sie hinweg. Schuld daran ist ihre Einbildung, auf die sie wirklich viel geben.

Vom Vergessen

Ihre Fähigkeit zu vergessen ist ebenso groß wie ihre Einbildungskraft, und auf der ganzen Welt sind sie die wankelmütigsten Lebewesen. Manchmal frage ich mich, ob nicht vielleicht der Wind sie lenkt und ihnen von Norden wehend Einfälle eingibt, die dann von Böen aus dem Süden wieder weggeblasen werden. Die Wetterwendischen machen die weniger Flatterhaften für ihre Enttäuschungen verantwortlich und umgekehrt, und keiner gebraucht seinen eigenen Verstand. Diesem widersinnigen Übel ist nur mit Hartnäckigkeit zu begegnen. Aber das gelingt nur wenigen. Sie werden dabei käsebleich.

Von der Freiheit

Das Ideal der Menschen ist die Freiheit, aber durch immer neue Grenzen entstellen sie es bis zur Unkenntlichkeit. Sie möchten reisen, um sich zu bilden – ihr größter Wunsch. Und doch haben sie die Reisepässe und die Visabestimmungen erfunden, um ihre Schritte zu lähmen. Sie halten und lassen sich aufhalten an willkürlich gezogenen Linien, die in Verträgen einfach festgelegt wurden. Und auch wenn das Objekt ihrer Begierde greifbar nah ist, erreichen sie es nicht, wenn ein Stempel fehlt. Welcher Rabe soll das schon verstehen, sie verstehen es ja selber nicht.

Je weiter entfernt sie ist (die Freiheit), desto mehr lieben sie sie, womit sich ein weiteres Mal ihr Mangel an Verstand zeigt. Für die Freiheit leben sie eingesperrt, wenn nicht freiwillig, dann mit Gewalt, so daß ich erneut belegen kann, daß ihnen ausgerechnet das Freude macht, was sie nicht haben. Wenn sie Flügel hätten – bestimmt erfinden sie sich welche –, würden sie sich danach sehnen, keine zu haben.

Sie leben in einer Welt des Schlafes voller Träume, noch den unwahrscheinlichsten schenken sie Glauben und freuen sich an ihnen. Denn für die Menschen besteht kaum ein Unterschied zwischen eingebildeten und greifbaren Phänomenen.

Die so verstandene Welt muß ihnen wie eine einzige Phantasie vorkommen, was widersinnige Folgen zeitigt und sie für seriöse Personen unverständlich macht. Wie wahr.

Von der Ästhetik

Für schön erklären die Menschen etwas, das man genießen und nicht essen kann. Sie unterscheiden zwischen Schönheit und Anmut. Die Anmut ist vergänglich und die Schönheit immerwährend. Die Anmut bleibt nur in der Erinnerung erhalten, die Schönheit in Stein. Anmut: schwebende Schönheit. Schönheit: immerwährende Anmut. Die Anmut ist schwerelos und gegenwärtig. Die Schönheit kann schwerfällig und vorgestrig sein. Die Anmut hat den Reiz der kurzen Dauer ohne Wiederkehr. Die Schönheit kann man insgeheim ein wenig verachten, weil man sich sicher ist, sie bei einem Blick zurück wiederzusehen. Ohne Schönheit keine Anmut.

Von der Kunst: menschliches Verfahren, sich selbst kennenzulernen. Und genau deshalb im Verfall begriffen.

Von der Politik

Definition: die Kunst des Führens.

Mittel: die Heuchelei zur Tugend machen. (Diejenigen, denen dies nicht gelingt, heißen Sekretäre, Anhänger, Fanatiker oder Trottel, Leichtgläubige, Einfaltspinsel.)

Ein Beispiel:

»Wer, der Soundso? Ein Rindvieh.«

Soundso tritt ein:

»Lieber Soundso! Wie lange wir. uns nicht gesehen haben! Was treibst du?«

Von den Freunden, von den Bekannten, von den Feinden

Freund: ein Mensch, dem der Mensch sagt, was er denkt.

Bekannter: ein Mensch, dem der Mensch nicht sagt, was er denkt.

Feind: ein Mensch, dem der Mensch sagt, was er denkt und was er nicht denkt.

Von der Anzahl

Die Menschen haben das Bedürfnis, sich zu zählen und immer wieder zu zählen, um festzustellen, wie viele sie sind. Viermal täglich kommen sie zusammen, stellen sich in Reih und Glied auf und antworten, sobald sie ihren Namen hören: »présent«. Es würde ihnen mehr bringen zu wissen, wie sie sind.

Von den Stimmen

Die Hauptschuld an ihrem moribunden Zustand tragen Zunge und Mund. Die Menschen vertrauen auf Töne und Gesangsvereine, sie leben von Musik und lassen sich von ihr verzücken. Ich kann nur betonen, daß es nichts Lieblicheres und Angenehmeres gibt als diese Harmonie, und ich verstehe, daß sich die Menschen von etwas so Wunderbarem die Sinne rauben und den Verstand umnebeln lassen. Musik betäubt das Urteilsvermögen, und wenn sie erst einmal mit diesem Wind segeln, kann kein Kompaß sie mehr auf Kurs halten, und sie lassen sich treiben.

Die einfachste Musik heißt Wort, und wenn Phantasie und Einbildung mit ihnen durchgehen, wollen sie die Geschehnisse ganz naiv in Tönen ausdrücken. Natürlich ist das viel Lärm um nichts. Das geht so weit, daß sie sich die Musik als etwas Greifbares vorstellen. Einmal auf diesem falschen Gleis, verschreiben sie sich der Musik so rückhaltlos, daß sie sie vom Gesang nicht mehr unterscheiden. Sie ahmen sie nach und haben dazu metallene und hölzerne Instrumente erfunden, die wortlose sowie lautmalerische Klänge hervorbringen. Keines von ihnen reicht jedoch an die liebliche Harmonie der menschlichen Stimme heran.

Die Melodien oder Stimmen unterscheiden sich von Ort zu Ort und sind im allgemeinen für die jeweils anderen, je nach Geburtsort, unverständlich. Besagte Musik heißt bei ihnen Sprache, und sie bezeichnen sie nach Gutdünken: Sprache, Idiom, Jargon, Kauderwelsch, Dialekt, Mundart. In ihrer beängstigenden Verwirrtheit haben sie sich zu dem Ausspruch »geschwätzig wie ein Papagei« verstiegen. Dies und noch viel mehr wird man ihnen dereinst verzeihen müssen.

Jeder Mensch spricht seine Sprache, und um sich zu verständigen, stammeln sie normalerweise französisch. Sie bilden Gruppen, wenn ihre Sprachen ähnlich klingen: Spanisch, Deutsch, Italienisch, Polnisch, Jiddisch und Katalanisch sind die wichtigsten. Trotz meiner Bemühungen konnte ich keine genaue Rangfolge erkennen, jedoch neige ich zu der Annahme, daß die beiden zuletzt Genannten an vorderster Stelle stehen. Russisch, Tschechisch und Jugoslawisch scheinen weniger verbreitete Sprachen zu sein. Wie gesagt, gemeinsamer Nenner ist Französisch.

Die Sprachen bestimmen Farbe, Körpergröße und einige Gesichtszüge des Menschen. Das Spanische bevorzugt den dunklen, das Deutsche den blonden Typus.

Ich habe von einer Sprache gehört, die anscheinend in fernen, unbekannten und barbarischen Ländern sehr gebräuchlich ist: Englisch. Die Engländer haben die Konzentrationslager erfunden, aber für die anderen. Ausdruck ihrer Rückständigkeit.

Vom Sparen

Die Wachen, die Franzosen sind, entwickeln einen sonderbaren Eifer, den man Sparen nennt. Das heißt, sie wachen darüber, immer etwas fürs Alter beiseite zu legen. Diese Beschäftigung ersetzt Kameradschaft und Solidarität, hat man doch eine abgesicherte Zukunft.

Von der Einbildung

Die Dekadenz der Menschen wurzelt teilweise in einer eigenartig unvernünftigen Veranlagung, die sie Einbildung nennen. Sie besteht darin, sich Dinge vorzustellen, die anders sind als die, die existieren. So sehr hängen sie an ihren Hirngespinsten, daß sie das Augenscheinliche leichthin verleugnen. Und wenn sie immer wieder darauf gestoßen werden, verlieren sie sich um so lieber in neuen Versponnenheiten. Hieraus ergaben sich die größten Probleme, als ich mich mit ihnen verständigen wollte. Einige traf ich, die waren auf ihre Störung so stolz, daß man sie ihnen schließlich nachsah. Sie haben Visionen und verbringen ihre Zeit damit, sich gegenseitig zu täuschen, in gutem Glauben und manchmal auch mit bösen Absichten. Gefangen in Umnachtung, kennt ihre Einbildung keine Grenzen. Sie behaupten sogar, daß darin ihre eigentliche Größe liegt.

Von den Kriegen

Kriege werden immer verloren, manchmal nur knapp, manchmal ganz klar; einige innerhalb weniger Wochen, andere nach Jahren. Der Krieg ist die natürliche Art des Umgangs der Menschen untereinander. Sie verlieren Kriege gleichzeitig mit dem Leben, manchmal ohne sich dessen bewußt zu sein, manchmal bei vollem Verstand; das hängt mehr von den Umständen als von der geistigen Wachheit ab. Manch einer stirbt wie ein Mann, und mancher Mann stirbt ohne jeden Anstand, jaulend wie ein Hund. Um das Sterben zu erleichtern, im guten wie im schlechten, erfinden sie Belohnungen, die, wie alles bei ihnen, imaginär sind.

Denn der Mangel an Erfahrung ist ein weiteres Merkmal des Menschen. So viele Jahre umsonst! Die Kriege, so heißt es, beruhen auf Befehlen, und diejenigen, die befehlen und nicht leiden, sind die Generäle, die generell gegen alle sind, die leiden und nicht befehlen. Die Generäle, egal ob besiegt oder siegreich, streiten sich um die Beute. Es gab eine Zeit, so berichten ihre Vorfahren, in der Kriege um einen einzigen Leichnam geführt wurden. Das, was in unseren Augen Sinn macht, ist für die Menschen zu einer Legende geworden.[9]

Von den Häuten

Durch nichts tritt die Unterlegenheit der Menschen besser hervor als durch ihre Eigenart, sich mit unseren sterblichen Hüllen zu schmücken und so nicht ihre eigenen, sondern unsere Toten zu ehren. Sie benutzen alle Häute, die ihnen in die Hände fallen: von Kaninchen, Katzen, Mardern, Füchsen, Eidechsen, Schlangen, Hunden, Rindern, Schweinen, Maulwürfen usw.

Ihr prachtvollster Schmuck besteht natürlich aus Federn, die Männer und Frauen am Kopf anzubringen pflegen. Früher benutzten sie sie zum Schreiben, da ihre Finger dazu ungeeignet sind. »Mit den Krallen schreiben« hat bei ihnen eine eigenartige semantische Umformung erfahren. Sie sagen »eine Saukralle haben« und meinen das abwertend.

[9] Diesen Fingerzeig verdanke ich einem *Zeugen Jehovas*. Ich konnte das nicht überprüfen, viele widersprechen hier.

Von der Blasphemie

Wenn der Mensch nicht verwünschen oder verfluchen kann, ist er unzufrieden. Ein seltsamer und weit, sehr weit verbreiteter Brauch. Es reicht, daß etwas nicht nach seinem Geschmack ist, oder daß er strauchelt, oder daß ihm zu heiß oder zu kalt ist, und sofort kommt ihm die Verdammung dessen, was am wenigsten mit seiner Unzufriedenheit zu tun hat, über die Lippen. Gotteslästerungen, Verteufelungen, Verwünschungen, Schmähungen, Beschimpfungen, Beleidigungen, Lästerungen, Schimpfwörter und Flüche – wirr verknotet wie Zöpfe und Zotten (was eine weitere Bezeichnung für diese Ungehörigkeiten ist). Welche Schuld tragen Gott, das Sakrament, die Maria oder der Jesus für ihre kleinen Unannehmlichkeiten? Als ob es nicht besser wäre, sich die Ursache des Ärgers vorzunehmen und sie aus der Welt zu schaffen.

Von dem größten Schriftsteller

Shakespeare, einen Engländer, halten sie für einen solchen, weil alle Menschen etwas von Richard III. haben, einer von ihm erfundenen Figur, und ebenso Cervantes, einen Spanier, weil niemand etwas von Don Quijote hat, einer von diesem Herrn erfundenen Figur. *(Von einem bärtigen Externen abgelauschte Definition.)*

Vom Faschismus

Heute ist die Menschheit in zwei Lager gespalten: in Anhänger und Gegner des Faschismus. Empirisch betrachtet, ist damit alles klar, aber mein Wissensdurst und meine Neugier haben mich angespornt, zur Mehrung des Ruhms der Wissenschaft herauszubekommen, was genau den Zankapfel ausmacht. Hier ein Teilergebnis meiner Nachforschungen:

Die Faschisten sind Rassisten, und sie verbieten den Juden, sich mit den *Ariern* zu waschen und mit ihnen zu essen.

Die Antifaschisten sind keine Rassisten, und sie verbieten den Schwarzen, sich mit den Weißen zu waschen und mit ihnen zu essen.*

Die Faschisten befestigen gelbe Sterne an den Ärmeln der Juden.

Die Antifaschisten tun das nicht, ihnen reicht das Gesicht der Schwarzen.

Die Faschisten stecken die Antifaschisten in Konzentrationslager.

Die Antifaschisten stecken die Antifaschisten in Konzentrationslager.

Die Faschisten erlauben keine Streiks.

Die Antifaschisten setzen den Streiks mit Gewehrkugeln ein Ende.

Die Faschisten haben direkte Kontrolle über die Industrie.

Die Antifaschisten haben indirekte Kontrolle über die Industrie.

Die Faschisten können in antifaschistischen Ländern leben.

Die Antifaschisten können nicht in faschistischen Ländern leben, und auch nicht in einigen antifaschistischen Ländern.

* Geschrieben 1941, höchstwahrscheinlich vor dem 22. Juni. (Anm. d. Übers.)

Über die Kommunisten

Sie sind überaus bewundernswert, zumindest den mir bekannten Fotografien nach zu urteilen. An ihnen prangen mehr Sterne, mehr Medaillen, mehr Orden als an jedem anderen. Sie brillieren.

Vom Friseur

Ich ahne schon, daß ich mich all meinen Bemühungen zum Trotz umsonst plage. Die Verhaltensweisen der Menschen sind bar jeder Logik und einfach zu widersinnig, als daß meine Arbeit irgendwie dienlich sein könnte.

Beispiel: Ihr wißt bereits, daß die Menschen jeden Tag, oder besser gesagt: jeden Abend Federn lassen müssen – und ich beziehe mich jetzt nicht auf diesen schwachsinnigen Neologismus, der dieses Wort auf den Verlust der oben beschriebenen Papiere, der Banknoten, bezieht. Keineswegs. Es geht um folgendes: Die Menschen sind derart schmutzige Tiere, daß sie sich jeden Morgen waschen und dafür ihr Gefieder ablegen müssen. Ihr werdet es nicht glauben – jetzt kommt der Gipfel der Unvernunft –, aber die schmutzigsten sind keineswegs diejenigen, die sich am häufigsten waschen, sondern umgekehrt. Je sauberer sie sind, desto häufiger schrubben sie sich. Nun, wie jedes menschliche Gesetz kennt auch dieses so viele Ausnahmen wie ihre Aussprache und die Form der Wolken. Zum Beispiel: Wenn sie sich dienstags nicht waschen, werden ihnen die Haare kurzgeschoren, aber wenn sie sich sonntags waschen, werden ihnen die Haare auch kurzgeschoren. Ich habe versucht, die Hintergründe dieser Regelung zu begreifen, und muß einmal mehr mein Scheitern gestehen: Dienstags müssen alle duschen, und sonntags nur die Arbeiter. Wer sich am Dienstag nicht duschen will, sondern am Sonntag, bekommt das verboten. Die menschliche Begründung folgt der immer selben Leier: So steht es in den Vorschriften. Es ist schon seltsam, wie ein paar harmlose Kritzeleien in den Gehirnen der Menschen so viel Macht entfalten.

Ein anderes Beispiel: Wie ihr wißt, ist es verboten, vom Block A zum Block B zu sprechen, vom Block B zum Block C usw. Verboten bedeutet erlaubt, wenn man nur aufpaßt. Ich kann euch nicht oft genug auf die unterschiedlichen Auslegungen der Wörter bei den Zweibeinern aufmerksam machen, die sich aus ihrer geistigen Unterentwicklung ergeben. Also, zwei Internierte unterhielten sich, jeder hinter seinem Stacheldraht. Ein dritter entlauste sich seelenruhig fünf Flügelschläge weiter hinten. In dem Moment kam ein Aufseher vorbei, hörte die Unterhaltung, schaute sich um und sah nur den Verlausten. Die Aufseher sind Menschen in Uniform, mit einer kräftigen Stimme, die üblicherweise im Hieb mit einem Gewehrkolben mündet. Der Aufseher verdonnerte den Mann mit den Läusen zum Haarescheren. Der sich Lausende protestierte. Wie gewöhnlich ohne Erfolg:

»Ich bin es nicht gewesen.«

»Mir erzählst du nichts! Ich habe dich gehört.«

Der Aufseher brachte den Unglücklichen in die Folterkammer, die Friseur genannt wird. Sie setzten den Unglücklichen aufs Schafott. Kaum spürte er sein Gesäß auf der Sitzfläche, fuhr er auf:

»Ah! Oh nein! Sie haben überhaupt kein Recht, mir die Haare zu schneiden! Ich bin es nicht gewesen.«

Da trat einer der beiden ein, die sich unterhalten hatten:

»Verzeihung, der ist es nicht gewesen. Ich war es, der gesprochen hat.«

»Ah«, brüllte der Aufseher.

»Ja«, sagte der neu Hinzugekommene, »ich wollte mir die Haare schneiden lassen, und weil ich kein Geld habe, dachte ich, dies sei der beste Weg.«

»Was? Wie?« stotterte der Uniformierte. »Was fällt Ihnen eigentlich ein! Heute werden Haare nur zur Strafe geschnitten! Wenn du dir umsonst die Haare schneiden lassen willst, komm am Freitag, wenn du bis dahin aus der Zelle raus bist. Abmarsch!«

Trotz alledem schnitten sie dem Läusekiller gewaltsam die Haare.

Axiom: Die Menschen bekommen freitags die Haare auf eigenen Wunsch geschnitten und an den anderen Tagen zur Strafe.

Von der Logik

Die Internierten wurden auf Veranlassung einer Behörde hierhergebracht. Diese Behörde ist verschwunden, aber die Leute bleiben hier. Auf jene Behörde folgte eine andere, die weitere Internierte herschickt. Weil die anfänglich Internierten sich nicht an die Behörde wenden können, die sie hergebracht hat, weil es sie nicht mehr gibt, können sie nirgends ihre Freilassung beantragen, und sie werden hierbleiben bis zu ihrem Tod.

Von der Staatsangehörigkeit

Manchmal wechseln die Internierten ihre Staatsangehörigkeit einfach über Nacht. Als Polen legen sie sich schlafen, und als Sowjets stehen sie auf. Am Abend noch interniert, am Morgen frei. Sie hatten keinen Reisepaß, und jetzt können sie einen bekommen. Mysterien der Grenzen und Verträge. Die beiden Brüder Nicolai und Alexei Tirsanof, die in zwei zehn Kilometer voneinander entfernten polnischen Dörfern geboren wurden, wachen eines Morgens auf, der eine frei und der andere gefangen, weil eine Grenze neu gezogen wurde. Böser Streich der Einbildungskraft.

Einfach nur Mensch zu sein, bedeutet dem Menschen noch nicht viel. Wir sagen Rabe, und damit hat es sich; da stehen wir, schwarz und glänzend vom Schnabel bis zur Kralle. Der Mensch hingegen wird von so vielem bestimmt! Von seiner Sprache, seinem Geburtsort, seinem Vermögen, seinem Gehör, seiner Intelligenz, seiner Größe, seiner Farbe, seinen Papieren und insbesondere von seinen Waffen. Gerade diese menschliche Selbstmißachtung macht es uns so schwer, ihn zu begreifen. Und es wird noch ungleich schwerer, wenn man das Gewimmel seiner Zusammenkünfte und sein entsprechend unverständliches Handeln betrachtet, zumal er in all diesem anarchischen Durcheinander noch glaubt, die Krone der Schöpfung zu sein. Unseliges Geschöpf, es rühmt sich dessen, was es gar nicht ist. Die Einbildungskraft führt den Menschen auf verschlungene Wege, rettungslos verliert er sich und stirbt, weil er glaubt, daß die Dinge so sind, wie er sie sich ausmalt. Wie soll man eine verkehrte Welt verstehen oder erklären, in der Atheisten wie Mystiker, Kapitalisten wie Anarchisten, Weiße wie Schwarze zu Hause sind? Die einen denken nur an die Vergangenheit, die anderen an die Zukunft. Die einen blicken nach hinten, die anderen nach vorne, die Mehrheit schließt die Augen. Einige möchten gen Norden gehen, andere gen Süden, und keiner darf sich von der Stelle rühren. All diese Auffassungen stehen im Widerspruch zueinander, und sogar unter Leuten gleicher Herkunft sind die Meinungsverschiedenheiten so groß wie zwischen verfeindeten Gruppen, und genauso hassen sie sich auch.

Ich traf einen seltsamen Kauz, einen Astronomen, der mir versicherte, daß all dies Unverständnis daher rühre, daß sie nicht lang genug lebten und daß der Horizont ihres Lernens und Wissens deshalb furchtbar eng begrenzt bleibe. Er sagt, daß die unbelebte Welt lebt, daß die Erdteile sich fortwährend bewegen und wir, wenn wir bessere Augen hätten, sehen könnten, daß die Menschheit nicht einmal einen winzigen Bruchteil alles Existierenden wahrnimmt, und daß diese Kurzsichtigkeit ihr Leben bestimmt.

Vom Pernod und seinen Nebenprodukten, von seinen Wirkungen

Der Mensch leidet an seiner Unterlegenheit, und um sie zu überwinden, läßt sich dieser arme Tropf alle möglichen Medikamente einfallen. Er trinkt grauenerregende Flüssigkeiten, die manchmal wie Moder riechen, um etwas zu erreichen, was einem höheren Bewußtseinszustand ähnelt. Einzig die leuchtenden Farben sind hübsch, nirgends schimmern sie so trügerisch wie hier. Sie sagen, daß sie zechen, ohne darüber nachzudenken; wohl wahr, denn danach können sie nicht mehr denken. Ihr Atem riecht dann nach Dung, ihre Schritte werden kürzer und die Wege immer länger.

Wie immer achten sie auf das passende Wort, und da sie sich so gerne mit etwas Besserem gleichsetzen, sagen sie »einen Kater haben«. Je mehr sie trinken, desto weniger vertragen sie von dem, was sie schlucken. Jedermann sollte das wohl bedenken, aber für ihren schwachen Verstand ist das zu hoch. Warnung an diejenigen, die glauben, jeden Krieg gewinnen zu können: Wein ist Wein und Schnaps ist Schnaps. Wenn die Menschen etwas in Besitz nehmen, das ihnen nicht gehört, schlucken sie es herunter, anstatt es entsprechend unserer bewährten Sitte zu verstecken; und was sie verschlucken, macht ihnen den Garaus.

Selbstredend ist dies ein Laster der Uniformierten, denn die Konzentrierten sind klüger (was auch nicht anders zu erwarten war) und begnügen sich mit Wasser, zwar mit verschmutztem Wasser, aber immerhin. Die Aufseher sind so dick – vor allem dickköpfig –, weil sie alles begießen müssen. Sie sind ordentliche Trinker und halten sich kraft des Weines auf den Beinen. Was auch immer sie trinken, sie trinken bis zum Anschlag: bis sie so von Sinnen sind, daß sie sich wie Raben fühlen. Der Hauptfeldwebel, der Stabsfeldwebel, der Leutnant, der Hauptmann und der Major trinken, um ihre patriotischen Sorgen zu vergessen und um die Internierten nach Lust und Laune windelweich zu prügeln, damit sie ihre Lektion besser lernen. So werden sie gefügig, reifen mit jedem Tag, wenn auch nur innerlich, und lernen:

»Je vais t'apprendre à marcher...«

Schnaps kennt keine Rangabzeichen, seine Wirkung ist demokratisch. Mit diesem Gesöff verblöden sie zusehends, und wenn sie ordentlich einen zwitschern – wieder ein Verweis auf die Vogelwelt, ohne die sie nicht leben können –, werden sie immer ungehobelter, bis sie, wie sie es nennen, *hackedickevoll* sind. Dann gehen sie die Gefangenen verprügeln, und wer dann noch nicht schlafen kann, der weint oder singt.

Den Getränken geben sie die unterschiedlichsten Namen, von wegen »der Wolf im Schafspelz« und »mit Speck fängt man Mäuse«, aber am Anfang scheint immer *Pernod* zu stehen:

»On prend un Pernod?«

Dann nehmen die nach verschwitztem Leder stinkenden Aufseher ihr Käppi ab, fahren sich mit der Hand über die Stirn, ziehen mit einem Ruck die Hosen hoch, um sicherzugehen, daß ihnen nicht das abhanden gekommen ist, was ihrer Meinung nach ihre Männlichkeit ausmacht, und treten in das Café an der Ecke.

Und dort gibt es Roten, Weißen, Clarete, Rosé, Grünen, Trockenen, Lieblichen, Bordeaux, Málaga, Burgunder, Trüben, Hellroten, Porto, Champagner, Sherry, Montilla...

Ich weiß diese verwunderlichen Namen, weil ich gehört

habe, wie viele Internierte sie voller Wehmut aussprachen. Und ich fasse mich kurz, denn wenn es sich um etwas Schlechtes handelt, nimmt die Zahl der Wörter kein Ende. Jedes Land, jede Gegend hat ihr Gebräu, sie gewinnen es sogar aus nacktem Gestein: Valdepeñas, Rioja, Cariñena, Malvasier, Chacolí, Anisette, Cognac, Rum, Wodka, Raki, Falerner, Montilla, Manzanilla, Curaçāo, Kirsch, Kümmel, Rosolio, Wermut, Grog, Absinth, Gin, Ouzo, Schnaps, Dubonnet, Amaro, Cassis, Fino, Marrasquino ...

In der bläulich maulbeerfarbenen Morgendämmerung wecken die Pfiffe der *beschwipsten* Aufseher die Internierten zum ersten Zählappell.[10]

Von der Dichtung

Vor längerer Zeit schrieb ein Internierter die folgenden Verse, welche eine recht genaue Vorstellung vom Nutzen des Geldes geben:

> Hättest du Geld, wärst du getröstet,
> Freude, Spaß und vom Papst eine Pfründe.
> Das Paradies kannst du kaufen, wirst frei von Sünde,
> Denn wenn du viel Geld hast, dann bist du gesegnet.

Bei dieser Gelegenheit möchte ich, wenn auch nur oberflächlich, die Dichtung behandeln. Sie ist Grundlage des Gesangs, einer sehr beliebten Betätigung des Menschen. Die Menschen finden sich zu einem Chor zusammen und schreien alle miteinander denselben Text (wiederum zeigt sich, wie gern sie sich unterordnen).

[10] Wie gewohnt greifen sie auch beim Ge- und Mißbrauch von Alkohol auf das Überlegene zurück, um zu retten, was zu retten ist. Sie sagen »Katzenjammer«, »einen Kater haben«, »viehisch saufen«, »sich tierisch betrinken« und, was besonders uns Vögel betrifft, »einen Zwitschern gehen«. Mag der Große Rabe das verstehen, ich tue es nicht.

Ich habe eine ganze Reihe Liedtexte gesammelt, gebe hier aber nur eine kurze Kostprobe. Es handelt sich um eine spanische Komposition. Die Musik stammt vermutlich aus dem 15. Jahrhundert, man sagt Tango dazu, und das Lied hat zwei Titel. Der erste scheint mir nicht zu passen und gehört vermutlich zu einer heute verlorenen Fassung: »Heute nacht besauf' ich mich.« Der zweite ist zweifellos der richtige:

Alé – Alé

Traurig warn wir auf der Flucht,
über manche tiefe Schlucht,
sind in diesem Lager nun.
Über die Grenze kamen wir,
zu Fuß und gut beschuht,
mit allem Hab und Gut.
Decken, Koffer, Taschen,
Konserven und zwei Flaschen
und eine Dose mit Humor,
den wir uns retten konnten,
trotz der vielen Fronten
gegen den Faschisteninvasor.
Zum Strand von Argèles-sur-Mer
uns brachte man hierher,
zu essen aber nichts.
Ach, vor nicht einmal drei Jahren
war das ganze Spanien
glücklich und ein freies Land,
fest in des Arbeiters Hand.
Zu essen gabs genug,
zu trinken manchen Krug,
auch reichlich Tabak und Papier,
Frieden in den Herzen,
mit Frauen viel zu scherzen.
Wieviel Vergnügen hatten wir!
Heut läßt man uns nicht mal scheißen,

sofort kommt ein Mohammed mit seinem Gewehr . . .
Man legt uns in die Eisen
und pfeift uns hinterher:
Alé – Alé.

Stürme, Hütten ohne Dach,
Koffer klaut man dutzendfach,
Pestgestank und Sand,
Scheiße bis zum Strand,
Fieber, Flöhe und die Ruhr
legen alle Mann hier flach.
Ewig anstehen für zwei Eimer
trüben Wassers voll mit Dreck,
für Feuerholz und Kohle.
Nachts kehrn wir heim in Gruppen
in unsre edlen Schuppen
stolpernd über Stacheldraht.
Zu uns, den Gleichgesinnten,
schreien sie von hinten:
Alé – Alé

Und wenn du ins Barrio Chino gehst,
setzt's Prügel, garantiert,
kehrst ohne Geld zurück
und außerdem noch schikaniert.
Zwei Zigaretten: tausend Peseten,
und aufs Spiel laß dich nicht ein,
sonst hilft dir nicht mal beten.
Und wenn dein Magen dich auch plagt
geh nicht ans Meer, bevor es tagt,
kann sein, daß sie dich töten.
Ein schlechtes Jahr haben wir erwischt,
was tun, das wissen wir nicht mehr,
nichts als Gerüchte Tag für Tag,
und zuletzt schreien sie uns hinterher:
Alé – Alé.

Mehr Logik

Boleslav Sparinsky und Stefan Goldberg, Polen. Der erste wurde interniert, weil er sich nicht zur polnischen Armee gemeldet hat; der zweite wurde interniert, weil er sich zur polnischen Armee gemeldet hat.

Von den Leinenschuhen

Weil sie in Ermangelung von Flügeln so viel laufen, können die Menschen ihre Füße nicht nackt lassen. Sie bedecken sie mit Aasfetzen toter Tiere und nennen das Schuhe. Immerhin halten sie Wasser und Morast einigermaßen ab. Das Rote Kreuz hat fünfhundert Paar Leinenschuhe ins Lager geschickt, um sie unter den Internierten verteilen zu lassen; Schuhe aus Segeltuch, besser als gar nichts. Keiner weiß wozu, aber sie werden im Magazin gelagert und bewacht. Der alte Eloy Pinto, fünfundsechzig Jahre alt, Fleischer, lahm, bat einen jungen Aufseher um ein Paar ordentliche Stiefel. Sie ließen ihn die Baracke fegen und schrubben und sagten ihm, er solle am nächsten Tag wiederkommen: Dann bekäme er Leinenschuhe. An acht Tagen wiederholte sich die *Szene*. Der Alte wurde die Sache leid und trug seine Bitte dem *Hilfsaufseher* vor:

»Sieh an! Du willst also Leinenschuhe, ja? Und arbeiten willst du nicht. Aber essen, das willst du, oder? Wenn's ums Essen geht, bist du immer mit dabei, stimmt's?«

Der Alte schwieg, sah auf seine in Lumpen gewickelten Füße, hob langsam den Blick. Der Hilfsaufseher spuckte ihm ins Gesicht und sprach weiter:

»Ein ruhiges Gewissen wirst du auch noch haben, oder? Das habt ihr doch alle? Dann zieh dir doch das an.«

Vom Regen

Den Internierten macht der Regen wenig aus. Auch wenn es noch so sehr schüttet, sie stellen sich zum Zählappell auf. Die Aufseher tragen Regenmäntel und verspäten sich. Die Gefangenen rühren sich nicht, das Wasser rinnt ihnen übers Gesicht, sie werden pitschnaß, mucken nicht auf. Wenn es regnet, waschen sich die Menschen nicht.

Rabeneltern

Was soll man zu einer so abscheulichen Beschimpfung sagen? Ausgerechnet wir, die wir treu, würdevoll und ganz und gar aufrichtig sind! Wo doch jeder weiß, daß dem Raben seine Gefühle hoch und heilig sind...

Trotz alledem

Die Internierten haben ein erfülltes Leben, denn wer gemäß seinen Erwartungen lebt, ist – trotz aller Entbehrungen – glücklich. Sie freuen sich ihres Unglücks, weil sie denken, daß sich in ihm ihre Bestimmung erfüllt.

Von den Entlassungsbedingungen

Selbstverständlich wollen die Leute bei so einer guten Behandlung die Konzentrationslager nicht verlassen. Die Uniformierten tun ihr Menschenmögliches, um ihnen den Abschied schmackhaft zu machen.

Die erste zur Entlassung notwendige Bedingung ist, daß man in der *Freien Zone*[11] festgenommen wurde. Wie es heißt,

[11] Ich weiß nicht, was das ist.

wurden fünfundneunzig Prozent der hier Versammelten in der *besetzten* Zone gefaßt.

Zweitens: das Wohlwollen des Präfekten des Départements, in dem man leben will.

Drittens: Nachweis eines Lebensunterhaltes.

Viertens: gute Führung.

Wenn jemand zufällig eine der vorgeschriebenen Bedingungen erfüllt, scheitert er an den übrigen. Niemand kommt raus, es sei denn, mit den Füßen zuerst.

Einige Menschen

Im Lager muß es an die sechstausend Internierte geben. Die Mehrheit weiß nicht, warum sie hier ist. (Diesbezüglich herrscht absolute Übereinstimmung zwischen Internierten und Aufsehern.)

Es folgt ein Auszug aus den Akten einiger zufällig ausgewählter Gefangener. Stichtag: 22. Juni 1940. Genauer Ort: Lager Vernet, Département Ariège, Frankreich. Baracke 38, Block C.

Julien Altmann, Uhrmacher, fünfunddreißig Jahre alt, Franzose, vormals Deutscher. Von durchschnittlicher Statur, spärliches Haar, lange Nase, gestreifter Anzug, gerötete Augen. Besondere Kennzeichen: Bohrt mit dem kleinen Finger der rechten Hand sowohl in der Nase als auch im rechten Ohr.

Aufenthaltsgrund: wegen seiner Portiersfrau. Er lebte als Junggeselle in Nancy. Der Zerberus verzieh ihm nicht, daß er eine Jugendfreundin in seiner Wohnung aufgenommen hatte. Julien Altmann gibt niemals Trinkgelder. Weiter heißt es, daß die Petze die Wohnung für ihre Nichte haben wollte, die gerade geheiratet hatte und dringend eine Unterkunft suchte. Es genügte, daß sie dem armen Uhrmacher nachsagte, er habe an einer Versammlung von Kommunisten teilgenommen. Damit hatte sie sogar recht, aber nur aus Versehen.

Graf Wenceslas Wazniky, großer Herr, große Nase, die er mit einem Stück Papier vor der Sonne schützt, das er sich zwischen die Augenbrauen klebt. Etwas über fünfzig Jahre alt. Schweigsam. Geht viel allein spazieren. Ergrautes Haar, eleganter Anzug. Zum Leidwesen seiner Kameraden schwört er ständig Stein und Bein, daß Oberst Beck ein persönlicher Freund von ihm sei. Dummerweise weiß niemand, wo Oberst Beck sich gerade aufhält. Seine Selbstsicherheit kommt mir aufgesetzt vor. Die meisten sind hier zusammengepfercht, weil sie Rote sind, obwohl Frankreich gegen die Faschisten, also gegen die Deutschen kämpft. Der Graf ist Faschist, aber sein Land kämpft auch gegen die Deutschen. Ich vermute, daß es dem eleganten Polen ähnlich ergeht wie mir, er weiß nicht, auf welche Karte er setzen soll: Wenn die Deutschen gewinnen, verliert er als Pole, wenn die Deutschen verlieren, verliert er als Faschist. Ein Schelm fand die Lösung: »Am besten stirbt er.«

Jerzy Karpaty, Schuster, Ungar. Klein, dick, aber nicht mehr so sehr. Krumme Beine. Pflegeleicht. Jude. Ein Schwätzer. Auch er weiß nicht, warum er hier ist, vermutet aber, daß die Polizei seinen Namen auf der Liste eines *Freundschaftskomitees* für ungarische Interbrigadisten entdeckt hat. Er selbst ging nicht nach Spanien, ihm wäre so etwas niemals in den Sinn gekommen. Wohl aber einem seiner Vettern; und als sie sich in einem Café trafen und zwei aus seinem Dorf dabei waren, schrieb er sich ein. Seine Frau ist Französin, seine beiden Söhne sind französische Soldaten. Ihm fehlt jede Nachricht von ihnen, das allein bereitet ihm Sorge. Und das Essen, das nicht gerade das Gelbe vom Ei ist.

Jean Louit, Industrieller, zumindest sagt er das, und zu allem Hohn Franzose. Der Lagerkommandant fragte ihn: »Wenn Sie Franzose sind, was machen Sie dann hier?« Und der Mann antwortete: »Das würde ich auch gerne wissen.«

Er – vierzig Jahre alt, richtig fett, einer von den Kleinsten, immer unzufrieden, maßlos sentimental, labt sich an seinem Leid, ständig unzufrieden, beklagt unentwegt sein Unglück, bettelt die Aufseher an und jeden, der ihm vor die Nase kommt – sagt immer, daß alles mit einer Geldstrafe von sechzehn Francs zusammenhängt, die ihm der *Polizeikommissar* seines Pariser Viertels aufgebrummt hat. Alle verachten ihn, die Aufseher nehmen für die unangenehmsten Aufgaben immer ihn.

Ludwig Schumacher, Chemiker, Chemieingenieur, Deutscher. Jung, groß, kräftig. Seit 1933 als Flüchtling in Frankreich. Alle Papiere in Ordnung, bei der Fremdenlegion gemeldet, durchlief gerade den Gesundheitstest. Arbeitete in einer großen Fabrik in Lyon. Er vermutet, daß seine Geliebte ihn denunziert hat: die Frau eines seiner Vorgesetzten. Den Grund für die Denunziation kennt er nicht. Sie haben ihn zum Dolmetscher ernannt, und er macht sich keine Sorgen. Er lebt in dem Glauben, daß die Franzosen ihn niemals an die Deutschen ausliefern werden. Er hat Vertrauen.

Gonzalo Rivera Torres, Spanier, Griesgram. Rabennase, rabenschwarze Haare und rabenschwarze Fingernägel. Mechaniker. Einer der wenigen, die nicht meckern. Kommunist. Vertreibt sich die Zeit mit Singen. Sein dringlichster Wunsch: an eine Gitarre heranzukommen. Nach seiner Entlassung aus einem Konzentrationslager war er gerade zwei Tage in Paris, da schnappten sie ihn erneut. Er weiß, wo's langgeht. Wer weint, den lacht er aus. Er weigerte sich, den Heizkessel in der Baracke der Lagerleitung zu reparieren, was ihm zwei Wochen Arrest einbrachte. Unverändert kam er wieder raus.

Juan Cervera und Tomás Núñez, Spanier, aber seit mehr als vierzig Jahren in Frankreich ansässig. Polsterer, Geschäftspartner. Sympathisanten der Republikaner. Wollten nie die französische Staatsbürgerschaft annehmen, und das haben sie nun davon. Der Obsthändler von gegenüber, ein Lothringer und noch dazu ein Dreckskerl, war ihnen nicht grün. Ihre Frauen sind Französinnen, und so bleiben sie ruhig, weil sie annehmen, daß Susanne und Marcelle das Geschäft weiterführen und ihnen bald Essenspakete schicken werden. Sie verbringen den Tag beim Spiel mit einem Satz abgegriffener Karten, den sie alle fünf Minuten verstecken müssen, wenn irgendein Aufseher vorbeikommt.

Jan Wisniack, Tscheche, häßliches Gesicht, einäugig, soweit bekannt ohne Beruf oder Vermögen, ein mißmutiger Mensch. Zweiundsiebzig Jahre alt. Reiste durch die Welt, um sie zu sehen – so seine Worte. Von Läusen zerfressen, ohne daß ihm das etwas ausmachen würde. Seine große Sorge ist, daß man ihm kleinere Essensrationen geben könnte als den anderen. Spricht fünf Sprachen und sammelt Zigarettenstummel. Hat fünf Krönungen erlebt, hat keine kirchliche Festlichkeit je ausgelassen. Den ganzen Tag schnüffelt er in allen Ecken herum, es könnte ja etwas für ihn abfallen.

Joaquín de las Bárcenas, spanischer Diplomat, sehr elegant, mit Bart. Republikaner. Hatte zwei Unterredungen mit dem Lagerkommandanten. Offizier der Ehrenlegion. Botschafter. Ihn umringen drei, vier Spanier, die an seinen Lippen hängen. Fühlt sich als Märtyrer und spricht vom Triumph der Demokratie. Sechzig Jahre alt, gut genährt, gut gekämmt, wohlgepflegter Bart, die Aufseher behandeln ihn respektvoll. Fühlt sich wichtig und ist glücklich.

Franz Gutmann, angeblich Luxemburger, Kürschner. Von seiner Frau als Deutscher denunziert. Er wollte nicht in die Scheidung einwilligen, obwohl sie ihm Hörner aufsetzte. Gehört zur Kategorie der Bettnässer. Macht Geschäfte mit Tabak. Er bekommt ihn von den Aufsehern, verkauft ihn weiter, und sie teilen sich den Gewinn. Barackenchef. Nachts spielt er Domino, mit Erlaubnis von oben. Seine Kameraden mißtrauen ihm. Sie sagen, daß er ein Feldbett bekommen wird. Treibt sich viel in der Küche herum.

Erwin North, Österreicher, Schriftsteller. Ein bedeutender Mann, um die fünfzig. Groß und mit fliegendem Haar. Den ganzen Tag verbringt er bei Unterredungen mit diesem oder jenem, von Baracke zu Baracke; immer über Mutmaßungen, Pläne. Täglich sechzehn Stunden Getuschel. Seine Kameraden verwöhnen ihn. Er ißt, was es gibt und was es nicht gibt. War in Spanien als Kriegsberichterstatter. Macht sich Notizen. Wird für wichtig gehalten, obwohl er sich nicht wichtig macht. Der Zensuroffizier hat eines seiner Bücher gelesen, was ihn von gewissen Diensten befreit. Im Laufe eines Monats hat er die Kübel nicht mehr als fünfzehnmal zum Fluß geschleppt. Doch das Glück scheint ihn zu verlassen, gestern hatte er eine Auseinandersetzung mit dem Feldwebel, der den Transport überwacht. Darüber, ob einer der mit Kot gefüllten Kübel richtig sauber geworden sei oder nicht. Nach Angaben des Unteroffiziers hing noch ein Stück Scheiße am Boden. Er mußte ihn zehnmal auswaschen.

Paul Marchand, Maler, Belgier. Persönlicher Freund König Leopold III. Sagt er. Groß, dick. Mit dieser Freundschaft, die er überall herumposaunt, macht er sich bei den offiziellen Stellen, die den belgischen Souverän derzeit des Verrats bezichtigen, nicht beliebt. Aber unser Mann ist ganz gelassen, findet sich mit seiner Lage ab, denn bestimmt gewinnen die Deutschen rasch den Krieg. Und er sagt jedem, der es hören will, daß sie bald vor den Toren des Lagers stehen werden, das er dann triumphal verlassen wird. Diese entschlossene Haltung, ob sie einem gefällt oder nicht, beeindruckt die Aufseher, die allem Anschein nach nicht alle Tassen im Schrank haben und ihn mit einigem Respekt behandeln. Er bekommt Essenspakete, die er mit den fünf Männern teilt, mit denen zusammen er in einem hübschen Raum von zwei mal drei Metern schläft. Er hat ein Schachspiel aufgetrieben, das die Aufseher ihm nicht wegzunehmen wagen, weil es ein Intelligenzspiel ist. Darin zeigt sich Frankreichs Größe.

Drei- bis vierhundert Belgier sind bei der Flucht über die Landstraßen festgenommen worden, weil sie keine ordnungsgemäßen Visa hatten.

»Es ging uns gut in Brüssel«, versichern sie, »wer hätte da an so etwas gedacht...«

Andere haben bei Bombenangriffen alles verloren, dieser seine Papiere, jener Frau und Kinder, ein dritter sein Auto und sein Geld.

Adalberto Muñoz, groß, mager. Seit anderthalb Jahren in Lagern, in Lumpen gekleidet. Katalane, verheiratet und von dem Gedanken gequält, daß seine Frau vermutlich mit seinem besten Freund zusammenlebt. Postangestellter. Einfacher Soldat der Spanischen Republik. Niedergeschlagen, antriebslos. Vor drei Monaten wurde ihm mit einer Ohrfeige die Brille zerbrochen, als er beim Zählappell der letzte war. Er hat fünfmal um Genehmigung nachgesucht, sich in Toulouse eine neue anfertigen zu lassen. Fünfmal haben sie ihm ja gesagt, und fünfmal haben sie ihm nach drei Tagen nein gesagt. Wozu braucht denn ein so unbedeutender Mann eine Brille?

El Asturias, klein, helle Augen. Bergarbeiter, verlottert. Aus Gijón. Seine Schuhe sind mitleiderregend, seinen Leib bedeckt er mit dem Mantel eines Toten, der größer war als er. (Von daher die Redensart, »der Verstorbene war ein großer Mann«. Ein Satz, der in Vernet und Umgebung häufig zu hören ist.) Gefangener der spanischen Faschisten, die ihn in ein Arbeitsbataillon steckten. Nach seinem Grenzübertritt Gefangener der französischen Antifaschisten, die ihn in eine Arbeitskompanie steckten. Er floh, sie sperrten ihn ein, und in Anbetracht seiner Hartnäckigkeit brachten sie ihn hierher. Witzbold, geistreich, lächelt immer.

Santiago Vázquez, Galicier, Mechaniker. Katalane geworden, eine ganz besondere Sorte. Groß, dick, ernst, verschlossen. Erzählt nichts von sich. Will immer eine Extrawurst. Gibt keine Wurst.

Gregorio Aranda, Stukkateur, Madrilene. Zwanzig Jahre alt. Eingebildeter Schnösel, nie um ein schlaues Wort verlegen und immer über alles auf dem laufenden. Hier und dort wird er geduldet und bald wieder rausgeschmissen. Redet viel daher, gibt an und macht Ärger. Regt sich wegen jeder Lappalie auf. Hatte vor, nach Spanien zurückzukehren: »Was habe ich denn schon gemacht?«

Nichts hat er gemacht, war gemeiner Soldat.

Gestern erhielt er Nachricht von seiner Familie: Sie haben seinen kleinen Bruder erschossen, weil er sein kleiner Bruder war. Jetzt spricht er nicht mehr davon, nach Madrid zurückzukehren. Er ist bestürzt. Verbrachte den Tag mit Fluchen. Das passiert den Menschen, weil sie Familie haben, wieder etwas, was sie von uns lernen sollten. Sobald unsere Kinder allein zurechtkommen, schicken wir sie hinaus in die Welt, überlassen sie sich selbst und kümmern uns darum, wieder welche zu bekommen. Wodurch wir uns einiges ersparen.

Juan Gómez, Katalane, geboren in POUM[II], eine Stadt oder ein Dorf, aber wo es liegt, habe ich nicht herausbekommen können. Einfältig und gutmütig. Alpinist, Katalanist, Maschinist. Seine Leidenschaften: Berge und Briefmarken. Arbeitet in den Duschen. Zwanzig Jahre alt.

Luis Moreno, aus Huercal Ovra, aber seit seinem dritten Lebensjahr wohnhaft in Frankreich. Metallarbeiter. Nicht nur einem Schluck nie abgeneigt. Ohne Wein wird ihm übel und seine eh schon schlechte Laune *höllisch* schlecht. Hat all seine Habseligkeiten verkauft, um unter der Hand welchen zu bekommen. *El Asturias* hält immer zu ihm und ist sein Saufkumpan. Maßhalten ist nicht seine Stärke. Trägt einen mächtigen Schnauzbart, den er mit dem Handrücken trockenwischt. Vor ungefähr vierzig Jahren wurde er für drei Tage festgenommen, wegen einer Kneipenschlägerei in seiner Heimatstadt Nîmes. Um seine Papiere hat er sich nie gekümmert, niemand hat ihn je danach gefragt, bis sie an jenem verfluchten Morgen kamen, um ihn festzunehmen. Spricht kein Wort Spanisch. Weinerlich. Seine Frau ist Französin, wie seine Kinder und Enkel, die regelmäßig jeden Sonntag an der Landstraße stehen. Und sie geben ihm Zeichen, bis die Aufseher es bemerken. Sagt zu jeder Tages- und Nachtzeit, daß er nächste Woche rauskommt. Vom Wasser bekommt er Bauchschmerzen und Dünnschiß.

Enrique Marcet, ebenfalls Katalane. Seit er denken kann in Frankreich wohnhaft, Automechaniker in Beauvais. Ihn hat der Kompagnon seines Geschäfts denunziert. In Paris sollte er gerade freikommen, als die Deutschen einrückten. Mit tausend anderen schickten sie ihn hierher, und wie beinahe bei allen gingen seine Papiere verloren. Mit seinen fünfzig Jahren ist er am Ende. Das mit den Kübeln schafft er einfach nicht, die Aufseher haben ihn auf dem Kieker. Witwer mit kleinen Kindern, von denen er keine Nachricht hat.

Víctor Borí, Taxifahrer, im *Comité Central de Milicias*[III] zuständig für die *Acció Catalana*[IV]. Ansatz zum Bauch, idem zur Glatze. Glücklich über seine früheren Jahre. Zählt unentwegt seine Geliebten und seine Heldentaten in der Etappe auf. Versteht sich gut mit den Anarchisten. Geschickt, wenn es darum geht, sich vor irgendwelchen Diensten zu drücken. Am liebsten schläft er. Hat die Lösung der spanischen Religionsfrage gefunden.

»Man muß der Kirche den Garaus machen ...!«

»Wie denn?«

»Indem man Vidal y Barraquer[V] zum Erzbischof von Toledo ernennt ... Lang lebe Katalonien ...«*

Die Gruppe der Unzertrennlichen, allesamt zerlumpt, Stromer, die im Lager herumschnüffeln. El Señorito, el Málaga, el Valencia, Roca, der Boxer; und zwei Ältere – die übrigen sind kaum zwanzig Jahre alt. Ruíz, angeblich Arzt, und Larrazábal, der versichert, Kommandeur von Cuatro Vientos gewesen zu sein.

Erstere sind Nichtstuer, kleine Gauner, Schmarotzer, Faulpelze, deren Leben heute halb und morgen ganz verloren ist. El Valencia wollte Torero werden, el Málaga war Schuhputzer, el Señorito wurde der Bäckerei in Arganda überdrüssig, in die ihn seine Eltern gesteckt hatten. Ruíz und Larrazábal haben jeglichen moralischen Halt verloren. Zusammengedrängt leben sie in der hintersten Ecke einer der Baracken. Schmutzig, stinkend, sich reihum gegenseitig befriedigend. Manchmal, wenn es wie aus Kübeln schüttet und man ihnen Kaffee in die Baracke bringt, halten sie ihre von den Ausscheidungen der Nacht nassen Büchsen hin, unfähig aufzustehen und ihre Bedürfnisse im Freien zu erledigen:

* Dieser Ausruf deutet meiner Einschätzung nach darauf hin, daß Jacobo aus dem Roussillon gebürtig ist. (Anm. d. Übers.)

»Hast du nichts anderes?«

»Das von einem selbst schadet nichts.«

Niemandsland.

Ignacio Echeverría, Gonzalo Iñaki, Jesús Bilbao, Teodoro Goygortúa, Víctor Ilizariturri, Manuel de Altube, Jesús María Zunzunegui, Jorge Mendizábil, Jorge Valdés und *Jesús Somonte* bilden eine Gruppe spanischer Basken, die rein zufällig festgenommen wurden, weil sie sich verfahren hatten.

Sie sind immer zusammen, und eigentlich fehlt es ihnen an nichts.

Anatol Litvak, Litauer, gedrungene Statur. Ungleichmäßiges Gebiß, einige Zähne sind riesig und gelb. Stämmig. Strohblondes Haar. Lächelt, wenn er sich selbst vergißt. Floh aus seinem Land, um in einer demokratischen Nation in Frieden zu leben. Wo sonst, wenn nicht in Frankreich?

Juvenal García, alt. Anarchist. Aus Extremadura. Erzählte einem Aufseher, daß er vergangene Nacht von seinem Ausbruch geträumt habe. Sie prügelten ihn grün und blau.

»Hier bricht keiner aus, noch nicht einmal im Traum.«

José González, groß und dunkelhäutig. Kirchendiener aus Murcia. Hat einen sehr schlechten Ruf, ein roher Kerl. Leidet unter Kopfschmerzen, und keiner beachtet ihn:

»Ich habe Kopfschmerzen, hier, im Diesseits, und wenn ich fluche, komme ich in die Hölle.«

Der Einäugige aus Olivenza, aus dem Grenzgebiet zu Portugal. War im fünften Zug des 25er. Straßenbahner. War bei den Sondereinheiten der CNT[VI]. Vierzehn Tage bevor er nach Frankreich kam, verlor er ein Auge durch eine Handgranate. Richtung Département Cher. Die Deutschen kommen. Er flieht. Marseille, nichts zu essen, klaut ein paar

Kartoffeln, drei Monate Gefängnis. Lagerhaft im Schloß von Reynarde. Die Polizei sucht ihn, Ausweisung. Weiß nicht, wohin er gehen soll. Sechs Monate Gefängnis, nun hier. Ruhr. Singt gut, hat eine schöne Stimme.

Teodoro Meautis, der mit den Ohrfeigen. Grieche und *Zeuge Jehovas*. Behält immer seinen Hut auf: »Ich zeige mich allein vor Gott.« Eine Ohrfeige bei jedem Zählappell. Und freitags, wenn er sich weigert zu arbeiten, weil sein Gesetz es ihm so vorschreibt, verpassen sie ihm Prügel und bis Montag Arrest. Gefundenes Fressen für den Oberfeldwebel, der jeden Samstag abend im Gefängnis sein Mütchen kühlt, aus Rache für die Hörner, die ihm seine Frau mit dem Quartiermeister, Oberleutnant Barreau, aufsetzt. Bis vor einem halben Jahr gab es sieben Zeugen, nur vier sind übrig.

»Qu'ils crèvent!«, wie der Oberleutnant sagt.

Und anläßlich eines Begräbnisses:

»Le cimetière, c'est encore trop beau pour vous.«

Gregorio Waissmann, Chef von Baracke vierunddreißig, der Völlerei verfallen. Klein, ungeheuer fett, glänzend, hinterläßt überall Fettspuren, verklemmt, breitärschig, Goldzähne, schmierig. Eingenommen von seiner Wichtigkeit, wenn er ungeahnte Möglichkeiten, geheimnisumwitterte und hoch hinaufreichende Freundschaften andeutet, die ihm jederzeit helfen können. Ordnet sein ganzes Leben, sein ganzes Denken, sein ganzes Tun einzig seinem Appetit unter. Für einen Teller Bohnen zu jeder Niedertracht bereit. Gefräßig. Denkt nur ans Essen, von früh bis spät, immer dahinter, jemandem einen Bissen abspenstig zu machen, einen geschenkten Keks, eine Tomate, eine Kartoffel, ein Scheibchen Wurst: »Kann ich mal probieren?« »Das muß vorzüglich schmecken.« »Vorzüglich! Vorzüglich!« Schleicht von hier nach da, vom einen zum anderen und wackelt mit dem Hintern. Seine Frau, seine Kinder, alle haben ihn im Stich gelassen, er hat keine andere Sorge, kein anderes Ziel als zu essen. Zu jeder Mutprobe bereit, wenn man ihm nur eine Mahlzeit verspricht, und mit dem gleichen Motiv zu jedem Verrat. Und wenn man ihm das vorwirft, antwortet er:

»Ja, mein Junge, lach nicht: Die Gesundheit ist wichtiger als das Leben.«

Ettore und Francesco Girardini, Italiener, *Zwillingsbrüder*, dick, klein, mit Bart, hohe Stirn, Brillen, ein bißchen wie die Zwerge von Schneewittchen. Sie wurden beide festgenommen, weil man sich nicht hundertprozentig sicher war, wer der *Verdächtige* ist. Einer von ihnen soll Anarchist sein. Sie sagen nicht, welcher.

Charles Colin, Belgier. Spitzel. Syphilitiker, sein Fleisch ist schlaff, obwohl er schlank ist. Schwammig, kurz vor der Auflösung. Gerötete Glubschaugen, unruhiger Blick – wenn du ihn ansiehst, weicht er dir aus, siehst du ihn nicht an, fixiert er dich –, stumpfe Pupillen. Spärliches blaßblondes Haar. Seine schmutzige, schmierige Baskenmütze sitzt wie ein Pilz auf seinem Kopf, nie zieht er sie ab, schläft mit ihr. Der Mund kontur- und farblos, braune Zähne. Sein Anzug ist von ungezählten Desinfektionen in Hunderten von Lazaretten und Krankenhäusern fadenscheinig geworden, eingelaufen und zu klein. Die grauen Socken abgerissen am Schaft der durchgelaufenen Stiefel. Ölflecken geben Anzug und Weste Farbe. Seine großen, knotigen Hände baumeln an knochigen Handgelenken, die aus den ausgefransten Ärmeln seines Jacketts herausstechen. Mit Frostbeulen übersät, das Lächeln ins Gesicht gemeißelt, und jedes seiner Worte trieft vor Mißgunst. Seine Böswilligkeit, seine Aufdringlichkeit, sein primitiver Jargon. Aber vor allem sein ungebremster Drang, alles in den Dreck zu ziehen. Er versprüht Gift. Er ist innerlich verfault und versucht, alles in seinem Umkreis zu verderben, als ob seine Rettung davon abhinge, so viel wie möglich mit ins Verderben zu ziehen. Gibt sich als Maler aus.

Dort, im hinteren Teil der Baracke, bilden *Juan Barberá, Richard Weiss, Norman Hopstock, Rudolph Boshian, Shariaf Bodinov, Albert Melandrich, Jan Fronta, Bratislav Prazak, Lorenzo Galas, Vicente Guerrero, Joraslav Martin und Roger Zupka* eine unzertrennliche Gruppe. Sie alle haben in Spanien bei den Internationalen Brigaden gekämpft. Kommunisten.

Andauernd stolpere ich über die Widersprüche des Menschen, weshalb ich mir nur mühsam ein Bild über seine Gepflogenheiten machen kann. Er läßt sich mit keinem anderen in Gemeinschaft lebenden Tier vergleichen. Alles, was ich bis zum heutigen Tag über die Papiere, die Charaktereigenschaften, die Wünsche geschrieben habe, sollte des Menschen Liebe zum Geld belegen. So weit, so gut, aber nun haben wir es mit einer Gruppe zu tun, für die Münzen oder Scheine keineswegs im Vordergrund ihres Interesses stehen. Als ich von Papieren und Staatsangehörigkeiten sprach, rechnete ich nicht mit solchen Leuten, denen Rasse und Geburtsort gleichgültig sind. Für sie steht, wo auch immer sie sich befinden, ein Land an erster Stelle, das nicht ihre Heimat ist: die UdSSR. Die meisten haben in einem anderen Land gekämpft, aus dem sie auch nicht stammen: Spanien. Viele sind dort gefallen. Es verbindet sie ein unbeschreibliches Gefühl: die *Solidarität.* Aber in dem Augenblick, in dem einer aus der Gruppe nicht mit der Meinung der Mehrheit einverstanden ist, verstoßen sie ihn unter schlimmsten Anschuldigungen. Sie schneiden ihn, als hätte er die Pest. Was nichts mit dem zu tun hat, was sie öffentlich verkünden: der Mensch zuerst. Sie sind starrsinnig, sektiererisch und von Mißtrauen zerfressen. Wer nicht denkt wie sie, ist ein Verräter. Wenn das bißchen stimmt, was ich über die Geschichte der Menschen weiß, handelt es sich um die *Aristokratie.* Eheschließungen sind bei ihnen nur untereinander erlaubt. Nie und nimmer lassen sie zu, daß jemand die Dinge von einem anderen Standpunkt als dem ihrigen aus betrachtet, obwohl sie selbst sich den Luxus gönnen, ihn häufig zu wechseln. Sie leben nicht vom Essen, sondern von Versammlungen. Eine sonderbare Gruppe mit beachtlichem Einfluß und ungewisser Zukunft.

Sie vertreten die Ansicht, daß der Mensch Produkt seiner Umwelt ist. Aber wenn er nicht denkt wie sie, vernichten sie ihn, ohne zu berücksichtigen, daß er – nach ihrer Theorie – daran unschuldig ist. Das Schlimme ist: Die anderen sind noch schlimmer, wegen des Geldes.

Es muß noch etwas anderes geben.

Anmerkungen

I »Auf einem Baume Meister Rabe hockt...« Erste Zeile der Fabel »Der Rabe und der Fuchs«. In: Jean de La Fontaine (1621–1695), *Die Fabeln,* aus dem Französischen von Rolf Mayr, Düsseldorf, Köln 1964.

II *POUM* (Partido Obrero de Unificación Marxista). Antistalinistische marxistische Partei, gegründet 1935.

III *Comité Central de Milicias* (Zentralkomitee der Milizen). Eines der zahlreichen lokalen und regionalen Komitees, die vor allem zu Beginn des Spanischen Bürgerkrieges *de facto* die republikanische Regierung als Ordnungsmacht ersetzten.

IV *Acció Catalana* (eig. *Acció Catalana Republicana*). Nationalistische Katalanische Partei, gegründet 1931.

V Francisco Vidal y Barraquer (1868-1943). Erzbischof von Tarragona. Ging 1936 ins Exil nach Italien und distanzierte sich von den übrigen spanischen Kirchenfürsten, die Franco propagandistisch unterstützten.

VI *CNT* (Confederación Nacional del Trabajo). Die anarchosyndikalistische Gewerkschaft wurde 1910 gegründet. War in der Zeit der Spanischen Republik mit über 800.000 Mitgliedern die mächtigste des Landes.

Nachwort

Als im Sommer 1939 der Zweite Weltkrieg ausbricht, befindet sich Max Aub in Paris. Dort werden nach der Kriegserklärung an Hitler die antifaschistischen Flüchtlinge aus Deutschland, aus Osteuropa und aus Spanien verhaftet und interniert. Auch Max Aub, der der Spanischen Republik u. a. als Kulturattaché gedient hat, wird festgenommen. Den Winter 1939/1940 verbringt er im Konzentrationslager Vernet am Fuß der Pyrenäen. Erst 1942 gelingen ihm, nach Aufenthalten auch in anderen Lagern, die Freilassung und die Ausreise nach Mexiko.

Bereits in den Jahren seiner Lagerhaft entwirft Max Aub auf jedem nur greifbaren Schnipsel Papier Skizzen und Szenen seines literarischen Großprojekts, des »Magischen Labyrinths«. Bis 1968 arbeitet er an diesem Zyklus, der schließlich auf sechs Romane und zahlreiche Erzählungen anwächst und in dem Vorgeschichte, Verlauf und Folgen des Spanischen Bürgerkriegs beschrieben werden. »Das Rabenmanuskript« ist in diesem Zusammenhang ein Schlüsseltext, denn es beschreibt den Alltag des Lagers, in dem der Grundstein für dieses Werk gelegt wird. In einem kurzen Schlaglicht sehen wir Europa beim Auftakt des Zweiten Weltkrieges, kurz nach dem Ende des vergeblichen Kampfes der spanischen Republikaner gegen die Koalition der

Faschisten Franco, Hitler, Mussolini. Die große Politik der 30er Jahre wird greifbar in den Leiden derer, die ihr auf oftmals absurde Weise zum Opfer fallen. Um diese Lagererfahrungen literarisch verdichten zu können, ist Aub gezwungen, Distanz zu gewinnen. Zwischen sich und seinen Stoff setzt er einen Erzähler, der in einer Art verkehrter Fabel über die Menschen spricht: den Raben Jacobo. Doch die Kraft der erlebten Geschichte ist stärker als das narrative Korsett, weshalb im letzten Drittel des »Rabenmanuskripts«, als aus den Akten der Inhaftierten zitiert wird, kaum noch der Rabe, sondern vor allem der Autor selbst spricht. Zuerst der kalkuliert böse Humor der Rabenperspektive, dann der bittere Humor der Fakten. Diese sich ungebremst Bahn brechende Vitalität macht einen gut Teil der Faszination dieses Textes aus.

Das Lager Vernet wird in den Autobiographien vieler linker Intellektueller beschrieben. Das Ausleeren der Latrinenkübel, mit dem auch »Das Rabenmanuskript« beginnt, ist fast allen Autoren als besonders entwürdigende Arbeit in Erinnerung. In Gustav Reglers *Das Ohr des Malchus* (Köln, Berlin 1958, S. 453f.) findet sich sogar noch etwas mehr: »Am nächsten Morgen meldete sich Walter freiwillig zum Ausleeren der Latrine. [...] Er wankte vor mir her unter der Tragestange, in der der schwere bleierne Kübel hing. Der Rabe Jakob, den ein Gefangener ans Lager gewöhnt hatte, saß auf seiner Schulter und schlug mit den Flügeln. [...] Plötzlich zog Walter einen Brief aus der Tasche. ›Kräh‹, sagte der Rabe und hackte danach. Aber Walter verwarnte ihn und zeigte ihm den Schmutzkübel. Der Rabe schwieg.« Bei Max Aub schweigt der Rabe nicht.

Albrecht Buschmann

Quellen

Max Aub, *No son cuentos*, México: Tezontle 1944

Die folgende Erzählung Max Aubs stammt aus dem oben genannten Werk und wurde übersetzt von
Gustav Siebenmann:
Der Klumpfuß (*El cojo*)

Max Aub, *Cuentos ciertos*, México: Antigua Librería Robredo 1955

Die folgende Erzählung Max Aubs stammt aus dem oben genannten Werk und wurde übersetzt von
Stefanie Gerhold und Albrecht Buschmann:
Das Rabenmanuskript (*Manuscrito cuervo*)

Max Aub, *El Zopilote y otros cuentos mexicanos*, Barcelona: EDHASA 1964

Die folgenden Erzählungen Max Aubs stammen aus dem oben genannten Werk und wurden übersetzt von
Susanne Felkau:
Der Zweig (*La rama*)
Der Mann aus Stroh (*El hombre de paja*)
Willi Tell (*Memo Tel*)
Der Hunger (*La hambre*)
Das Pferdchen (*El caballito*)
Der Schiefe (*El Chueco*)
Die Habgierigen (*Los avorazados*)
Der große Krieg (*La gran guerra*)
Der Halbbruder (*El hermanastro*)
Juan Luis Cisniega (*Juan Luis Cisniega*)

Die wahre Geschichte der weißen Fische von Pátzcuaro
(*La verdadera historia de los peces blancos des Pátzcuaro*)
Wie Julian Calvo sich zum zweitenmal ruinierte
(*De cómo Julian Calvo se arruinó por segunda vez*)
Der Aasgeier (*El Zopilote*)
Die Zensur (*La censura*)
Begräbnis eines großen Verlegers (*Entierro de un gran editor*)
Das Alter (*La vejez*)

Die folgende Erzählung Max Aubs stammt aus dem oben genannten Werk und wurde übersetzt von
Hildegart Baumgart:
Brand im Tal (*Homenaje a Próspero Merimée*)

Max Aub, *Los pies por delante*, Barcelona: Seix Barral, S.A. 1975

Die folgenden Erzählungen Max Aubs stammen aus dem oben genannten Werk und wurden übersetzt von
Hildegart Baumgart:
Die Schuld des ersten Anglers (*La espina*)
Das Schweigen (*El silencio*)

Ein philosobischer Abenteuerroman, der in der deutschen Literatur seinesgleichen sucht.

Michael Roes
Rub' al-Khali. Leeres Viertel
775 Seiten · geb. m. SU
DM 49,80
ISBN 3-8218-0639-7

Die spannende und tödliche Suche nach den Gesetzestafeln der Königin von Saba, überliefert in einem Manuskript aus dem 18. Jahrhundert. Die Reise eines Spieleforschers auf den Spuren des Berichtes in das heutige Leere Viertel, die größte Sandwüste der Welt.

»Doch beide retten im Grunde etwas ganz anderes, viel Kostbareres als Spiele und Steintafeln in der jemenistischen Wüste: Sie retten die Poesie des Wirklichen im bundesdeutschen Roman.«
Iris Radisch, Die Zeit

»...einer der ungewöhnlichsten Versuche der letzten Jahre in der deutschen Gegenwartsliteratur.«
Wilfried F. Schoeller, Bücher, Bücher

GATZA *bei* EICHBORN.

Kaiserstrasse 66 · 60329 Frankfurt
Telefon 069/25 60 03-0 · Fax 25 60 03-30 · Internet: http:// www.eichborn.de

Meisterwerke der Leidenschaft

Herbert Maurer
Venetia. Ein Vivarium der Malerei
24 exotische Erzählungen
120 Seiten · geb. m. SU
ca. DM 36,–
ISBN 3-8218-0651-6

Eine barock-sinnliche Lesereise in die Welt der Phantasie und der venezianischen Malerei. Ob Tizian oder Tinterotto, ob Lorenzo Lotto oder Paolo dal Vecchio, ob Mantegna, Bellini oder all die anderen – wer bisher dachte, er kenne die Renaissance und ihre Maler wird eines Besseren belehrt. Wer hätte schon von der Geschwindigkeitsmalerei eines Luca di Barberini gehört oder von Giuseppe de Fiesoles Backgemälden, teils aus Teig und teils aus wahren Menschenleibern gefertigt? Wer wußte bislang von Veroneses unstillbarer Passion zur Malerei auf die bloße Haut seiner Modelle? Wer hat sich vorgestellt, daß in der feuchten Luft Venedigs die Organ- und Unterwassermalerei gedieh? Der Sprachkünstler Herbert Maurer verführt zu ungewöhnlichen Einblicken in Leben und Werk der venezianischen Maler.

»... ein vielversprechender Autor ...«
Frankfurter Allgemeine Zeitung

»... ein kakanischer Sinnspieler, der die Mythen traktiert ...« *Süddeutsche Zeitung*

GATZA *bei* EICHBORN.

Kaiserstrasse 66 · 60329 Frankfurt
Telefon 069/25 60 03-0 · Fax 25 60 03-30 · Internet: http:// www.eichborn.de